Ne jamais dire jamais

DE LA MÊME AUTRICE AUX ÉDITIONS J'AI LU

Les rebelles de la Cinquième Avenue

1 – *L'amie d'enfance*
2 – *Le festin d'Alice*

Cinquième Avenue

1 – *L'imposteur des beaux quartiers*
2 – *Le prince de Broadway*
3 – *Un ange dans les bas-fonds*

Scandales à New York

1 – *Drôles de fiançailles*
2 – *Miss Catastrophe*
3 – *Le jardin des secrets*

JOANNA

SHUPE

LES REBELLES
DE LA CINQUIÈME AVENUE – 3

Ne jamais dire jamais

Traduit de l'anglais (États-Unis)
par Viviane Ascain

J'AI LU

J'AI LU POUR elle

Si vous souhaitez être informée en avant-première
de nos parutions et tout savoir sur vos autrices préférées,
retrouvez-nous ici :

www.jailu.com

Abonnez-vous à notre newsletter
et rejoignez-nous sur Facebook !

Titre original
THE BRIDE GOES ROGUE

Éditeur original
Avon Books, une marque de HarperCollins Publishers, New York

À moi… À vous… À nous…
Parce que ces dernières années ont été difficiles.

1

Août 1895

C'était une journée parfaite pour tendre un piège à un fiancé.

Enfin, peut-être l'expression « tendre un piège » n'était-elle pas celle qui convenait, se dit Katherine Delafield en descendant du fiacre. Elle ne l'avait pas prévenu et n'avait pas pris rendez-vous avec sa secrétaire, mais il trouverait certainement un moment à lui consacrer. Preston Clarke avait beau être un homme très occupé à gérer tous ses biens, Katherine et lui étaient promis l'un à l'autre.

Serrant contre elle un grand cahier, elle se dirigea d'un pas décidé vers le bel immeuble portant le nom de son fiancé. Ils ne s'étaient pas revus depuis qu'on les avait brièvement présentés au cours de la saison, un an plus tôt. Ce n'est qu'une fois les présentations faites que son père lui avait parlé de la promesse de mariage qu'il avait conclue avec le père de Preston. Des années plus tôt, alors que Henry Clarke et Lloyd Delafield étaient encore associés, ils avaient décidé que leurs fils et fille respectifs, tous deux enfants uniques, se marieraient lorsqu'ils atteindraient l'âge requis.

Cela n'avait pas surpris la jeune femme, puisqu'elle s'était toujours attendue à ce que son père lui choisisse un époux. C'était ainsi que se faisaient la plupart des unions dans leur monde. Ce qui l'avait étonnée, en revanche, c'était son impatience à devenir la femme de Preston.

Elle se revoyait encore guettant sa haute silhouette qui traversait la salle de bal comme un guerrier géant dans un océan de banalité. Sa chevelure tombant en désordre sur son front, il riait à la plaisanterie d'un de ses amis, et elle avait admiré la façon dont son sourire rendait son visage sévère d'une beauté à couper le souffle.

Depuis ce jour, elle avait cherché partout la moindre mention de son nom. Elle avait suivi la croissance de sa société. Elle avait même appris les noms de ses maîtresses. Au début, elle n'avait pas vu d'inconvénient à devoir attendre qu'il annonce leurs fiançailles, mais elle était plus que prête maintenant, et son père en avait assez de répondre à ses questions sur la date et le lieu de leurs noces. Il lui avait finalement conseillé d'aller voir Preston et de régler avec lui tous les détails.

Cela n'avait rien d'une corvée. Elle adorait entrer dans les détails...

— Bonjour, monsieur. Je viens voir M. Clarke, annonça-t-elle poliment au liftier, une fois dans le hall impressionnant.

— Ah ! Vous allez au dernier étage, alors, mademoiselle. Il a des visiteurs toute la journée, M. Clarke, mais aucun n'est aussi joli que vous, fit le garçon en refermant la grille.

— Je vous remercie. Comment vous appelez-vous ? questionna-t-elle, certaine de devoir faire la connaissance de la plupart des employés de cet immeuble au cours des prochaines années.

— Reginald, mademoiselle.

— Eh bien, je suis heureuse de faire votre connaissance, Reginald ! Je suis Mlle Delafield. Et bientôt Mme Clarke.

— Ah ben, ça alors ! Toutes mes félicitations ! Je ne savais pas qu'il allait se marier.

— Oh, c'est convenu depuis des années entre nos deux familles. Je suis simplement venue mettre au point les derniers détails.

— Je vous souhaite bonne chance, alors. Un peu de soleil dans sa vie ne lui ferait pas de mal, si vous voulez mon avis. Je n'ai jamais vu un homme aussi grognon !

Pauvre Preston... Il travaillait beaucoup trop, elle l'avait deviné. Elle allait changer tout cela, une fois qu'ils seraient mariés et installés.

Elle salua le liftier et se dirigea vers le bureau marqué du nom de Preston Clarke. Une secrétaire leva les yeux lorsqu'elle ouvrit la porte. Un monsieur qui attendait déjà dans l'antichambre, probablement le prochain rendez-vous de son fiancé, se leva poliment à l'entrée de Katherine.

— Que puis-je faire pour vous, mon petit ? Vous vous êtes perdue ? s'enquit gentiment la secrétaire.

— Non, je suis venue voir M. Clarke, dit Katherine avec un chaleureux sourire.

Elle ne se sentait pas trop à sa place dans ce lieu austère.

— Vous avez rendez-vous ?

— Non, mais il va me recevoir.

— M. Clarke a un emploi du temps très chargé aujourd'hui, mademoiselle. Peut-être pourrions-nous trouver un moment la semaine prochaine ?

Il n'en était évidemment pas question. Elle avait décidé qu'ils allaient régler les détails tout de suite : ce serait donc tout de suite.

— Dites-lui que sa fiancée est ici, je vous prie.

— Je vous demande pardon, vous avez dit... ? balbutia la secrétaire, ébahie.

— Sa fiancée. Mlle Katherine Delafield.

— Sa fiancée ?

— Oui. Il va me recevoir.

— Oh, je n'en doute pas ! Voulez-vous attendre un instant ? Son rendez-vous va bientôt se terminer. Je vais m'arranger pour vous caser avant le suivant.

— Mais ce monsieur était là avant moi, s'alarma Katherine avec un regard à l'homme assis.

— M. Vance ne verra pas d'inconvénient à vous laisser passer avant lui. N'est-ce pas, monsieur Vance ?

— Est-ce que j'ai le choix ?

— Pas si vous voulez qu'il vous reçoive aujourd'hui.

— C'est très aimable de votre part, dit Katherine, présumant que la secrétaire savait ce qu'elle faisait, tandis que M. Vance se renfrognait et se replongeait dans son journal. Merci, madame...

— Cohen. Mme Cohen, mon petit.

— Très heureuse, madame ! J'aime beaucoup votre robe, vous savez. Cette couleur vous va à ravir.

— Que vous êtes gentille ! Asseyez-vous, je vous en prie, dit la secrétaire d'un ton radouci.

Katherine prit place sur la dernière chaise, son cahier sur les genoux. Après cette rencontre, elle aurait des centaines de choses à faire pour préparer le mariage. Enfin, avec un peu de chance, Preston et elle pourraient s'entendre très vite sur les principales décisions à prendre.

Une conversation animée leur parvenait du bureau voisin. Katherine n'avait pas l'habitude d'écouter aux portes, mais elle aurait difficilement pu s'empêcher d'entendre.

— Vous ne comprenez pas, monsieur Clarke ! Je… je ne peux pas me permettre de perdre mon logement ! Où irions-nous, ma famille et moi ?

— Cela ne me regarde pas, rétorqua une autre voix, visiblement celle de Preston. Vous avez jeté votre argent par les fenêtres, vous avez souscrit un prêt et utilisé l'acte comme caution. Quand vous vous êtes montré incapable de rembourser la banque, j'ai racheté votre dette de façon parfaitement régulière. Si vous y voyez quelque chose à redire, adressez-vous à la Gotham First National Savings and Loan !

— La banque m'a dit de m'adresser à vous !

— Je ne suis pas une œuvre de charité, monsieur Harris. Je suis un homme d'affaires !

Une boule oppressa tout à coup la poitrine de Katherine. Mme Cohen avait repris son travail, tandis que l'homme assis sur la chaise d'à côté fourrageait dans une liasse de papiers. Aucun des deux ne semblait prêter la moindre attention à la conversation qui leur parvenait. Ce genre d'algarade était-il courant ici ?

— Ma famille n'a nulle part où aller, plaidait M. Harris. Cela vous est complètement indifférent ?

Katherine retint son souffle. Grand Dieu, c'était effrayant ! Preston n'éprouvait donc pas une once de pitié envers cet homme et sa famille ?

Elle n'entendit pas la réponse de son fiancé, mais la porte ne tarda pas à s'ouvrir sur un homme entre deux âges au complet défraîchi.

— J'espère que tout cet argent vous tient chaud la nuit ! lança-t-il par-dessus son épaule avant de claquer la porte derrière lui.

— Je vais voir s'il peut vous recevoir, mademoiselle, déclara Mme Cohen.

Katherine fit de son mieux pour calmer les battements désordonnés de son cœur. Preston avait la réputation d'un homme difficile en affaires, mais peut-être parviendrait-elle avec le temps à arrondir certains angles…

— M. Clarke va vous recevoir, mademoiselle, annonça Mme Cohen de la porte du bureau.

La jeune femme lissa ses jupes et se mordit les lèvres pour leur donner un peu de couleur. Son amie Nellie prétendait que cela rendait le sourire plus éclatant. Elle se redressa de toute sa taille et, la tête haute, pénétra dans le bureau de son fiancé.

L'homme qui se leva à son entrée était aussi séduisant que dans son souvenir. Encore plus, en fait.

— Mademoiselle Delafield ?

Mon Dieu, de près, il était encore plus grand ! Elle qui dépassait pourtant en taille la plupart des femmes se sentit soudain toute petite.

— Bonjour, monsieur, articula-t-elle, le cœur battant.

— Merci, madame Cohen, ce sera tout. Asseyez-vous, je vous en prie, ajouta-t-il à l'intention de Katherine.

Elle s'exécuta gracieusement en observant discrètement la pièce, très curieuse de connaître le domaine réservé de son futur époux. Le décor spartiate se composait en tout et pour tout d'un bureau de noyer, de quelques chaises assorties et d'un énorme coffre-fort appuyé contre l'un des murs, vierge de tout ornement comme les trois autres. Cela manquait de décoration, de quelques œuvres d'art au moins. Elle nota mentalement de faire accrocher quelques tableaux dans ce bureau après leur mariage. Quelque chose de doux, de serein. Un Manet, par exemple...

— Pardonnez-moi de venir ainsi à l'improviste, commença-t-elle.

— Vous avez éveillé ma curiosité, je l'avoue. Que puis-je faire pour vous ?

— Voici tous les points pour lesquels nous devons prendre des décisions, répondit-elle avec un petit rire nerveux en lui tendant une liste. J'ai harcelé mon père avec ces questions, et il m'a conseillé de venir vous les poser. Me voilà donc.

— Et quelles sont ces questions ?

— Pour commencer, j'aimerais choisir avec vous à quel moment de l'année le mariage aura lieu. La plupart des gens préfèrent le printemps, mais l'automne me plaît bien. Septembre, peut-être... Nous choisirions des fleurs d'oranger pour la décoration, bien entendu.

— Je vous demande pardon ? fit-il, étonné, en jetant enfin un bref coup d'œil à la liste.

— Vous avez raison, le printemps est peut-être préférable. Mettons la question de côté, nous y reviendrons plus tard. Parlons plutôt du buffet. Je préférerais m'adresser à Louis Sherry plutôt qu'à Delmonico.

— Écoutez, nous devons avoir une petite discussion, intervint-il en posant la liste sur son bureau.

— Préférez-vous parler de la musique ? Cela sort de l'ordinaire, mais j'aime bien l'idée d'une seule harpe pour la cérémonie.

— Arrêtez !

D'ordinaire, les messieurs ne s'occupaient pas des préparatifs d'un mariage, mais Katherine espérait bien tout organiser à la satisfaction de son fiancé. Elle tenait à devenir la plus parfaite des épouses.

— Je sais, tout cela peut paraître insignifiant, mais ce sont des petits détails dont se préoccupent les femmes comme moi. Je ne voudrais surtout pas commencer notre union du mauvais pied en ignorant vos desiderata. À moins que vous ne préfériez vous en remettre à moi pour toutes ces décisions...

— Je ne parle pas des préparatifs, je parle du mariage, mademoiselle ! Nous n'allons pas nous marier... Ni au printemps ni en automne. En dépit de tout ce qu'on a pu vous dire, ce mariage ne se fera pas.

— Je... je ne comprends pas...

— Je ne vais pas vous épouser.

— Mais nous sommes fiancés ! Cela fait des années que nos pères ont décidé de ce mariage !

— Vous ne les avez tout de même pas crus, j'espère ? Ils n'avaient pas le droit de décider de ces fiançailles en notre nom. Nous ne sommes pas dans l'Écosse médiévale, que je sache. Il ne s'agit pas de deux clans rivaux qui doivent sceller la paix par un mariage. Nous allons bientôt entrer dans le XXe siècle, vous savez.

— Sans doute, mais j'ai toujours pensé que mon père choisirait mon mari. C'est ainsi que cela se fait.

— Pas pour moi. Même s'il était toujours en vie, je ne permettrais pas à mon père de me choisir une épouse.

— Est-ce à cause de mon physique ? demanda-t-elle, les oreilles bourdonnantes. Je suis trop grande ? Pas assez ? Mes cheveux sont trop ternes ? Mes yeux sont trop rapprochés, je le sais !

— Grand Dieu, non ! Il ne s'agit pas de votre physique. Vous êtes ravissante... Il s'agit de moi. Je ne suis pas prêt à me marier, avec qui que ce soit. Je ne le serai peut-être jamais. Vous comprenez ?

Il devait bien y avoir une raison. La plupart des hommes de son âge étaient déjà mariés. C'était ainsi que les choses se passaient dans leur monde...

— Mais cela n'a aucun sens !

— Mademoiselle... Katherine..., reprit-il gentiment mais fermement. Je suis navré mais je ne peux pas vous épouser. Je suis vraiment désolé que vous ayez pensé le contraire mais, croyez-moi, c'est pour votre bien.

Pour son bien ? Il était *désolé* ? Elle vivait un véritable cauchemar, pire que celui où elle courait à perdre haleine sans parvenir à retrouver sa maison.

— Peut-être avez-vous besoin d'un peu de temps pour vous habituer à cette idée, dit-elle, la bouche sèche. Je peux attendre.

— Ce n'est pas de temps que j'ai besoin, mademoiselle. Ni d'un an, ni de dix, reprit-il un peu plus sèchement. Je ne peux pas vous épouser, voilà tout. Jamais ! Suis-je suffisamment clair, ou voulez-vous que je vous l'écrive ?

Ces paroles firent à Katherine l'effet d'une douche glacée. Elle avait compris.

Il ne voulait pas l'épouser...

Elle avait attendu pour rien. Pour rien du tout. Cela faisait un an qu'elle se croyait fiancée et qu'elle avait mis son avenir entre parenthèses en attendant le bon vouloir de cet homme. Quel aveuglement ! Quelle idiotie !

Quelle naïveté !

Des picotements lui brûlaient les yeux, le souffle lui manquait. Elle n'avait plus qu'une idée en tête : prendre la fuite.

— Je comprends. Je suis désolée d'avoir abusé de votre temps, croyez-le bien. Je ne vous dérangerai plus, rassurez-vous. Bonne journée, monsieur ! lança-t-elle en refermant son cahier.

— Attendez.

Elle n'écoutait plus. Preston Clarke lui avait déjà fait perdre suffisamment de temps...

Il n'était pas question de perdre une seconde de plus avec lui.

2

— Je vous avais dit de ne pas la faire pleurer ! déclara Mme Cohen en entrant dans le bureau.

— Croyez-moi, je n'avais aucune intention de la blesser, rétorqua Preston en se laissant tomber sur son siège.

— Vous êtes vraiment fiancés ?

Non, il n'était absolument pas fiancé avec Katherine Delafield. Son défunt père avait arrangé cette union des années plus tôt, mais tout avait changé depuis.

— C'est ce qu'elle vous a dit ? Pourquoi ne m'avez-vous pas prévenu ?

— Être un peu secoué de temps en temps ne vous fait pas de mal. C'est bon pour le cœur.

— Je n'ai peut-être pas suffisamment étudié les derniers progrès de la médecine, mais je pense que c'est l'inverse qui est vrai. De toute façon, vous mériteriez que je vous mette à la porte rien que pour ça !

— Mais vous ne le ferez jamais parce que je connais tous vos petits secrets, et ceux de votre père aussi – Dieu ait son âme.

C'était vrai. Mme Cohen travaillait déjà pour les Clarke avant la naissance de Preston, et elle lui était indispensable.

— Enfin, pour répondre à votre question : non, nous ne sommes pas fiancés.

— Et pourquoi donc ? J'aimais bien son père, quand il travaillait avec le vôtre. Et elle est très jolie. Vous pourriez tomber plus mal.

Oui, elle était jolie. Plus que jolie, même. Grande et le port altier, Katherine avait une chevelure châtain clair avec de légers reflets mordorés. Ses yeux pétillaient d'innocence et de franchise. De gentillesse aussi... Il se faisait honte rien qu'en la regardant.

Preston avait peu de rapports avec l'innocence et la franchise. Il avait fait des choses affreuses et n'avait jamais reculé devant la corruption pour gagner un dollar supplémentaire. Son grand-père s'était élevé des taudis des quais jusqu'aux beaux quartiers par la violence et le chantage, mais son père avait pratiquement tout perdu avant de mourir. Quand Preston lui avait succédé, les Clarke étaient couverts de dettes, et il avait dû retrouver les méthodes de ses ancêtres pour sauver leur affaire, leur maison et leur héritage.

Dans cette ville, personne ne s'enrichissait par des moyens honorables.

Preston n'avait pas tardé à reconstruire tout ce que son père avait perdu et il s'était juré, quoi qu'il arrive, de ne plus jamais connaître la ruine. L'angoisse de l'avenir avait failli tuer sa mère et s'il devait vendre son âme au diable pour lui épargner un seul instant d'anxiété, il le ferait de bon cœur, quoi qu'il en coûte.

— Vous savez ce que je pense de la famille Delafield. La seule idée que je pourrais épouser cette jeune femme est tout simplement risible. Lloyd devrait le savoir !

— Vous ne pouvez pas reprocher à M. Delafield ce qui est arrivé à votre père. Et même si votre animosité envers lui était justifiée, vous n'avez aucune raison d'en vouloir à sa fille.

Preston le savait bien, mais cela ne changeait rien au fait que Lloyd Delafield aurait pu aider les Clarke quand ils en avaient eu besoin. Il avait refusé et avait liquidé les affaires qu'ils avaient ensemble pour laisser Henry Clarke couler tout seul. Preston ne voulait avoir aucun rapport avec Lloyd ou sa fille.

— J'en voudrai à qui il me plaira ! Et si vous tenez à garder votre poste, vous seriez bien avisée de prendre mon parti.

— Vous êtes trop jeune pour ronchonner autant, vous savez, rétorqua Mme Cohen, pas le moins du monde impressionnée.

Trop jeune ? Par moments, il avait l'impression d'avoir cent ans. Ses relations d'affaires avec les hommes les plus puissants et les moins scrupuleux de la ville lui prenaient tout son temps. Il s'était également fait des ennemis. Tout le monde se disputait le même gâteau et la plupart étaient prêts à tout pour l'obtenir – et lui aussi. Ce n'étaient pas la timidité et la gentillesse qui l'aideraient à bâtir l'immeuble le plus haut du monde, dont il avait les plans sur son bureau.

Le nom des Clarke allait entrer dans l'histoire…

Lloyd avait-il entendu parler du projet ? Cela expliquerait pourquoi il avait envoyé Katherine pour finaliser le mariage. Il avait l'intention de recueillir encore une fois le fruit du travail des Clarke. Cette crapule était tellement prévisible !

Eh bien, Preston ne le laisserait pas faire. À l'avenir, il ferait son possible pour éviter tous les Delafield de la terre, à n'importe quel prix.

Cela lui rappelait…

— Envoyez donc des fleurs à Mme Russell, avec un mot disant que j'aimerais la voir samedi.

— C'est parce que cette charmante Mlle Delafield a prononcé le mot « mariage » ? Elle vous a effrayé ?

Exactement.

— Cela ne vous regarde pas ! Est-ce que M. Vance est toujours là ?

— Vous devriez aussi envoyer des fleurs à Mlle Delafield et vous excuser de l'avoir blessée, suggéra la secrétaire avec le regard qui le faisait immanquablement se sentir tout petit.

Elle avait raison. Pourquoi n'y avait-il pas pensé par lui-même ?

— Eh bien, occupez-vous-en ! Ça y est, nous en avons terminé avec les fleurs et les futilités ? Nous pouvons enfin revenir aux choses sérieuses ?

— Qu'est-ce qui serait plus sérieux que les femmes de votre vie ?

— Il n'y a pas de femmes de ma vie. En tout cas, il y en aura une de moins si elle ne se dépêche pas de m'envoyer mon prochain rendez-vous.

— Je me demande vraiment pourquoi je reste à votre service.

— Parce que je vous paie le double de ce que vous gagneriez ailleurs.

— Et ce n'est toujours pas à la hauteur de ce que je mérite !

C'était vrai. Il surpayait Mme Cohen pour compenser les années où son père n'avait pas pu lui verser son salaire. Par loyauté, elle avait tenu à rester dans les pires moments et Preston entendait bien l'en récompenser. Peu de gens avaient sa confiance, mais Mme Cohen l'avait tout entière.

— Mais où vous amuseriez-vous autant ?

— Je me le demande. À un enterrement, peut-être ?

Elle avait voulu plaisanter, mais cela lui rappela un enterrement bien réel qui avait eu lieu quelques semaines plus tôt. L'un des plus proches amis de Preston avait versé dans l'alcool et la dépression, et était allé d'asile de nuit en asile de nuit jusqu'à ce qu'il se jette sous un train.

— Je suis désolée. J'ai parlé inconsidérément, vu les circonstances, se hâta d'ajouter Mme Cohen qui avait dû lire la peine et le sentiment de culpabilité qu'il éprouvait en se remémorant Forrest.

— Ce n'est rien. Allons, finissons-en avec ce rendez-vous avec Vance, voulez-vous ?

— Mais non, ce n'est pas rien. Je n'aurais pas dû oublier que vous pleurez toujours votre ami.

— Vous croyez que c'est le moment d'en parler ?

— Non, mais je suis sûre que vous seriez un peu moins revêche si vous en parliez.

Preston alla au grand coffre-fort, fit la combinaison, ouvrit la lourde porte métallique et considéra les piles de billets. Trois mille dollars devraient suffire à acheter Vance, qui siégeait à la commission d'aménagement de Brooklyn. Il prit ce dont il avait besoin et referma le coffre.

— Je préfère rester revêche. De cette façon, les gens me laissent tranquille et je peux travailler en paix.

— Je vous l'envoie tout de suite, dit Mme Cohen avec un soupir.

Avant qu'elle ait le temps d'atteindre la porte, celle-ci s'ouvrit en trombe sur Katherine Delafield, les yeux étincelants, des mèches châtaines retombant sur son visage. C'était une guerrière, une reine vengeresse qui entrait comme une furie, prête à anéantir des royaumes entiers – ou lui, en l'occurrence. Cloué sur place, Preston en avait le souffle coupé tandis qu'elle marchait sur lui.

— C'est seulement quand je me suis retrouvée dans la rue que j'ai compris la vérité ! fit-elle en ricanant. Je n'ai rien à me reprocher, tout va bien chez moi. C'est vous, monsieur Clarke, qui êtes fautif. Vous êtes... vous êtes... vous êtes un mufle sans cœur ! Vous pouvez le garder, ajouta-t-elle en jetant son cahier sur le bureau. Un jour, vous regretterez de m'avoir laissée partir, mais il sera trop tard. Je ne vous épouserais pour rien au monde, même si vous me suppliiez à genoux devant le monde entier ! Vous avez gâché vos chances de mener une vie de rêve. Profitez bien de votre travail. J'espère qu'il vous rendra heureux !

Bouche bée, il reçut chacune de ces paroles comme un coup de massue.

— Katherine, attendez ! s'écria-t-il, sans bien savoir ce qu'il pourrait lui dire.

Cela n'avait aucune importance, puisqu'elle se dirigeait déjà vers la porte.

— Vous devriez chercher un autre employeur ! lança-t-elle en passant devant Mme Cohen.

— Je le sais bien, vous pouvez me croire, marmonna la secrétaire.

Une fois qu'ils furent seuls, Mme Cohen reprit :

— Eh bien, quelle journée ! Cela fait longtemps que nous n'avions pas eu un après-midi aussi passionnant. Vous voulez que j'envoie un autre bouquet de fleurs avec d'autres excuses ?

Preston prit le cahier que Katherine avait abandonné pour le jeter à la corbeille, avant de se raviser.

— Ça suffit ! Je ne veux plus en entendre parler ! Envoyez-moi M. Vance.

De retour chez elle, Katherine trouva son père dans la galerie de peinture, où on décrochait tous les tableaux pour les mettre en caisse.

— Pourquoi ne m'as-tu pas dit qu'il n'avait aucune intention de m'épouser ? s'exclama-t-elle, bouillant de colère et d'humiliation.

— Michael, Robert, donnez-nous une minute, voulez-vous ? intima son père, effaré. Que t'a dit Clarke, exactement ? ajouta-t-il une fois les deux valets partis.

— Qu'il ne comptait pas honorer cette promesse de mariage et qu'il ne voulait pas m'épouser. Il a bien insisté là-dessus. Sa conduite était à la limite de la grossièreté. Je me suis fait l'effet d'une parfaite imbécile !

— Tu n'as rien d'une imbécile. C'est lui, l'imbécile, s'il ne veut pas honorer cet engagement.

— Mais enfin, qu'est-ce qui t'est passé par la tête de me fiancer sans t'assurer qu'il serait d'accord ?

— Henry m'avait dit qu'il en avait parlé avec son fils. C'est ce qu'il m'a assuré peu de temps avant sa mort.

— Je ne sais pas si M. Clarke lui en avait parlé ou non, mais en tout cas Preston s'est montré très clair.

— Je vais l'attaquer pour rupture de contrat ! gronda Lloyd Delafield.

Un procès ? Cela signifierait-il qu'elle devrait écouter une armée d'avocats disserter au tribunal sur ce qui s'était passé entre Preston et elle ? Pire, qu'elle serait appelée à témoigner ?

Son humiliation n'en serait que plus grande, et elle deviendrait publique.

— Non, il n'en est pas question ! N'en parlons plus. Tout ce que je veux, c'est oublier toute cette histoire.

— Mais pourquoi ? C'était la volonté de son père. Preston devrait honorer sa parole !

— Si tu veux mon avis, Preston Clarke n'a qu'une très lointaine idée de la signification du mot « honneur ». Oublions-le, c'est ce que nous avons de mieux à faire, dit Katherine en se rappelant la façon dont il avait traité cet homme qui allait perdre son logement.

— Cela ne me plaît pas du tout ! De mon temps, personne n'aurait jamais osé se conduire d'une façon aussi grossière et irrespectueuse, surtout envers une femme !

— Papa, n'y pense plus, s'il te plaît ! Il a très clairement exprimé son point de vue, et je n'ai plus aucune envie de l'épouser. Et si jamais tu essaies de m'y forcer, je m'enfuirai à l'autre bout du monde.

— Je lui en veux de t'avoir fait de la peine, Kitty Kat, dit M. Delafield en souriant devant cette menace de sa fille, habituelle depuis l'enfance. Je ne lui ferai pas de procès et nous te trouverons un autre mari, je te le promets.

— Oh non, s'il te plaît ! Cela fait un an que je m'imagine en Mme Preston Clarke : j'ai besoin d'un peu de temps pour me défaire de cette habitude, tu comprends. Je veux choisir moi-même mon mari.

— Nous n'avons pas beaucoup de temps, Katherine. Nous avons déjà repoussé d'un an ton entrée dans le monde parce que nous étions en deuil de ta mère, et tu sais comment cela se passe dans la bonne société.

Oui, elle le savait très bien. Si elle attendait trop longtemps, elle serait cataloguée comme une vieille fille, totalement impropre au mariage.

— Je ne demande pas des années, juste un peu de temps... Tu es tellement pressé de te débarrasser de moi ?

— Bien sûr que non, voyons ! Mon rôle de père est de te voir établie, mais je veux surtout que tu sois heureuse. C'est ce que ta mère aurait voulu, elle aussi.

— Je sais bien...

L'évocation de sa mère rappela à Katherine où ils se trouvaient et ces tableaux qu'on décrochait. Alva Delafield les avait chinés dans le monde entier, et ils avaient constitué ses biens les plus précieux.

Sa mère avait aimé tous les arts, et dans cette pièce Katherine pouvait presque sentir sa présence. « Il y a tant de beautés dans le monde, si seulement nous prenions le temps de les apprécier ! » l'entendait-elle encore soupirer. Quand elle était malade, Alva passait des heures à contempler ses tableaux préférés.

Katherine avait seize ans lorsque sa mère était tombée malade. Les médecins avaient déclaré que le mal était trop avancé, trop virulent pour espérer une guérison – et ils avaient raison. Sa mère n'avait cessé de décliner et était morte deux ans plus tard. La douleur ne s'était pas apaisée depuis, et elle ne s'apaiserait peut-être jamais. Qu'avait en tête son père, de son côté ?

— Tu ne vas pas vendre les tableaux de maman, tout de même ?

— Non, m'en séparer serait trop pénible. Mais les voir tout le temps m'est pénible aussi.

— Je ne comprends pas.

— Ils me la rappellent constamment, et j'aimerais bien passer ici de temps en temps sans ressentir cette horrible boule dans la gorge, expliqua-t-il.

Katherine comprenait parfaitement. Certains jours, le chagrin l'étouffait littéralement. Mais ces tableaux étaient le dernier lien qui lui restait avec sa mère, une façon de se rappeler et d'honorer la défunte.

— Tu ne peux pas faire cela, papa. Elle n'aurait jamais voulu qu'on les mette en caisse pour les ranger dans un coin, cela lui aurait fendu le cœur !

— Mais elle n'est plus là. Je ne peux pas...

— Je comprends, assura-t-elle comme il ne terminait pas sa phrase. Elle me manque chaque minute de chaque jour, mais ces tableaux sont à elle. Elle s'est donné tellement de mal pour les dénicher... Beaucoup de galeries seraient prêtes à tout pour mettre la main dessus.

Il y avait des romantiques et des néoclassiques, des peintres de la Renaissance et d'autres plus anciens, des estampes japonaises du mouvement ukiyo-e[1], des maîtres hollandais et même quelques œuvres d'artistes peu connus, choisis par sa mère tout simplement parce qu'ils lui plaisaient.

— Katherine, je t'en prie, je ne veux pas te blesser ni offenser la mémoire de ta mère, mais cela va nous aider à aller de l'avant.

Comment cela, aller de l'avant ?

Cette tournure de phrase était étrange. Elle n'avait aucune envie d'aller de l'avant et de laisser de côté la perte de sa mère, et surtout elle ne voulait pas perdre ce qui l'unissait encore à elle.

Quand sa mère allait bien, Katherine l'avait souvent suivie ici, pour le simple plaisir d'entendre ses commentaires sur l'art et les artistes qu'elle aimait. Les animaux de Rosa Bonheur, le tableau préféré d'Alva qu'elle avait acheté à un collectionneur à Lisbonne, le Ruskin que ses parents lui avaient offert comme cadeau de mariage, ou encore les illustrations de Charles Gibson, qui était devenu un ami par la suite... Katherine pouvait retracer toute l'existence de sa mère à travers les peintures et les dessins de cette pièce.

Comment son père pouvait-il les faire décrocher ?

1. Littéralement, « image du monde flottant ». Ce terme désigne un mouvement artistique japonais de peinture et d'estampes, aux sujets généralement intimistes. *(Toutes les notes sont de la traductrice.)*

Il y avait certainement un moyen de rendre hommage à ces magnifiques œuvres d'art sans les reléguer dans un grenier !

— Donne-moi quelques jours pour y réfléchir. Je ne veux pas voir ses tableaux mis de côté. Il y a peut-être un endroit où je pourrais les accrocher, faire une espèce d'exposition permanente...

— Tu veux toujours faire ce qui est bien, dit-il en souriant après un instant d'hésitation. C'est grâce à elle. Tu es pleine de gentillesse et d'attentions, comme elle. Quelques jours ne coûtent rien, après tout.

— Merci. Je t'aime tellement ! murmura-t-elle en posant la tête sur son épaule.

Leur chagrin commun les avait encore rapprochés.

— Moi aussi. As-tu envie de m'en dire plus sur ce qui s'est passé avec Clarke ?

— Oh, grand Dieu, non ! Je ne me souviens pas de tout ce que j'ai pu dire, j'étais tellement en colère, mais je l'ai bien remis à sa place.

— Tant mieux. Si j'ai bien compris, il l'avait cherché. J'avais entendu des bruits sur son compte, mais je n'aurais jamais pensé que le fils de Henry deviendrait un tel scélérat.

— « Scélérat » est un mot faible. Enfin, ce qui est sûr, c'est que Preston Clarke m'aurait rendue profondément malheureuse.

— C'est lamentable. J'avais nourri tellement d'espoirs après votre première entrevue... Tu avais l'air enchantée et cela m'avait rappelé ma première rencontre avec ta mère. J'avais tout de suite su que je venais de rencontrer la femme idéale.

Son cas était bien différent. Preston n'avait rien de l'homme idéal, loin de là.

« Je ne peux pas vous épouser, voilà tout. Jamais ! Suis-je suffisamment clair, ou voulez-vous que je vous l'écrive ? »

— Aujourd'hui, il m'a enlevé toutes mes illusions, en tout cas, assura-t-elle, en proie à un cuisant sentiment d'humiliation. Je ne veux plus avoir aucun rapport avec lui, crois-moi !

3

— Je veux avoir une liaison ! déclara soudainement Katherine, juste au moment où un valet entrait avec le plateau du thé.

Nellie et elle s'étaient retrouvées au Meliora Club, le club pour dames dont elles étaient membres. Le Meliora, du terme latin signifiant « toujours mieux », avait pour objet de promouvoir et de favoriser l'éducation et les projets professionnels des femmes. Katherine était venue organiser une exposition des tableaux de sa mère mais, à présent, elle n'oserait peut-être jamais plus se montrer entre ces murs.

— Merci beaucoup, Robbie, fit Nellie en souriant à l'intention du jeune homme qui, lui, était maintenant rouge comme une cerise. Posez cela sur la table, voulez-vous.

— Mon Dieu, comment ai-je pu dire une chose pareille ? marmonna Katherine une fois le valet sorti.

— N'y pense plus. Il a dû entendre bien pire entre ces murs. Il y a eu une conférence sur l'amour libre il y a quelques jours. Bon, revenons à ce qui nous occupe. À qui penses-tu ?

Katherine prit le temps de la réflexion. Depuis qu'elle avait quitté le bureau de Preston Clarke trois jours plus tôt, elle était d'humeur morose. Elle s'en voulait d'avoir attendu toute une année le bon vouloir de Preston, tandis qu'il entretenait une maîtresse et prenait du bon temps. Katherine voulait prendre du bon temps à son tour.

Elle le méritait, après tout.

Elle avait passé quatre mois en Espagne avec sa tante, et ce voyage l'avait transformée. Elle avait constaté que les mœurs étaient différentes ailleurs dans le monde, bien moins guindées. Qu'on jugeait moins les gens. Qu'on acceptait plus facilement les différences de point de vue...

Il était grand temps qu'elle cesse de se préoccuper de ce qu'on attendait d'elle et fasse ce qu'elle voulait quand elle le voulait.

Et pour commencer, tout en haut de sa liste, avoir une liaison.

— Je ne sais pas, répondit-elle.

— Eh bien, voyons un peu. J'ai rencontré le lanceur des Brooklyn Bridegrooms il y a quelque temps, et il est très séduisant. Sa moustache est une œuvre d'art à elle toute seule. Sinon, il y a ce jeune ambassadeur de Grèce. Il est beau comme un dieu, Katie ! Et surtout, il ne va pas rester longtemps. Tu n'aurais donc pas à craindre qu'il s'attache à toi.

— Peut-être, mais cela m'a l'air de demander beaucoup de temps et de travail. Je pourrais tout simplement aller à un bal ou dans un club pour trouver quelqu'un. Quelque part dans les quartiers populaires, où personne ne me connaîtrait et où je n'aurais pas à me préoccuper de ma réputation...

— Si c'est vraiment ce que tu veux, tu as de la chance. Il y a un bal costumé la semaine prochaine au Madison Square Garden.

— Ah bon ?

— Oui, le Bal français. C'est un événement très osé.

— Cela m'a l'air tout indiqué, alors. Tu y es déjà allée ?

— Non, mais il paraît qu'on s'y amuse beaucoup. Des demi-mondaines et des gens de théâtre se mélangent avec la haute société et les financiers de Wall Street pour une bacchanale qui dure toute la nuit. On m'a dit qu'ils lancent quelquefois les dames de la piste de danse jusque dans les loges privées au-dessus. Mais ce serait peut-être trop osé pour toi, Katie. Il vaut peut-être mieux tâter l'eau avant de se jeter dedans.

— Mais non, c'est exactement ce que je cherche. Cela fait un an que j'attends de prendre un peu de bon temps !

— Je suis tout à fait pour que les femmes prennent du bon temps où et quand cela leur chante, mais fais-le pour toi, pas pour te venger de Preston Clarke, qui ne mérite certainement ni une minute de plus de ton temps ni une once de ton énergie.

La première chose qu'avait faite Katherine à l'arrivée de Nellie avait été de lui raconter son entrevue avec Preston, et son amie avait été indignée.

— Nellie, je me suis gardée pour lui, et pendant ce temps il entretenait des maîtresses et faisait la fête dans toute la ville. Je suis vraiment la dernière des imbéciles. Aucune femme au monde n'est plus bête que moi !

— Cesse de te couvrir la tête de cendres, comme si tu étais en faute. Tu n'as rien à te reprocher. Ton père avait arrangé ce mariage – ce qui est monnaie courante sur la Cinquième Avenue – et tu as honoré ces fiançailles. C'est Preston Clarke qui est dans son tort.

Elle avait raison, mais Katherine savait bien que la plupart des femmes n'auraient jamais attendu un an pour mettre au point les détails de leur mariage. Nellie aurait exigé des réponses au bout de quelques semaines. Pourquoi Katherine s'était-elle montrée aussi complaisante, aussi facilement disposée à mettre sa vie entre parenthèses ? Pourquoi s'était-elle montrée aussi gentille ?

— Merci, mais je me fais tout de même l'effet d'une idiote.

— Est-ce qu'une idiote aurait l'idée de demander au Meliora Club d'organiser une exposition des tableaux de sa mère ? Est-ce qu'une idiote serait une de mes meilleures amies et se mettrait toujours en quatre pour essayer d'aider ses amies à trouver l'amour ? Cesse de t'autoflageller et montre-toi un peu indulgente envers toi-même, Katie !

— Merci, Nellie, je vais essayer. Maintenant, revenons au Bal français.

— Si tu veux t'amuser, je vais t'y aider.

Nellie la comprenait, bien entendu. Son amie vivait comme elle l'entendait, sans se soucier des conventions ni de voir ses invitations aux réceptions huppées se faire de plus en plus rares depuis déjà un certain temps. C'était tout simplement extraordinaire.

— Merci, dit Katherine, soulagée. Tu viendras avec moi ? Je n'oserai jamais y aller toute seule.

— Je suis toute prête à t'accompagner, mais tu crois que tu pourras t'échapper ?

— Je m'arrangerai. La question cruciale, c'est : pourrons-nous avoir des invitations ?

— Tu crois que je ne suis pas capable de nous obtenir des entrées ? Tu viendras me chercher chez moi et nous irons ensemble. Quels costumes allons-nous mettre ?

Le cœur de Katherine s'emballa. Est-ce qu'elle ne rêvait pas ?

— Avec une perruque et un masque, je serai méconnaissable. À ton avis, qu'est-ce que les autres femmes porteront ? Il ne faut pas détonner ni nous faire remarquer.

— Katie, les femmes que nous rencontrerons là-bas ne sont pas de celles qui se préoccupent beaucoup de leur réputation. Elles porteront des collants ou des robes courtes et un corset sans chemise.

— Alors, nous allons faire la même chose ! À nos ébats ! conclut-elle en levant sa tasse de thé comme pour un toast.

— À nos ébats ! répéta Nellie en riant.

Preston jeta son chapeau sur le petit canapé du bureau de Kit avant de se laisser tomber sur un siège en se frottant les yeux.

— Bonjour, mon grand ! le salua Kit, qui se replongea dans ses dossiers.

— Bonjour, grommela Preston.

Il était de mauvaise humeur depuis quelques jours.

— Tu prends un verre ?

— Non, et tu sais pourquoi.

— Je ne veux pas jouer les donneurs de leçons, mais tu n'es pas lui. Et ne pas boire d'alcool ne le ramènera pas.

— Je le sais bien.

Cela faisait trois semaines qu'il n'avait pas bu une goutte d'alcool et, pour être honnête, il en avait par-dessus la tête du thé et de la limonade, mais il n'était pas encore prêt.

— Tu as une mine épouvantable, remarqua Kit.

— Merci !

— Sérieusement, je me fais du souci pour toi. Je t'ai à peine vu depuis l'enterrement, et à chaque fois tu es encore plus grognon que la fois précédente.

— Je ne me suis pas encore remis, il faut croire.

— Je ne comprendrais pas que tu le sois, en réalité. Je n'avais jamais imaginé que l'un de nous pourrait mourir – pas si jeune, en tout cas.

— Je sais bien. Parlons d'autre chose, veux-tu ? fit Preston qui, chaque fois qu'il fermait les yeux la nuit, revoyait le corps désarticulé de Forrest sur la table métallique de la morgue.

— De quoi pouvons-nous parler, alors ?

— J'ai reçu la visite de Mlle Delafield la semaine dernière.

— La fille de Lloyd ?

— Oui. Est-ce que je t'avais parlé d'une promesse de mariage que nos pères avaient signée il y a des années ? Eh bien, elle l'a prise au sérieux.

— Tu es fiancé à Katherine Delafield ? Je n'en crois pas mes oreilles !

— Je ne suis pas fiancé, se hâta de corriger Preston. Je n'ai aucune intention d'honorer cet engagement. Si Lloyd s'imagine que je vais l'épouser, c'est qu'il est devenu fou.

— Est-ce que tu as le choix ? Il pourrait te poursuivre pour rupture de contrat...

— Il ne le fera jamais. La procédure prendrait des années et cela mettrait sa fille dans une situation embarrassante. Elle aurait tout le temps de devenir vieille fille d'ici là...

— Ce n'est pas bien, Preston, même pour toi.

— Mais ce n'est pas ma faute ! Où était Lloyd quand mon père a eu besoin d'aide ? Où était Lloyd quand nous avons failli perdre notre maison de la Cinquième Avenue ? Où était Lloyd quand ma mère a dû vendre ses bijoux et emprunter de l'argent à sa sœur ? Où était Lloyd quand j'ai été obligé d'abandonner mes études ?

— Je comprends, mais Katherine est une fille bien. Elle ne mérite pas de se trouver mêlée à cette espèce de vendetta entre les Capulet et les Montaigu dans laquelle tu es embarqué avec son père.

— Ça, ce n'est pas mon affaire ! J'ai assez de soucis comme ça.

— Oui, je sais. Preston Clarke, maître du monde... Alors, tu avances ?

— Lentement mais sûrement. J'en ai déjà conquis la moitié.

— Je te fais confiance ! fit Kit, amusé. Et où en es-tu avec Mme Russell ?

— Je n'en suis plus nulle part depuis deux soirs.

— Ah bon. Tu as envie de m'en parler ?

— Non. C'est toujours la même histoire...

Arabella, désormais son ex-maîtresse, en avait eu assez de son emploi du temps surchargé, y compris de ses réunions et de ses dîners d'affaires qui se prolongeaient souvent tard dans la soirée. Elle n'avait jamais compris son ambition ni les responsabilités quotidiennes de la direction d'une aussi grande entreprise, alors qu'il était déjà tellement riche. Il avait eu beau lui parler de ses employés, de ses actionnaires et de son père, cela n'avait fait aucune différence. Arabella voulait la première place dans sa vie, ce qui était impossible. Sa société passerait toujours en premier.

Mais, même s'il n'était pas amoureux d'elle, les adieux lui avaient fait mal.

« Tu n'as pas de cœur, Preston ! »

Cela devenait une véritable rengaine...

— Eh bien, voilà une question résolue. Il te faut une autre femme dans ta vie, maintenant.

Preston doutait fort que ce soit la solution, même s'il avait pratiquement toujours eu une maîtresse. C'était plus net de cette façon. Ce qu'il lui fallait, c'était un arrangement simple tenant compte de son emploi du temps autant que de ses désirs. Mieux valait une seule partenaire plutôt qu'une suite de rencontres de hasard avec des femmes anonymes. Mais s'il ne voyait aucun inconvénient à s'oublier pendant quelques heures en compagnie d'une dame, l'idée de trouver une partenaire à aimer, une personne avec qui il puisse s'entendre de façon durable, lui paraissait aussi épuisante que vaine.

— Je trouverai bien.

— Tu te souviens de cette chanteuse il y a quelques mois ? Elle a demandé de tes nouvelles. Tu veux que je reprenne contact avec elle ?

— Certainement pas ! Je ne veux surtout pas quelqu'un qui s'attache à moi.

— Attends, laisse-moi deviner... Arabella t'en demandait trop et tu as refusé.

— Oui, pour faire simple. Notre relation était censée rester sans complication.

— Tu es idiot. C'est une actrice. Ce sont des animaux compliqués.

Kit était bien placé pour le savoir. Organiser les dîners de son club le mettait en relation avec des chanteuses et des actrices de toute sorte.

— Je ne ferai pas deux fois la même erreur, assura Preston.

— Tu tiens à rester célibataire, si je comprends bien.

— Bon Dieu, oui !

— D'accord. Plus de chanteuses ni d'actrices, dans ce cas. Écoute, il y a un bordel très sélect dans le Village...

— Non, merci. Je n'ai pas besoin d'aide pour trouver des partenaires, Kit.

— Bien sûr que si. Et les ballerines ? Les danseuses sont plus accommodantes. Il me semble qu'une troupe russe est en ville.

— Je ne suis pas d'humeur à roucouler pour convaincre une femme de devenir ma maîtresse. Ce que je veux... c'est quelque chose d'impersonnel. Quelque chose de fugace, pas une relation permanente. Un peu de bon temps sans conséquence, voilà.

— Je vois ce que tu veux dire. Si je n'étais pas marié, nous pourrions faire les quatre cents coups ensemble.

— C'était le bon temps ! fit Preston en souriant.

— Le Bal français a lieu demain soir, tu sais. Pourquoi ne vas-tu pas y chercher un peu de plaisir sans conséquence ?

— Nous aimions bien y aller ensemble. Dommage que tu sois marié, tu aurais pu venir avec moi.

— Je n'échangerais pas Alice pour toutes les orgies du monde. Un jour, tu éprouveras la même chose pour une femme et tu me comprendras.

— J'en doute.

Il en doutait d'autant plus qu'il n'avait aucune intention de se marier, pas avant d'avoir fait de Clarke Holdings une société plus respectable. Et pour le moment, ce but semblait aussi inaccessible qu'un voyage sur la Lune.

— Trouve-toi un costume avec perruque. Comme ça, personne ne te reconnaîtra.

— Cela me fera du bien de changer de tête pendant quelques heures, de devenir quelqu'un d'autre.

Un malaise s'installa entre eux, le même malaise qui persistait depuis les obsèques...

— Tu n'es pas responsable de ce qu'il a fait, tu sais.

« Fiche-moi la paix, Preston. Cela fait des mois que tu m'ignores. N'essaie pas de faire comme si tu te souciais de moi ! »

Les paroles pleines d'amertume de Forrest pendant son bref séjour chez Preston dans les

Adirondacks résonnaient encore à ses oreilles. Il allait vendre cette maison, qui n'était plus pour lui que le triste rappel de cette épouvantable expérience et de son échec à sauver son ami.

— J'aurais dû insister. J'ai bien essayé de l'enfermer pour le désintoxiquer et le remettre sur pied, mais je pensais que nous avions plus de temps devant nous.

Le temps leur avait été compté, en fait. Forrest était trop avancé dans l'autodestruction, et Preston avait maintenant compris que la vie était bien plus fragile qu'il ne le croyait. Leurs existences étaient bâties sur un échafaudage d'allumettes qui pouvait s'effondrer à tout moment.

Il aurait pourtant dû le savoir mieux que personne. N'avait-il pas passé les cinq dernières années à rebâtir l'empire que son père avait perdu ?

— Nous pensions tous avoir du temps devant nous, dit Kit. Nom de Dieu, je suis le dernier à l'avoir vu en vie ! Pourquoi l'ai-je laissé seul ce soir-là ? Pourquoi ne l'ai-je pas sorti de cette pension minable ?

— Tu ne pouvais pas deviner ce qui allait se passer. Moi, si. Je le savais et je n'en ai pas suffisamment fait pour l'aider.

— Ça suffit, Preston ! Tout ça ne nous aide pas, ni toi ni moi.

C'était exact, mais Preston n'avait pas encore trouvé comment soulager leur chagrin.

— Je suis désolé, j'ai gâché ta soirée. J'aurais dû rentrer directement à la maison en sortant du bureau.

— Tu n'as rien gâché du tout. Et je préférerais que tu restes. Nous pourrions toujours piller la cuisine et terminer ce qu'Alice y aura laissé.

— Va rejoindre ta femme, Kit, et profitez du reste de la soirée. Oublie que je suis venu.

— Preston...

— Je vais très bien, ne t'inquiète pas, l'interrompit Preston, alarmé par le ton de son ami. J'irai au Bal français, je m'y amuserai et tout redeviendra exactement comme avant.

4

— Je n'ai pas l'air trop ridicule ? s'inquiéta Katherine en tirant sur sa jupe.

— Mais enfin, vas-tu arrêter ? la morigéna Nellie. Tu es absolument ravissante ! Les messieurs vont en rester bouche bée, et quelques dames aussi. Qui se serait douté que tu cachais une aussi magnifique paire de jambes sous tes jupes ?

Pour éviter d'être reconnues, elles portaient des masques et avaient poudré leurs cheveux. Katherine, en Mme de Pompadour, portait une robe très courte à paniers et des collants blancs tandis que Nellie, qui laissait voir son corset et ses dessous, ressemblait plus à une danseuse de cabaret qu'à la reine Marie-Antoinette qu'elle était censée représenter.

— Où en sont les préparatifs de ton exposition ? demanda celle-ci en entraînant son amie vers l'entrée du Madison Square Garden.

— Tout se passe très bien. C'est beaucoup plus facile que je ne m'y attendais, en fait.

— Parce que tu es la personne la mieux organisée que je connaisse. Et ton amour de l'art doit aussi aider.

— J'ai décidé d'inclure quelques artistes contemporains inconnus, mais je ne me doutais pas qu'ils étaient si nombreux.

— Tu fais bien de les aider. Les galeries sont difficiles d'accès et souvent méprisantes envers les jeunes artistes. Les propriétaires cherchent surtout à exposer des gens déjà connus, ceux dont ils savent que les travaux se vendront très cher.

— Je vois que tu connais parfaitement les difficultés des jeunes artistes.

— J'ai eu une liaison avec l'un d'eux l'année dernière. Il était merveilleusement beau mais ne savait pas peindre. Je lui ai acheté six tableaux, au cas où tu aurais envie de les voir.

— Six ! Il devait vraiment en valoir la peine.

— Oh oui ! Il était très tendre… Il avait une âme de poète, en fait.

— Je t'envie. La plupart des femmes n'oseraient jamais mener la vie que tu as choisie, soupira Katherine tandis que la foule se faisait plus dense à l'approche de l'entrée.

Nellie se rembrunit.

— Cela n'a pas toujours été drôle. J'ai aussi commis des erreurs.

— Mais quelles histoires tu auras à raconter quand tu seras vieille !

— Eh bien, si tu commences ce soir, tu auras aussi de belles anecdotes à raconter. Allons, viens ! conclut-elle en donnant leurs tickets au portier.

La musique, un air de danse entraînant, résonnait jusqu'au-dehors. Des fêtards déguisés arrivaient de tous côtés, beaucoup dans des tenues légères, dans des costumes qui allaient des paons et des fous du roi jusqu'aux dieux et déesses de l'Olympe. Une Cléopâtre particulièrement dénudée accompagnée de son Marc Antoine les frôla. Katherine fit de son mieux pour cacher sa stupeur devant tant de chair exposée.

— Cesse de les regarder bouche bée ! Il paraît que les choses sérieuses ne commencent pas avant minuit, de toute façon. Allons de ce côté.

Des milliers de personnes se pressaient dans la salle principale, aussi bien au centre que dans les loges sur les côtés. Un orchestre d'une centaine de musiciens occupait une extrémité tandis que les danseurs tournoyaient sur la piste centrale et levaient haut la jambe. Les dessous de dentelle n'hésitaient pas à se montrer...

— J'ai l'impression d'être trop habillée ! cria-t-elle alors que son amie l'entraînait au milieu des danseurs.

— Tu vois bien ! Toi qui te faisais du souci. Allons danser !

Nellie se fraya un chemin et toutes deux se mirent à sauter et tournoyer, enchaînant un air après l'autre. Les messieurs allaient et venaient, s'arrêtant parfois de danser pour échanger quelques mots. L'ambiance libre et bon enfant était très différente des bals de la bonne société. Une femme légèrement vêtue leur montra comment danser le cancan, ce qui leur valut une salve d'applaudissements des personnes autour, y compris de certains messieurs assis dans les loges privées.

— Regarde derrière toi, dans la loge du dessus. Voilà ton roi ! s'écria Nellie.

— Pardon ?

Katherine leva les yeux. Dans une loge en surplomb, un homme déguisé en roi français

– Louis XV ou Louis XVI – l'observait, ses yeux sombres brillant derrière un masque ivoire. Il portait une perruque blanche et un habit bleu nuit brodé d'argent. Son cœur bondit dans sa poitrine lorsque leurs regards se croisèrent. Depuis combien de temps la regardait-il ?

— C'est amusant. Tu crois que je peux aller lui dire bonsoir ?

— Certainement pas ! Il y a bien trop d'hommes ici pour choisir un despote qui se cache derrière un masque et une perruque.

— Il est certainement marié, de toute façon…

— Probablement. Montons prendre un verre, suggéra Nellie en désignant la galerie supérieure.

— Montrez le chemin, Votre Majesté ! acquiesça Katherine qui mourait de soif.

Même plongé dans l'obscurité, le couloir du deuxième étage était noir de monde. Des couples sans visage, s'adonnant visiblement à de scandaleuses occupations, s'agitaient dans l'ombre. Elles passèrent devant un monsieur dont la tête disparaissait sous les jupes d'une dame, tandis qu'à côté les hanches d'un homme s'agitaient furieusement au-dessus d'une femme à genoux. Neptune, trident en main, embrassait à pleine bouche l'un des Pères fondateurs[1]. Quelques secondes plus tard, une jeune femme aux seins nus passa en courant devant elles, poursuivie par un pirate riant aux éclats.

L'attention de Nellie, à qui un coup d'œil sur ces scènes suffisait, se portait vers l'avant tandis

1. L'expression « Pères fondateurs » désigne les personnalités qui ont dirigé la guerre d'Indépendance des États-Unis jusqu'à la victoire des Américains, aidés par les Français.

que Katherine ne pouvait pas s'empêcher de s'arrêter pour regarder. Jamais encore elle n'avait vu ces gestes érotiques, que ce soit dans l'intimité ou en public.

Tout cela paraissait bien amusant, cependant.

À la buvette, elles se décidèrent pour du champagne. La première coupe rapidement vidée, Katherine la fit remplir de nouveau. Elles s'installèrent à l'écart avec leurs boissons pour regarder tranquillement ce qui se passait en bas. Il commençait à se faire tard et l'assistance devenait plus agitée. Des messieurs lançaient des dames en l'air, et les gens escaladaient et sautaient dans et hors des loges comme ils l'entendaient. Les bretelles de beaucoup de costumes tombaient, et les poitrines s'exposaient sans gêne apparente. Des hommes avaient enlevé leur chemise et se frottaient sans vergogne contre d'autres danseurs.

— C'est vraiment incroyable ! Quelle soirée ! s'écria Katherine.

— Et ce n'est pas fini. Il te reste encore à trouver ta liaison, rétorqua Nellie.

Le regard de Katherine s'égara du côté du roi Louis, qui buvait seul dans sa loge un breuvage doré dans un verre de cristal. Son sang battit plus vite, ce qui était ridicule face à un parfait inconnu. Cet homme ne cherchait probablement qu'à tromper sa femme.

— Si je ne la trouve pas ce soir, ce ne sera pas grave. Mais tout de même, cela me donne des idées, ajouta-t-elle en désignant la foule.

— Tu veux dire des fantasmes pour t'aider à jouir quand tu te fais des gâteries ? Je suis d'accord ! répliqua Nellie en vidant sa coupe de champagne.

— Ah, voilà ! Les amants qu'on imagine sont toujours meilleurs que dans la vraie vie, pas vrai ? lança une femme en corset et collants rouges avant que Katherine ait eu le temps de s'indigner des propos de son amie.

— Vous avez raison, sauf si on leur indique quoi faire, répondit Nellie, amusée.

— Vous me plaisez bien, Votre Majesté la reine Elizabeth ! s'écria leur nouvelle amie.

— Merci beaucoup, rétorqua Nellie sans lui tenir rigueur de s'être trompée de souveraine. À moi aussi, vous me plaisez bien, madame.

— Madame ! Elle est bien bonne ! ricana la femme avant que son compagnon, un homme en domino noir, l'entraîne.

Elle les salua de la main sans cesser de rire, tandis que Nellie brandissait sa coupe vide.

— J'en prendrais bien une autre.

Elles faisaient la queue devant le bar lorsqu'un homme élégant, un peu plus âgé qu'elles et masqué de soie, les aborda.

— Bonsoir, Marie, dit-il en s'inclinant. Je vous cherche partout, *mon petit chou**[1] !

— Bonsoir, Adrian. Laisse-moi te présenter mon amie, dit Nellie en l'embrassant sur les deux joues.

— Mme de Pompadour, compléta Katherine en lui tendant la main. Je suis heureuse de faire votre connaissance.

---

1. Tous les mots en italique et suivis d'un astérisque sont en français dans le texte.

— Je comprends. Dans cette société conservatrice, il faut préserver son anonymat, n'est-ce pas ? Je m'appelle Adrian.

— C'est mon professeur d'escrime, expliqua Nellie.

— Je vois. Très heureuse également.

Muni de champagne, le trio s'engagea dans le couloir, où Nellie et Adrian se mirent à flirter outrageusement. Katherine avait l'impression non seulement d'être de trop mais encore de gâcher le plaisir de son amie.

— Je vais aller faire un tour. Nous nous retrouverons tout à l'heure.

— Tu es sûre ? Si nous te gênons, je peux renvoyer Adrian, ajouta Nellie à voix basse en entraînant Katherine à l'écart.

— Mais non, amuse-toi ! Je suis tout à fait capable de me distraire toute seule un moment.

— Je vais rester dans les parages. Comme ça, tu sauras où me trouver. Quant à toi, ne t'égare pas dans les coins sombres et n'accepte de boissons que des serveurs du bar !

— C'est promis. Pas de coins sombres ni de boissons de la part d'inconnus, acquiesça Katherine en embrassant son amie.

— C'est exactement ça. Maintenant, va t'amuser, madame ! Et fais tout ce que je ferais à ta place, conclut Nellie avec une tape sur les fesses de Katherine.

En riant, la jeune femme s'éloigna, sa coupe de champagne à la main. Ici, la musique était moins assourdissante qu'en bas, et elle percevait distinctement les soupirs et les gémissements en provenance des salons privés. Une dame parvenait au septième ciel lorsqu'elle passa devant une loge et ses « Oh oui, mon Dieu ! » qui se répercutaient dans le corridor allumèrent en elle une chaleur inattendue. Ce qui se passait dans cette pièce paraissait très agréable, beaucoup plus que lorsqu'elle se servait de ses doigts pour caresser son entrejambe. Pourrait-elle en espérer autant d'un amant ?

— Plus fort ! exigeait la dame. Donne-moi ta grosse queue !

Tête baissée, Katherine hâta le pas, prit une bonne gorgée de champagne pour calmer l'ardeur qui empourprait son visage... et manqua de se cogner contre un mur couvert de velours bleu nuit.

Il ne s'agissait pas d'un mur, mais d'un monsieur sortant des toilettes des hommes. Le roi Louis... Elle retint son souffle. Mon Dieu, qu'il était grand, vu de près, avec des épaules plus larges que le pont de Brooklyn. Elle avait du mal à voir son visage et ne distinguait que sa bouche, son menton et sa longue perruque blanche, mais elle brûlait comme de l'amadou.

— C'est vous ! murmura-t-il avec un petit sourire teinté d'arrogance. *C'est impossible, madame* !*

Son français était parfait, mais elle percevait distinctement la Cinquième Avenue dans sa façon de s'exprimer. Peut-être était-ce l'effet de ses deux coupes et demie de champagne, mais elle aussi choisit le français, en prenant bien soin d'adopter un ton suggestif.

— Et pourquoi est-ce impossible, Votre Majesté ?

— Parce que je vous ai cherchée partout parmi les danseurs.

— Vraiment ?

Il appuya une main sur le mur au-dessus de sa tête, sa haute silhouette leur créant ainsi un espace intime, et le cœur de Katherine battit plus fort.

— Vraiment. J'ai beaucoup aimé votre façon de lever la jambe.

Ce genre de compliment aurait fait rougir Katherine Delafield, mais Mme de Pompadour l'accepta comme un dû.

— Je vous remercie. Une maîtresse de roi se doit de manifester sa joie de vivre.

— C'est donc ce que vous êtes ? La maîtresse d'un roi ?

Ces paroles étaient pleines de sous-entendus qui pouvaient facilement la conduire sur le chemin de la dépravation. Ses nerfs étaient tendus à craquer, mais tout cela lui semblait encore irréel. Qui était donc cette femme qui bavardait audacieusement avec un parfait inconnu ?

Cesse de te tracasser ! Il ne te connaît pas.

Justement…

C'était la raison de sa présence ici ce soir. Elle était venue s'amuser de façon anonyme. Nellie n'avait pas peur de prendre ce qu'elle désirait ; pourquoi Katherine devrait-elle hésiter à en faire autant ?

Bravement, elle s'approcha du roi.

— Je ne sais pas. À votre avis ?

— Venez avec moi dans ma loge, nous pourrons en discuter à loisir.

Preston ne pouvait pas croire à sa chance.

Il avait retrouvé Mme de Pompadour dans le couloir, après l'avoir observée sur la piste de danse une grande partie de la soirée. Il y avait foule à ce bal et il avait eu peu d'espoir de la retrouver, une fois perdues de vue ses longues jambes et sa chevelure poudrée.

Et voilà qu'elle était devant lui...

Il devait s'agir d'une actrice ou d'une danseuse de cabaret qui cherchait un peu de distraction, exactement le genre de femme n'ayant pas froid aux yeux qu'il avait espéré rencontrer ce soir. Son costume était osé, mais elle n'avait pas exhibé ses seins ni levé la jambe assez haut pour dévoiler le contenu de ses dessous, ce qui la rendait encore plus désirable. Il n'avait qu'une seule envie, la débarrasser de ces vêtements et voir ce qu'ils cachaient. À en croire son décolleté, il était en droit d'entretenir de grandes espérances.

À vrai dire, elle était la seule femme à avoir piqué sa curiosité depuis son arrivée. Seul dans sa loge, il avait ruminé ses pensées moroses en regardant les fêtards. Même l'alcool n'avait pas suffi à dissiper ses idées noires.

Mme de Pompadour lui apportait donc exactement ce qu'il lui fallait.

— Par ici, ma chérie, offrit-il en ouvrant la porte de sa loge.

Un canapé, deux sièges et une table meublaient ce petit salon privé.

— Un peu plus de bulles ? proposa-t-il en désignant dans un seau à champagne la bouteille qu'il avait commandée un peu plus tôt.

Elle prit tout son temps pour arranger ses jupes sur le canapé, sans quitter des yeux la bouteille encore intacte. Voulait-elle s'assurer de la qualité du breuvage ? Il était sans crainte : c'était la plus chère de toutes.

— Mais oui, avec plaisir.

Il fit sauter le bouchon et remplit sa coupe avant de venir s'asseoir à son côté, en prenant bien soin de lui laisser suffisamment d'espace. Il ne voulait pas que sa haute taille impressionne sa compagne, comme c'était souvent le cas lors des premières rencontres. Il ne fallait surtout pas la mettre mal à l'aise...

— Vous ne buvez pas ? questionna-t-elle en repassant à l'anglais, désignant ses mains vides.

— J'ai pris un whisky tout à l'heure, cela me suffit.

— Je suis surprise de vous trouver seul ici, sans aucun fidèle sujet pour vous distraire.

— Que voulez-vous, la solitude est le lot des têtes couronnées.

— J'ai l'impression que nous ne parlons pas uniquement de votre déguisement...

— Mon déguisement ? *Je ne vois pas de quoi vous parlez**, dit-il, feignant de s'offusquer.

— Ah, vous ne voyez vraiment pas ? insista-t-elle en lançant un rire cristallin.

— Au fait, votre français est excellent.

— Comme le vôtre. Mais je suis plus à l'aise en espagnol et en italien.

Une femme cultivée de mœurs aussi libres ? Pour un peu, il en aurait salivé.

— Vous m'impressionnez. Dites-moi, quel est le mot français que vous préférez ?

— « Pamplemousse. »

— C'est un excellent choix.

— Mais j'aime aussi « étoile ».

Le pamplemousse et l'étoile, quelle étrange association... Ces deux mots lui offraient un aperçu de ses pensées, mais il n'était pas certain de bien en saisir la signification.

— Et vous, lesquels préférez-vous, Majesté ?

Il en avait plusieurs, mais il avait envie de mesurer sa connaissance de la langue française.

— « Embrasse-moi », très certainement.

Le regard de la jeune femme se fixa sur sa bouche. Elle avait donc parfaitement compris.

— Il y a aussi « baiser ».

— C'est pratiquement la même chose, n'est-ce pas ?

— Pas tout à fait. Lorsqu'il s'agit d'un verbe, « baiser » prend une tout autre signification, un peu plus vulgaire.

— Oh ! s'écria-t-elle en prenant une gorgée de champagne. Vous voulez dire...

— Faire l'amour, oui.

— Oh !

Elle avait porté la main à sa bouche. Cette innocente réaction était vraiment adorable. Il s'agissait d'un rôle, bien entendu. Aucune innocente jeune femme ne se serait risquée au Bal français. Cette réponse angélique n'en alluma pas moins un brasier dans ses veines. Il y avait quelque chose de tellement pur, de tellement franc chez elle... Cela faisait des années qu'une femme ne l'avait pas autant intrigué.

— La maîtresse d'un roi est sans aucun doute familière de ce genre de choses, dit-il avec son sourire le plus enjôleur.

— Bien sûr, même si je suis certaine que Votre Majesté pourrait m'apprendre toutes sortes de choses intéressantes, rétorqua-t-elle, plus à l'aise, en reprenant son rôle.

Oui, il était tout à fait prêt à lui donner satisfaction. Un peu trop sans doute.

— Qu'aimeriez-vous apprendre, *mon chou** ?

— Parlez-moi de vous, demanda-t-elle après un silence si long qu'il craignit qu'elle ne réponde pas. Êtes-vous marié ?

— Non, répondit-il avec honnêteté à cette question.

— Des enfants ?

— Non.

— Quel âge avez-vous ?

— Vingt-cinq ans, dit-il en posant le bras sur le dos du canapé.

— Oh ! Vous faites plus âgé.

— C'est vrai ? lâcha-t-il en se demandant s'il s'agissait d'un compliment ou d'une critique. La plupart des dames sont plutôt contentes quand elles apprennent mon âge.

— Pourquoi donc ?

— On est plus vigoureux quand on est jeune, chuchota-t-il d'un ton langoureux.

Elle éclata de rire, retrouvant l'innocence qu'elle avait montrée sur la piste de danse. Elle paraissait maintenant tellement jeune et insouciante, une petite ingénue aux yeux brillants... Un sourire aguicheur vint dissiper cette impression.

— Et moi qui croyais que les rois laissaient leurs maîtresses faire tout le travail.

— Pas les rois comme moi. J'ai une approche très tactile.

— Vous avez de très belles mains, vigoureuses et adroites.

— Absolument. En voulez-vous une démonstration ?

— Pas encore. J'apprécie beaucoup notre conversation, mais je n'ai pas encore décidé si vous méritez plus.

La timidité, sincère ou feinte, de Mme de Pompadour lui mettait l'eau à la bouche et il brûlait de connaître le goût de sa chair.

— Je vais voir ce que je peux faire pour vous convaincre. Quel âge avez-vous ?

— Vingt ans depuis quelques mois.

— Et que faites-vous quand vous n'allez pas à des bals scandaleux ?

— Je m'occupe de mon roi, bien entendu.

— Et si votre roi avait besoin de toutes vos attentions ici et maintenant ?

— Je lui dirais d'attendre.

— Vous êtes adorable.

— Adorable ?

— Tellement adorable que je meurs d'envie de vous embrasser.

Elle se mordit les lèvres, et la chair rose disparut sous de ravissantes petites dents blanches. Sous le masque, il ne pouvait déchiffrer l'expression de son visage, mais elle paraissait hésiter.

— Nous venons d'arriver. Je ne suis pas sûre…

— Un seul baiser, madame. Cela me permettra d'attendre votre bon plaisir. Sachez seulement que j'y pense…

— Si je vous embrasse, garderez-vous les mains là où elles sont ?

Avait-elle peur qu'il aille trop loin ?

Bien entendu, espèce d'idiot. Elle ignore qui tu es et a certainement vu beaucoup de femmes se faire accoster et peloter ce soir.

— Vous avez ma parole, assura-t-il avec une fermeté toute royale. Je ne vous toucherai pas, à moins que vous ne me le demandiez.

— Je vous remercie.

Elle posa sa coupe de champagne et s'approcha, suffisamment pour que sa jambe lui touche la cuisse. Son parfum, un arôme doux et corsé à la fois avec une note citronnée, lui monta à la tête. Il n'avait rien de capiteux, ce qu'il apprécia. En mettait-elle quelques gouttes derrière les oreilles et entre les seins ? Peut-être le découvrirait-il bientôt...

Une petite main se posa sur sa poitrine et il sentit la chaleur de sa paume à travers ses vêtements. Il n'avait pas la moindre idée de ce qu'elle allait faire, mais il était tout prêt à le découvrir.

— Je me demande si vous êtes aussi solide et indomptable que vous le paraissez...

Quand elle commença à suivre du bout des doigts les broderies de son habit, il dut serrer les poings pour s'abstenir de la toucher. Elle entreprit une lente, électrisante exploration de sa poitrine tandis qu'il guettait sur ce qu'il voyait de son visage l'effet de cette soudaine proximité, craignant d'y déceler de l'anxiété. Elle rougissait, et il voyait battre une veine sur son cou tandis que ses doigts fins couraient sur son corps, comme si elle n'avait encore jamais touché un homme.

Grand Dieu, cette seule idée pouvait lui faire perdre la raison, et il la repoussa fermement.

Elle s'enhardit et glissa la main sous son vêtement. Leurs visages étaient tout proches maintenant. Elle apportait beaucoup de soin à sa tâche et il brûlait de l'embrasser, de goûter la saveur de ses lèvres et de faire quelques découvertes à son tour. Avec une force de caractère qu'il ne se connaissait pas, il resta cependant de marbre et la laissa mener son exploration à sa guise – même lorsque sa main descendit plus bas.

— Vous êtes chatouilleux ? questionna-t-elle dans un chuchotement.

— Non. Et vous ?

— Beaucoup. Mais vous n'aurez jamais l'occasion de le vérifier.

— Vous changerez peut-être d'avis.

— Je crois que j'ai ma réponse.

— À quoi ? haleta-t-il.

— À la question de savoir si vous êtes aussi solide que vous en avez l'air.

— Et quelle est votre conclusion ? fit-il, heureux comme un adolescent sur le point d'embrasser une fille pour la première fois.

Depuis combien de temps ne s'était-il pas senti aussi libre, aussi léger, sans aucune obligation de hâter les choses et de les amener tous deux à la jouissance ? Des siècles, sans doute…

— Je ne vous le dirai pas. Les rois ne sont pas réputés pour leur humilité.

— Vous alliez donc me faire un compliment ?

— Mais c'est aux maîtresses qu'on fait des compliments et des cadeaux, pas aux rois, dit-elle en souriant, leurs lèvres si proches qu'il sentait son souffle sur son visage.

Décidément, cette femme ne cessait de le séduire et de l'exciter.

— Je serais très heureux de vous couvrir d'éloges. J'en ai toute une liste en tête, si vous voulez.

— Une longue liste ? C'est vrai ? Mais vous n'avez même pas vu mon visage.

— J'en ai vu suffisamment pour savoir que vous êtes belle et que vous avez un sourire aussi éclatant qu'espiègle. Vous avez des yeux ambrés comme un vieux cognac, des jambes si longues qu'un homme a immédiatement envie qu'elles s'enroulent autour de ses hanches, un teint de lait, surtout à la naissance de vos seins. En fait, toute votre personne est tellement séduisante que je bande à moitié depuis le moment où je vous ai aperçue dans la foule.

— C'est vrai ? s'enquit-elle, un peu hésitante.

— Voulez-vous faire descendre votre main et vérifier ?

— Je vous crois sur parole, assura-t-elle en effleurant du bout du doigt son cou, juste au-dessus de sa cravate. Mais il y a autre chose que j'aimerais.

— Tout ce que vous voudrez, madame.

— *Embrassez-moi**, mon roi.

5

Katherine avait du mal à croire que c'était elle qui parlait ainsi, comme si le diable avait pris possession de son esprit et l'obligeait à dire des horreurs. Il s'agissait vraisemblablement des effets de l'anonymat et du champagne. Quelle qu'en soit la raison, elle était maintenant emportée par un flot de désir pour cet homme qu'elle avait trouvé par hasard, comme un bibelot lors d'une vente aux enchères.

Il était magnifique, il fallait bien le reconnaître, tout en muscles, avec de larges épaules et une taille étroite. Tout en gardant une immobilité et une nonchalance seyant au roi qu'il prétendait être, il se laissait caresser sans jamais trahir sa promesse de ne pas la toucher.

Cela ne lui suffisait pas, cependant. Elle désirait plus, bien plus.

Le masque et le déguisement lui procuraient un sentiment de liberté qu'elle n'avait jamais connu et qui lui permettait d'oublier les principes moraux inculqués depuis vingt ans. Louis semblait apprécier ce jeu de rôle, lui aussi. Sa poitrine se soulevait à un rythme de plus en plus soutenu et elle n'avait pas manqué de remarquer le renflement de ses culottes lorsque ses doigts étaient descendus plus bas.

— Vous voulez que je vous embrasse ? questionna-t-il en se penchant sur elle comme pour humer son parfum.

— Oui, mais je ne vous permets pas de me toucher.

Cette exigence était ridicule, mais il était si puissant et si ardent... Malgré son masque et sa perruque, elle pouvait dire avec certitude qu'il ne s'agissait pas d'un homme avec qui on pouvait plaisanter. Et elle ne le connaissait pas. Il pouvait parfaitement s'agir d'un satyre ou d'un voyou. Ils se trouvaient seuls dans un petit salon au milieu d'un endroit surpeuplé où tout pouvait arriver sans que quiconque vous entende appeler à l'aide.

Jusque-là, il avait tenu parole et respecté sa volonté, mais l'un comme l'autre avaient parfaitement conscience qu'il était le plus fort et que c'était lui qui menait le jeu. La musculature qui se dessinait sous ses vêtements n'avait rien d'artificiel...

— C'est entendu. Puis-je retirer votre masque ?

Elle prit le temps de réfléchir une seconde, mais le risque d'être reconnue était trop important. D'après son âge et son accent distingué, il était parfaitement possible qu'ils aient des relations communes ou qu'ils fréquentent les mêmes cercles huppés.

— Non ! Et gardez le vôtre, vous aussi.

— Je vois... Nous allons donc continuer à jouer chacun notre rôle.

Les petites paillettes d'émeraude au fond de ses yeux bruns l'envoûtaient. De près, elle pouvait distinguer ses favoris et sa moustache, ainsi que ses longs cils. Entre ses jambes, elle sentait monter une vague brûlante. Jamais elle n'aurait imaginé qu'un homme pouvait allumer en elle une telle fièvre et la rendre aussi audacieuse, comme s'il avait libéré ses épaules d'un énorme poids.

— Cela vous ennuie, mon roi ?

— Pas du tout. Maintenant embrassez-moi, *Reinette**, murmura-t-il en fixant intensément sa bouche.

Comme s'il avait manipulé une marionnette, elle leva le visage vers lui. Elle posa la main sur sa poitrine pour se donner de l'assurance alors que la pièce semblait se limiter à leurs deux personnes. Ils chuchotaient comme s'ils ne se trouvaient pas vraiment seuls.

— « Petite reine » ?

— Exactement ! C'était le surnom de Mme de Pompadour, et je trouve qu'il vous va très bien.

Grand Dieu, cet homme était dangereux pour l'innocence d'une jeune femme. Il aurait dû se promener avec un avertissement comme sur les tracts que distribuait la Ligue antialcoolique : *Attention ! Vous risquez de perdre toutes vos inhibitions et votre virginité !* Il était trop tard cependant pour se montrer pusillanime. Le moment était à l'audace et il était grand temps de passer à l'action. Au diable la prudence !

J'en ai assez d'attendre, je veux vivre ma vie.

Et quel meilleur moyen d'y parvenir que de jeter sa gourme avec un homme qu'elle ne reverrait jamais ?

Elle déposa de légers baisers au coin de sa bouche, puis sur l'autre, savourant la tiédeur de son souffle et le léger arôme de whisky et de cigare qui évoquait les pièces discrètes aux sombres boiseries que les messieurs interdisaient aux dames. Elle sentait les battements de son cœur sous sa main, mais il la laissa faire et se contenta de gémir doucement lorsque la bouche de Katherine s'arrêta sur la sienne. Leurs lèvres parurent hésiter, puis se firent plus curieuses, insistantes, comme un baigneur tâtant l'eau avant de plonger.

Brusquement, il prit la direction des opérations. Il l'embrassa avec fougue et glissa la langue dans la bouche de Katherine pour la mêler à la sienne. La tête lui tournait et elle se pressa contre lui. Comment aurait-elle pu deviner que des baisers pouvaient être aussi merveilleux, aussi enivrants ? Il s'agissait d'un parfait inconnu, ce qui rendait leur rencontre encore plus déroutante. Il la respectait cependant et ne prenait pas avantage de sa haute taille. Et il avait fait tout ce qu'il pouvait pour la mettre à l'aise...

Il se dégagea et couvrit de baisers le bas de son visage, avant de l'agacer du bout des dents.

— Vous êtes sublime, je pourrais vous dévorer toute crue ! chuchota-t-il.

Chaque mot, chaque caresse allumait un brasier au bout de ses seins et entre ses jambes. Elle était incapable de réfléchir ; elle n'était plus que sensations. Elle n'avait plus conscience que des battements de son désir et du plaisir que lui offraient ses lèvres, sa langue et ses dents.

Quelle sensation lui feraient ses mains sur son corps ?

Quand ses dents s'arrêtèrent au creux de son cou et de son épaule, elle crut mourir. Ce n'était pourtant pas suffisant. Elle se consumait de désir.

— Caressez-moi. Je vous en prie !

— Vous êtes sûre ?

Le souhaitait-elle vraiment ? Oui, c'était ce qu'elle désirait : une rencontre que tout le monde ignorerait, une expérience qu'elle n'oublierait jamais et que la plupart des femmes de son âge ne pourraient pas même imaginer.

Si tu es venue, c'est pour avoir une aventure. Il ne te connaît pas, et tu ne le reverras jamais.

Il s'était montré fiable et il l'attirait. Il l'attirait beaucoup… Pourquoi attendre, alors ?

Mieux valait cacher sa nervosité derrière le masque de Mme de Pompadour.

— Vous doutez de votre maîtresse, sire ?

En riant, il glissa sa large paume sous ses jupes le long de sa cuisse jusqu'à ses fesses, qu'il serra à travers le fin linon de sa culotte.

— Je suis à votre disposition, *mon chaton**.

Il prit sa bouche une fois de plus, écrasant ses lèvres encore et encore, sans lui accorder le moindre répit, comme si la demande de sa compagne l'avait libéré et que le feu de leurs baisers se transformait en un véritable brasier. Alors que sa langue prenait possession de sa bouche, sa main caressait sa cuisse dont il agaça la chair dénudée au-dessus de la jarretière jusqu'à lui arracher un gémissement désespéré.

— Vous voulez que je vous caresse entre les jambes ?

Qu'il la caresse là où elle ruisselait, là où son sexe l'élançait avec fureur ? Elle n'en pouvait plus. Elle acquiesça.

— Je veux vous l'entendre dire, s'il vous plaît. Que nous soyons bien clairs.

— Je vous en prie, caressez-moi ! Je brûle...

Il la souleva pour la faire asseoir sur ses genoux. Ignorant le membre rigide qu'elle sentait sous elle, elle passa les bras autour de son cou tandis que les doigts de son partenaire s'introduisaient dans la fente de sa culotte. Il n'hésita pas un instant, n'eut pas à tâtonner. Cet homme avait l'habitude des femmes et connaissait leurs vêtements. Doucement, il glissa un doigt dans la brèche près de sa vulve et elle retint sa respiration, étonnée d'éprouver autant de plaisir.

— Votre chatte est toute chaude et trempée. Tout ça pour moi ? chuchota-t-il en lui mordillant l'oreille.

Attendait-il vraiment une réponse ? Pour le moment, elle était incapable d'articuler un mot. Pas uniquement à cause de la crudité de ses paroles, surtout à cause de l'intimité de ses caresses sur son entrejambe. Elles étaient délicieuses, mais pas tout à fait à l'endroit où elle en avait le plus besoin, à l'endroit où elle se caressait pour se donner du plaisir.

Ce brigand la mettait en appétit, encouragé par le liquide qui enveloppait ses doigts. Les mains de Katherine se crispèrent sur ses épaules pour l'encourager, tandis qu'elle projetait les hanches pour venir à sa rencontre. Enfin, il commença à agacer du bout du doigt son clitoris. Cette seule caresse irradia dans tous ses membres, provoquant des vagues enivrantes, comme si elle mourait et allait droit au paradis.

Pourquoi ne l'avait-on pas prévenue que cette expérience serait aussi extraordinaire ?

— Cela vous plaît, n'est-ce pas ? Vous mouillez tellement, c'est parfait. Détendez-vous et laissez-moi vous donner du plaisir, ma belle.

Il la grisa d'un nouveau baiser et elle se sentit mollir contre lui. Au fur et à mesure qu'il se faisait plus insistant, elle perdit peu à peu conscience. Il se concentrait sur cet endroit précis qui constituait le centre du plaisir. Elle se tendit et il l'attira plus près, palpitant d'impatience. Elle n'aurait plus longtemps à attendre. L'acmé approchait...

— Encore ?

— Oui !

— Et comment devez-vous me le demander, Reinette ?

Ah, c'était donc ce qu'il voulait ?

— Encore, s'il vous plaît !

— S'il vous plaît qui ?

C'était trop compliqué pour elle. Tout ce qu'elle voulait, c'était qu'il continue et lui procure enfin l'orgasme qu'elle attendait.

— Je veux vous entendre me le demander comme il faut, si vous voulez que je vous fasse jouir, reprit-il avec une caresse sur son clitoris – une seule.

— Je vous en prie, mon roi, encore !

Les mots étaient venus sans qu'elle y réfléchisse.

— Vous êtes étroite ! Cela fait longtemps, mon cœur ? s'exclama-t-il en introduisant un doigt dans le sillon ruisselant.

Elle acquiesça. Mieux valait mentir que le laisser découvrir son innocence.

— Je vais m'occuper de vous, ne vous inquiétez pas.

Il se retira, avant de revenir. Cette sensation inconnue était extraordinaire, une véritable révélation, comme s'il était en elle et hors d'elle en même temps. La tête rejetée en arrière, les yeux fermés, elle laissa échapper une longue plainte. C'en était trop, surtout lorsqu'il recommença à agacer du pouce le bouton qui frémissait. Tous ses muscles se crispèrent lorsqu'elle atteignit l'orgasme, emportée par une vague sauvage.

Quand enfin elle retrouva ses esprits, il l'avait fait rasseoir sur le canapé et s'agenouillait à ses pieds. Il releva ses jupes et plongea entre ses jambes. Est-ce que… ? Est-ce qu'il allait… *Ici ?* Instinctivement, Katherine tenta de se dégager.

— Je voudrais vous goûter. Je peux ? murmura-t-il, ses yeux brillant sous le masque, tout en lui maintenant les cuisses ouvertes.

La goûter ? Il voulait dire « l'embrasser » ? Mais alors, pourquoi tomber à genoux ? Peut-être parlait-il de l'embrasser sur les jambes…

Elle était censée être une femme expérimentée.

— Cela me plairait beaucoup, acquiesça-t-elle en se renfonçant dans les coussins.

— Si je peux me fier à votre réaction, je pense que ça vous plaira effectivement beaucoup.

Quelle arrogance ! Il fallait tout de même reconnaître qu'il savait se servir de ses doigts. Encore mieux qu'elle-même, lorsqu'elle se caressait à cet endroit.

Il plia en deux sa haute taille et pressa le visage sur son entrejambe. Mais que faisait-il donc ? Il voulait l'embrasser là ? Est-ce que les messieurs… ?

Sa langue parcourut ses parties intimes et elle cessa de se poser des questions. Son esprit s'était égaré. Il était parti en vacances, il s'était mis en grève. Dès que son partenaire commença à la lécher doucement, comme pour mieux savourer sa chair, elle perdit toute capacité de réflexion.

— Bon Dieu, c'est encore meilleur que je l'imaginais ! l'entendit-elle gémir.

Elle s'accrocha aux accoudoirs du canapé pour ne pas crier devant la montée du plaisir. La langue de l'inconnu explorait chaque recoin de son sexe tandis que ses lèvres le suçaient et bientôt, sur le point de perdre conscience, elle ne fut plus qu'une chair frémissante. Quand il prit son clitoris pour le sucer avec ardeur, elle sombra dans un maelström vertigineux qui la laissa tremblante comme les feuilles sous le vent d'automne.

Pantelante, elle se laissa retomber sur les coussins et chercha son souffle. Il se leva et rajusta son masque qui avait un peu glissé.

— Vous êtes tellement belle, tellement délicieuse ! Lécher votre chatte me fait bander comme un cerf.

Ce langage cru la troubla. Avait-il vraiment pris du plaisir ? Lui avait-elle procuré autant de satisfaction ? Une bosse volumineuse gonflait ses culottes ; il disait donc vrai. Et dans ce cas, était-elle censée lui rendre le même service ?

Mais comment s'y prendre ? Elle n'avait pas la moindre idée de ce qu'elle devait faire.

Maudit soit le manque d'éducation des jeunes filles en matière d'art amoureux ! Son innocence allait tout gâcher. Pourquoi n'avait-elle pas posé plus de questions à Nellie avant de venir ?

Haletant, il saisit une coupe de champagne et la vida d'un trait. Était-il donc insatisfait ?

L'ancienne Katherine aurait patiemment attendu de voir ce qui se passerait sans rien faire, mais elle n'était plus cette Katherine-là. Elle était une nouvelle femme, une femme pleine d'audace. Une femme qui prenait sa vie en main.

Eh bien, elle n'avait plus qu'à le faire...

Peut-être pouvait-elle transformer son manque d'expérience en atout ? Peut-être avait-elle l'occasion de compléter son éducation sans se trahir ? Elle savait, pour avoir surpris les conversations des domestiques, que les hommes savaient se satisfaire seuls. Si elle l'y encourageait, lui montrerait-il de quelle façon ?

— Vous pourriez vous satisfaire, suggéra-t-elle tout à trac.

— Vous aimeriez me regarder ? questionna-t-il en se versant un peu plus de champagne, tout en l'observant attentivement.

Bien sûr ! Sinon, comment approfondirait-elle ses connaissances de l'anatomie masculine ?

— Oh oui, beaucoup ! S'il vous plaît, ajouta-t-elle lorsqu'il sembla hésiter.

— Puisque vous me le demandez gentiment..., commença-t-il en passant la main sur la bosse qui déformait ses culottes. Comment pourrais-je refuser ?

Fascinée, elle le regarda déboutonner son vêtement pour libérer son érection. Elle avait déjà vu les organes masculins sur des tableaux ou des sculptures, mais aucun n'avait jamais eu cet aspect. Celui-ci était long, lisse et énorme. Le sommet en forme de champignon était rouge et des veines le gonflaient tout du long. Il était magnifique...

— Écartez largement les jambes, dit-il en haletant, prenant en main la tige rigide.

Penché au-dessus d'elle, il ne la quittait pas des yeux. L'idée qu'il regarde son sexe dénudé en se masturbant aurait dû la couvrir de confusion, mais cela eut l'effet inverse. Elle en avait la chair de poule et elle commença à ouvrir plus largement les jambes pour mieux exposer son sillon encore tout gonflé et humide. Un gémissement continu s'échappait des lèvres de son compagnon, comme si la voir était plus qu'il n'en pouvait supporter, et elle se promit de se souvenir de cette réaction pour y réfléchir plus tard lorsqu'elle serait seule.

Il s'appuya d'une main au mur de la loge pour garder l'équilibre, tandis que son poing allait et venait le long de son membre et sur le gland. Dieu qu'il était grand ! Il avait beau être presque entièrement vêtu, elle ne pouvait pas détourner les yeux. Il était fascinant, magnifique, tous les muscles tendus dans la recherche du plaisir. Sa poitrine se soulevait, ses gestes ralentissaient doucement. Puis tout à coup ses hanches tressautèrent violemment, d'épais jets de liquide blanchâtre jaillirent de son sexe sur le ventre et les vêtements de Katherine. Ils recouvrirent tout son ventre, comme s'il entendait lui imprimer sa marque.

— Oh, bon Dieu ! s'écria-t-il.

Ses épaules se relâchèrent enfin, ses gestes se firent plus lents jusqu'à un dernier spasme. Grand Dieu, quel spectacle ! Les dames devraient faire la queue et payer pour le voir. Interdite, elle regarda l'érection s'abaisser et rétrécir. Quel effet cela faisait-il ?

— Attendez ! Ne bougez pas, je vais vous nettoyer.

Il avait perdu l'esprit. Cela faisait des années qu'une femme ne l'avait pas autant excité, qu'il n'en avait autant désiré une. Il ne se souvenait pas non plus d'avoir joui aussi rapidement et aussi fort. Le ventre de sa compagne en était inondé – un spectacle sans raffinement qui n'aurait pas dû lui procurer un tel plaisir.

D'une main tremblante, il remit en place ses vêtements. Il chercha un mouchoir, le mouilla dans le seau à champagne, s'arrachant à regret au spectacle de sa partenaire dénudée. Tout évoquait une débauche débridée : la posture de sa compagne, le sperme répandu sur son corps autant que les bruits qui leur parvenaient du bal, et cela lui plaisait.

Quelle femme étonnante ! Son insistance à poursuivre leur petit jeu sans demander plus constituait une véritable trouvaille. Il y avait bien longtemps qu'il ne s'était pas trouvé avec une femme sans que son nom et tout ce qu'il impliquait viennent fausser le jeu. Les femmes du monde espéraient le mariage, tandis que les autres espéraient profiter de son compte en banque.

Cette adorable créature, au contraire, n'avait rien demandé de plus que ses mains et sa bouche, et elle avait réagi avec tant d'ardeur, de passion et de liberté – pour ne pas dire d'innocence – qu'elle l'avait immédiatement rendu ivre de désir. Il s'était masturbé devant elle, incapable de le lui refuser. Il n'avait pas été aussi excité depuis des lustres et le goût de sa chair l'avait fait devenir complètement fou.

Agenouillé entre ses jambes, il la nettoya tandis que l'odeur de leurs ébats flottait encore dans la loge. Il comprit alors qu'une fois ne lui suffirait pas. Il voulait la voir dévêtue, nue et ouverte devant lui. Il voulait voir ses grands yeux bruns levés vers lui lorsqu'il s'introduirait en elle et la chevaucherait jusqu'à ce qu'ils jouissent tous les deux.

L'imaginer suffit à le faire bander à nouveau.

S'il la revoyait après cette soirée, est-ce que ce serait si terrible, après tout ? Il lui suffirait de ne pas attacher trop d'importance à ces rencontres, de les laisser en dehors de sa vie réelle...

Sa tâche terminée, il jeta le mouchoir et aida sa compagne à se redresser. Elle avait des doigts fins et délicats, et il n'avait pas envie de les lâcher. Il se laissa tomber sur le canapé, sa main toujours dans la sienne.

— Cela vous a plu ? Avez-vous eu du plaisir ?

— Oh oui. Deux fois !

Oui, il l'avait remarqué. Par deux fois, il avait senti son corps se crisper puis trembler de façon incontrôlée. Il aimait les femmes et il aimait leur donner du plaisir.

— Moi aussi, ça m'a beaucoup plu. Aimeriez-vous renouveler l'expérience ? À l'hôtel, peut-être ? ajouta-t-il, au mépris de tout bon sens.

— Ce soir ?

— Si vous voulez.

Elle se mordit la lèvre, soudain sérieuse. Malheureusement, sous le masque, il ne pouvait pas vraiment déchiffrer son expression.

— C'est impossible. Je suis venue avec une amie, finit par répondre sa Reinette.

— Un autre soir, alors. Nous pourrions nous retrouver dans un endroit privé.

— Vous voulez dire sans masque ni déguisement ?

— Nous nous connaissons suffisamment, maintenant, il me semble, murmura-t-il en déposant un baiser sur sa main.

— Vous avez sans doute raison. À quel genre d'endroit pensez-vous ?

Il possédait un appartement en ville, qu'il utilisait rarement mais qu'il avait acheté pour les soirées prolongées et les rendez-vous galants. Arabella détestait cet endroit, qu'elle trouvait trop modeste, mais Preston appréciait sa simplicité et ce quartier populaire trop animé pour qu'on s'occupe des allées et venues de qui que ce soit. Là, il n'était pas M. Clarke : il pouvait être M. Tout-le-Monde.

— À mon appartement de Jane Street. Je vous écrirai l'adresse. Est-ce que demain après-midi vous conviendrait, ou préférez-vous la soirée ?

Il était prêt à reporter n'importe quel rendez-vous et à bouleverser tout son emploi du temps pour se plier à ses disponibilités.

— Demain soir. Tard, vers 23 heures.

Parfait !

De cette façon, il irait à son dîner d'affaires et travaillerait un peu avant de la rejoindre. Ils pourraient faire l'amour toute la nuit si le cœur leur en disait...

— Mais comment vous reconnaîtrai-je ? le taquina-t-elle.

— Voulez-vous que je porte mon masque ?

— Je préfère ces culottes. Elles sont très... moulantes.

— Maintenant, vous comprenez pourquoi le roi Louis avait tant de maîtresses, remarqua-t-il en riant, d'humeur plus légère que depuis bien longtemps.

— Il possédait visiblement de multiples talents...

— Et n'oublions pas l'excellence de son goût en matière de dames !

— C'est du roi Louis ou de vous que nous parlons ?

— Des deux. Demain soir, alors ? Vous viendrez me retrouver ?

— Oui, je viendrai, dit-elle après une légère hésitation.

Avait-elle peur ?

— Je ne vous demanderai rien que vous ne soyez prête à m'accorder. Je sais que beaucoup d'hommes font ce genre de promesses alors qu'ils ont des attentes précises, mais ce n'est pas mon cas, je vous le garantis. Ce que je veux, c'est vous revoir.

— Je vous remercie, cela me rassure. Croyez-le si vous voulez, je n'ai jamais...

— Vous n'avez jamais quoi ?

— Je ne suis jamais allée retrouver un inconnu chez lui.

C'était l'évidence, et il lui était reconnaissant de faire une exception pour lui.

— Je vous crois.

— C'est vrai ? Parce que je suis moins...

— Je vous arrête. Vous n'êtes pas moins, vous êtes plus. Vous êtes franche et naturelle dans un monde frelaté et plein de tromperies. Je vous ai observée un long moment quand vous étiez en bas, ajouta-t-il en lui caressant la joue, avide de la toucher à nouveau. Vous n'avez dansé qu'avec votre amie et avec aucun de la douzaine d'hommes qui voulaient vous approcher. Vous m'avez demandé de m'abstenir de vous toucher jusqu'à ce que vous vous sentiez à l'aise avec moi. Et pas une seule fois vous n'avez essayé de connaître mon adresse ou les sommes déposées sur mon compte en banque.

— Mais vous ne savez pratiquement rien de moi !

— J'en sais suffisamment.

— Je ne sais pas si cela en dit plus sur moi ou sur les dames que vous fréquentez habituellement...

— Tenez, *mon chaton**, fit-il en écrivant les indications nécessaires sur un programme de la soirée.

— Il faut que je m'en aille, maintenant. Mon amie doit se demander ce qui m'est arrivé.

— C'est bien d'avoir des amis qui se soucient de vous, dit Preston, repoussant le souvenir de l'ami qu'il venait de perdre. Laissez-moi vous aider à vous lever. Merci pour cette soirée. Je suis vraiment heureux de vous avoir rencontrée, conclut-il en effleurant la chair soyeuse de sa joue.

— Moi aussi. J'imagine que nos costumes nous destinaient à une telle rencontre...

Il ne croyait pas au destin, mais le moment était mal choisi pour entrer dans cette discussion. Il se pencha pour prendre sa bouche une dernière fois, et cela suffit à le faire frissonner de tout son être. Elle lui rendit son baiser avec abandon, sans une once de malice, et il le savoura comme un vin capiteux. Les courbes de son corps s'harmonisaient parfaitement avec le sien, malgré sa haute taille. Quelle chance il avait eue de la rencontrer, au milieu de centaines d'autres femmes...

Quand ils se séparèrent, elle s'accrochait encore à ses épaules, le regard dans le vague. Lui aussi se sentait un peu étourdi.

— Allez, avant que nous perdions la tête encore une fois. Voulez-vous que je vous accompagne ? proposa-t-il en l'embrassant sur le front.

— Ce n'est pas la peine. Je sais exactement où retrouver mon amie. Vous allez rester encore longtemps ?

— Non, j'en ai assez vu. J'ai trouvé ce que j'étais venu chercher.

— Moi ?

— Oui, vous.

— Tant mieux. Contrairement à Mme de Pompadour, je n'aime pas partager, dit-elle en déposant un baiser sur sa joue. À demain soir !

Après une dernière caresse, elle quitta le petit salon et il la regarda disparaître dans le couloir, comptant déjà les heures jusqu'au lendemain soir.

6

— Ah, te voilà ! Où étais-tu passée ? J'étais morte d'inquiétude ! s'écria Nellie en prenant Katherine par la main. Qu'est-ce qui s'est passé ? Tu es toute rouge. Et ta bouche... Mon Dieu ! Tu as embrassé quelqu'un !

— Laisse-moi un moment, veux-tu ? l'arrêta Katherine en s'efforçant, en vain, de réprimer son sourire. Où est Adrian ?

— Il est parti chercher du champagne et voir s'il te trouvait. Je ne voulais pas m'éloigner, au cas où tu reviendrais.

— J'ai été tellement longue ? s'étonna Katherine, un peu gênée.

— Une heure et demie !

— Oh, je suis désolée... Je n'ai pas vu le temps passer.

— Je te crois. Alors, c'était qui ?

Katherine n'avait pas envie d'en parler. Elle raconterait tout à Nellie, bien entendu, mais pas maintenant. Et puis, garder ce petit secret l'amusait.

— Un homme que j'ai rencontré.

— Tu ne vas pas t'en tirer comme ça, ma petite ! Je veux savoir ce que tu as fait, et avec qui.

— Je ne le connais pas, et tout ce que j'ai fait, c'est m'amuser un moment.

Rien qu'à ce souvenir, son visage était devenu cramoisi. Pourvu que dans la semi-pénombre du couloir, Nellie ne le remarque pas.

— Tu es devenue pivoine ! Katherine Éloïse Delafield, as-tu couché avec un homme ici, au Bal français ?

— Mais non... bien sûr que non. Je viens de te le dire, je me suis juste un peu amusée.

— Parce que si tu as l'intention de coucher avec un homme, il faut m'en parler d'abord. Je serais étonnée que ta tante t'ait préparée à ce qui se passe dans ces cas-là et qu'elle t'ait expliqué comment éviter les complications !

Effectivement, tante Dahlia, la sœur de son père qui lui servait de chaperon, ne lui avait jamais parlé de ce qui touchait au sexe. Toute la science de Katherine sur les choses de l'amour venait des tableaux et des dessins qu'elle avait vus.

— Heureusement que je dors chez toi ce soir. Tu vas pouvoir me dire tout ce que tu sais.

— Cela prendrait plus d'une soirée, ma belle, alors nous nous contenterons des bases. Nous verrons les points les plus importants.

— On dirait que tu vas me faire une conférence.

— Il faudra que tu prennes des notes, et je te ferai peut-être passer un examen... Viens, allons chercher Adrian !

Le maître d'escrime faisait la queue pour avoir du champagne. Elles allaient le rejoindre lorsque Nellie se figea, fixant une silhouette masculine penchée sur une dame légèrement vêtue.

— C'est le duc de Lockwood ? chuchota Katherine.

— Tu te rends compte ? Il ne se gêne pas !

— Il n'est ni marié ni fiancé, mais c'est tout de même curieux qu'il ne soit pas costumé et ne porte pas de masque.

— Quel toupet ! Il est censé chercher une fiancée avant de repartir en Angleterre. J'ai du mal à croire que cette soirée l'aide dans ce projet.

Adrian, apparemment fatigué de faire la queue pour le champagne, les rejoignit et serra immédiatement Nellie contre lui. Il voulut l'embrasser, mais elle détourna la tête pour lui offrir sa joue.

— Il est temps de rentrer. Cette foule devient vraiment ennuyeuse.

Cela convenait parfaitement à Katherine, qui avait son content de sensations fortes pour la soirée. Adrian prit le bras de Nellie pour se diriger vers la sortie, et Katherine leur emboîta le pas. En passant devant lui, elle croisa le regard du duc. Il la suivit des yeux, visiblement choqué, presque furieux.

Lockwood l'avait-il reconnue en dépit de son déguisement ? Tête baissée, Katherine hâta le pas. Une fois dehors, Adrian héla un fiacre.

— Je vous raccompagne.

— Non, merci. Je suis fatiguée et nous serons très bien toutes seules toutes les deux, déclara Nellie en l'embrassant.

— Vous êtes sûres ? protesta l'escrimeur, visiblement soucieux, en regardant les fêtards qui sortaient du bal.

— Tout à fait sûres. Nous nous verrons demain après-midi.

Une fois dans une voiture, Nellie dit à son amie :

— Maintenant, parle-moi de ton prétendant secret.

— Il n'y a pas de prétendant secret. J'ai simplement rencontré un homme qui embrasse particulièrement bien, répondit Katherine.

Le terme « prétendant » sous-entendait une relation romantique, alors qu'il s'agissait d'un inconnu, d'un homme auquel ne la liait aucun sentiment.

— Et tu n'as aucune idée de son identité ?

— Non, mais…

— Mais ?

— J'ai accepté de le revoir demain soir en ville.

— Katherine ! se récria Nellie, horrifiée. Il n'en est pas question ! Tu ne dois rien faire d'aussi dangereux. C'est peut-être un assassin, pour ce que tu en sais.

— Ce n'est pas un assassin. De cela, au moins, je suis pratiquement certaine.

— « Pratiquement certaine » ne suffit pas. C'est une idée complètement folle. Tu ne peux pas y aller !

— Et pourquoi ? J'aurais cru que tu m'encouragerais.

— Je t'encouragerais si tu ne risquais rien. Crois-moi, un inconnu ne va pas se préoccuper de ce qui est mieux pour toi…

Elle se tut brusquement, ce qui était extrêmement intéressant.

— Tu parles d'expérience, on dirait.

— Peu importe ! C'est de toi que nous parlons, pour le moment. Il n'est pas question que tu ailles chez un inconnu demain soir.

— Mais je veux y aller !

— Bien sûr. Tu es encore ivre à cause du champagne et de l'orgasme. Cela passera.

— Je ne suis pas ivre, et cela ne passera pas.

— Tu auras les idées plus claires demain matin, je te le garantis.

— Et si je ne change pas d'avis ?

— Je t'attacherai et je refuserai de te laisser t'éloigner d'un pas.

— C'est ridicule ! Tu devrais m'aider, au lieu de me dire que je ne peux pas y aller, plaida Katherine, mi-amusée, mi-agacée.

— Katie, tu es encore innocente. Tu rêves d'art, tu essaies d'aider tes amies à trouver l'amour, et tu espères le trouver aussi un jour. Moi, au contraire, je ne fais confiance à personne parce que je sais à quel point les gens, surtout les hommes, peuvent être abominables. Mon devoir est de t'empêcher de prendre des décisions insensées.

— Merci de veiller sur moi. Tu es une amie merveilleuse, fit Katherine en posant la tête sur l'épaule de Nellie.

Elle n'avait aucune envie de discuter plus avant.

— Tu veux toujours y aller, n'est-ce pas ?

— Oui. Écoute, je te dirai où je vais. Comme ça, si je disparais, tu pourras donner toutes les indications à la police.

— Tu penses si cela me rassure !

— Sinon, tu pourrais venir avec moi et le rencontrer. Comme ça, il serait averti que quelqu'un sait où je suis.

— Ce n'est pas une mauvaise idée. Bien entendu, il s'imaginera tout de suite que si tu as amené une amie, c'est pour qu'elle se joigne à vos ébats.

— Attends ! Tu veux dire deux femmes en même temps ? On peut faire ça ? demanda Katherine qui n'en croyait pas ses oreilles.

— Heureusement que nous allons avoir une petite conversation ce soir. Tu as encore beaucoup à apprendre !

Preston leva le nez de ses dossiers lorsqu'on frappa à la porte.

— Oui ?

— Votre demande de permis de démolition pour l'immeuble de la 23e Rue a été rejetée, annonça sa secrétaire depuis le seuil.

— C'est impossible ! s'exclama-t-il en jetant son porte-plume sur le bureau.

Cela faisait plus d'un an que ce projet était sur les rails. La compagnie d'assurances lui en avait confié la responsabilité et les architectes se disputaient déjà le chantier. Une fois achevé, il s'agirait du gratte-ciel le plus haut du monde, avec trente étages et une structure comme on n'en avait encore jamais vu dans cette ville ou dans le reste du monde. Il avait fait pression sur les officiels du département de la construction pour hâter la procédure. La démolition de l'immeuble existant aurait dû constituer une conclusion logique, puisque Preston était propriétaire du terrain.

— Ils disent que quelqu'un d'autre en est propriétaire.

— Et qui donc ?

— Comme ils refusaient de me le dire, j'ai passé quelques coups de téléphone.

Il n'attendait pas moins d'intelligence et d'ingéniosité de Mme Cohen. Elle savait toujours sous quelle pierre se cachaient les serpents.

— Et ?

— Il s'agit de Lloyd Delafield.

— Ce n'est pas possible.

— Quand votre association a été dissoute, le terrain a apparemment été attribué à Delafield.

— J'ai un acte qui dit le contraire.

— Voulez-vous que je cherche un autre site disponible ? proposa Mme Cohen, dont le moindre mouvement faisait chatoyer la robe turquoise, elle qui disait toujours que les couleurs vives l'aidaient à faire passer sa journée de travail.

— Je ne veux pas d'un autre terrain ! Il n'y en a aucun comme celui-ci, à un carrefour aussi fréquenté. Nom de Dieu ! (Il frappa du poing sur son bureau.) J'ai déjà dit aux gens de Manhattan Surety que nous avions cet emplacement. Que vont-ils penser si je leur dis le contraire maintenant ?

— Je vais appeler notre avocat, si vous voulez bien arrêter de jurer.

— Ce n'est pas la peine. Je vais aller voir Delafield !

Une fois dans le fiacre, il chercha dans sa poche une cigarette. Il fumait peu, trois ou quatre cigarettes dans la semaine tout au plus, mais il en avait besoin en ce moment. Il avait besoin d'avoir la tête claire pour discuter avec Lloyd.

Après la dissolution de la société Clarke-Delafield, Lloyd Delafield avait continué à acheter et revendre des terrains dans les quartiers de Staten Island, du Queens, de Manhattan et de Brooklyn. Au cours des années précédentes,

Preston avait souvent bataillé avec lui pour différents terrains, et découvrir que Delafield voulait cet emplacement en particulier ne le surprenait pas. Il s'agissait d'un des meilleurs sites de New York, au carrefour de la Cinquième Avenue et de Broadway, au flanc sud de Madison Square.

Mais il appartenait à Preston…

Henry Clarke était un joueur et il avait utilisé l'argent des loyers qu'il percevait pour satisfaire son amour des cartes. Malheureusement, il dépensait bien plus qu'il ne gagnait, et il avait laissé des dettes dans toute la ville. Personne n'avait eu le moindre soupçon jusqu'à ce qu'un jour, leur banquier rende visite à la mère de Preston pour lui dire qu'ils risquaient la saisie.

C'est à ce moment-là que Preston avait abandonné ses études pour assurer la gestion de leurs affaires. Henry était mort peu après, et sa succession avait été réglée rapidement. L'acte de propriété du terrain de la 23e Rue était toujours dans le coffre-fort de son bureau.

Preston l'avait vu de ses propres yeux et toute personne prétendant le contraire serait un menteur. Il ne pouvait s'agir que d'une ruse de la part de Lloyd. S'agissait-il d'une mesure de rétorsion parce que Preston avait refusé d'épouser Katherine ? À moins que sa réussite ne fasse de l'ombre à Lloyd ?

Quoi qu'il en soit, Preston n'était pas d'aussi bonne composition que son père, et Lloyd ne savait pas à qui il avait affaire.

Quand il arriva à la tour Delafield, Preston s'était un peu calmé et il se dirigea directement vers les bureaux.

— M. Delafield, pour M. Clarke !

La jeune secrétaire ouvrit des yeux comme des soucoupes et se hâta vers le bureau de son patron, fermant la porte derrière elle. Preston examina l'antichambre et ne manqua pas de remarquer le mobilier de prix et les œuvres d'art qui ornaient les murs, des signes de richesse qui auraient pu aider Henry Clarke quand il en avait eu un besoin désespéré.

L'amertume l'étouffait.

— M. Delafield va vous recevoir, indiqua la secrétaire.

Il la remercia et entra dans le bureau.

— Preston ! Quelle surprise ! s'écria Lloyd en se levant, la chaîne en or de sa montre luisant au soleil de l'après-midi.

— Vraiment ? répliqua Preston, une fois la porte refermée derrière lui.

— Mais oui, bien sûr. Cela me fait plaisir de te revoir, poursuivit-il en s'avançant.

— J'aimerais pouvoir en dire autant, Lloyd, rétorqua Preston, ignorant sa main tendue.

Delafield se rembrunit.

— Asseyons-nous, veux-tu ?

— Je préfère rester debout. Il ne s'agit pas d'une visite amicale. J'ai l'impression qu'il y a un malentendu à propos de mon terrain de la 23e Rue. Je veux démolir le petit immeuble de bureaux que Henry a fait construire en 1875, mais le département de la construction a rejeté ma demande de permis. Ils prétendent que le terrain ne m'appartient pas…

— Ils ont raison. C'est à moi qu'il appartient.

Cette affirmation avait beau avoir été faite sans la moindre agressivité, elle n'en indigna pas moins Preston.

— C'est un mensonge. Il a toujours appartenu aux Clarke.

— Non, il appartenait à notre association, puis il est devenu ma propriété.

— J'ai un titre qui dit le contraire.

— Il doit être périmé, dans ce cas.

— Comment est-ce possible ? À la mort de mon père, j'ai dressé un inventaire de tous ses biens et de tous ses immeubles, jusqu'au moindre bibelot.

Il en avait gardé un souvenir très précis, car il avait dû décider quoi vendre pour empêcher la banque de saisir leur maison.

— Je sais très bien qui est le propriétaire, ajouta-t-il.

— Il m'a vendu ce terrain avant sa mort.

— Foutaises !

Si une telle grossièreté le choquait, Lloyd ne le montra pas. Il paraissait plutôt content, comme si cette discussion l'amusait.

— Je n'ai aucune raison de te mentir. J'ai l'avenant à l'acte de propriété. Il est signé et homologué.

— Et combien en avez-vous donné à mon père ? Qu'est devenu l'argent ?

— Je regrette, les détails de cette transaction doivent rester confidentiels, mais tu peux être certain que je lui en ai donné le prix du marché.

— Je veux voir cet avenant ! Je veux vérifier qu'il porte bien la signature de mon père.

— Tu crois que j'aurais fait un faux ?

Preston était prêt à fabriquer n'importe quel faux s'il le jugeait nécessaire. Ne jouaient-ils pas tous selon les mêmes règles ?

— Et vous arguez de cet avenant tout de suite après la visite que m'a faite votre fille à propos de nos soi-disant fiançailles ? Comme c'est pratique !

— Tu crois qu'il s'agit d'une vengeance parce que tu as repoussé ma fille ? questionna Lloyd, impassible, comme si une telle accusation ne le surprenait pas.

— Lui présenter ce projet de fiançailles comme s'il était bien réel était d'une cruauté sans nom, Lloyd ! rétorqua Preston en toisant son interlocuteur de toute sa taille, comme il en avait l'habitude pour impressionner les gens.

— Je me doutais que tu m'en voulais de mon association avec ton père, mais ce n'était pas une raison pour blesser Katherine. Elle ne méritait pas ta méchanceté.

— Je me suis montré aussi diplomate que possible. Ce n'est pas ma faute si l'auteur de ses jours lui a farci la tête de mensonges.

— On peut difficilement parler de mensonges alors que Henry et moi avons fait établir une promesse de mariage en bonne et due forme et que nous l'avons signée tous les deux.

Preston avait vu cet acte et il savait pertinemment qu'il était valable, si l'on voulait se placer d'un point de vue légal - ce qui n'était pas son cas.

— Je me moque de qui a signé quoi ! Tout ce que je sais, c'est que je n'ai jamais donné mon consentement et que je n'épouserai pas votre fille pour tout l'or du monde et tous les terrains de Manhattan.

— Tu es libre comme l'air, maintenant, parce que ma fille ne veut avoir aucune relation avec toi, répliqua Lloyd dont le visage restait impénétrable. Pourquoi la forcerais-je à épouser un homme qu'elle méprise ?

Ce n'était pas vraiment une réponse.

— Moi, au moins, je lui ai dit la vérité. Vous devriez essayer de faire la même chose une fois de temps en temps !

— Tu es mal placé pour me dire comment m'occuper de ma fille.

— Je sais qu'elle voit le monde à travers des lunettes roses et qu'elle s'imagine que tout le monde est bon et gentil, alors que nous savons bien ce qu'il en est, vous et moi. N'est-ce pas, Lloyd ?

— Encore une fois, tu crois savoir ce qui s'est passé entre ton père et moi, mais tu n'en as pas la moindre idée.

— Ce que je sais, c'est que j'ai dû recoller les morceaux. Tout seul. Et c'est vous que je devrais remercier, apparemment !

Il perdait son temps. Pourquoi était-il venu ? Il aurait dû aller trouver directement ses avocats, au lieu d'essayer de raisonner un homme qui ne voulait pas entendre raison.

— Je veux faire expertiser cet avenant ! lança-t-il comme il se dirigeait vers la porte.

— Si cela te fait plaisir... Je le ferai porter à ton bureau.

— Très bien. Je ne sais pas comment vous vous y êtes pris, mais je vais m'employer à le découvrir !

— Il ne s'agit pas d'un faux, Preston, mais fais ce que tu voudras.

La main sur la poignée de la porte, Preston se retourna vers l'ancien associé de son père. Si un regard avait pu réduire quelqu'un en cendres, il ne serait plus resté de lui qu'un petit tas gris sur le tapis.

— Faites attention, Delafield. Mon père était peut-être facile à manipuler, mais je suis fait d'un autre bois, je vous le garantis.

7

Preston arpentait comme un lion en cage le minuscule appartement dont le plancher usé craquait sous ses pieds. Il était décidément d'une humeur de dogue après cette infernale journée.

Après la mauvaise nouvelle à propos du terrain de la 23e Rue et sa visite à Delafield, les choses ne s'étaient pas améliorées. Dans le bâtiment de douze étages qu'il faisait construire à Wall Street, les syndicats récriminaient, et la livraison des matériaux d'un immeuble de bureaux de neuf étages en centre-ville avait pris du retard. Il n'avait pas eu le temps de dîner, à part un petit en-cas dans la rue.

Il s'obligea au calme. Sa merveilleuse Reinette n'allait plus tarder et il ne voulait surtout pas qu'elle pâtisse de sa mauvaise humeur. Non, ce soir il voulait la séduire, et si cela aboutissait à une bonne partie de jambes en l'air, il ne s'en plaindrait pas.

Elle l'avait vraiment mis dans sa poche, la nuit dernière au Bal français. Il en avait été tout retourné et il ne s'y attendait pas. Il était venu chercher une femme avec qui partager un peu de plaisir mutuel, qu'il ne reverrait jamais. En un mot, il avait planifié une soirée bien ordonnée, comme il les aimait.

La façon à la fois candide et passionnée avec laquelle elle avait répondu à ses avances avait tout changé. Jamais il n'avait vécu pareille expérience. Elle avait montré une innocence pleine de gaieté et une curiosité sincère et diablement attirante. Elle ne lui avait même pas touché le sexe : il avait éjaculé tout seul, comme un collégien.

Cette fois-ci, il brûlait d'envie de prendre son temps avec elle et de voir où la soirée les conduirait. Si elle se montrait réactive, il lui proposerait des rencontres régulières ici. Deux fois par semaine serait parfait. Le samedi soir, évidemment, car il était généralement libre ces soirs-là, et n'importe quelle autre soirée où il n'aurait pas d'engagement.

Onze coups sonnaient à la pendule lorsqu'on frappa à la porte, le tirant de ses pensées. Sa Reinette était ponctuelle. Plein d'impatience, il se rua vers l'entrée. La poignée tourna docilement dans sa main et il ouvrit tout grand.

Et il sursauta.

Katherine Delafield était devant lui. Que faisait-elle ici ? S'était-elle égarée ?

Une petite flamme dansait dans ses yeux, une petite flamme familière. Il l'avait déjà vue la nuit passée, tout comme la courbe de ses lèvres lorsqu'ils s'étaient heurtés dans le couloir.

Est-ce que... ?

Non, c'était impossible.

C'était absolument ridicule...

Mais sinon, comment expliquer sa venue ? Pourquoi cette princesse de la Cinquième Avenue se serait-elle rendue dans un modeste appartement de Jane Street à cette heure tardive, sinon pour retrouver son amant de la nuit passée ?

Bon Dieu...

Son sang se glaça tandis que son esprit s'emballait. Avait-elle su qui il était tout au long de la soirée ? Avait-elle voulu le piéger ? Mais dans quel but ?

Voulait-elle l'obliger à l'épouser ? Son père lui avait-il mis cette idée en tête ?

— Vous ! s'exclama-t-il.

— Vous ! souffla-t-elle, apparemment aussi stupéfaite que lui.

— Entrez. Tout de suite ! intima-t-il en s'effaçant pour la laisser passer.

— Ne commencez pas à me donner des ordres, Preston Clarke ! Vous n'en avez pas le droit.

— Entrez, Katherine, à moins que vous ne teniez à avoir cette conversation sur le palier.

Il avait fait mouche. Raide comme la justice, elle entra dans l'appartement et il referma derrière elle avec brusquerie.

— Vous feriez bien de vous expliquer !

— Moi ? C'est à vous de vous expliquer le premier ! rétorqua-t-elle.

Une telle fureur brûlante s'empara de lui qu'il aurait pu prendre feu comme de l'amadou. Il aurait volontiers pris un verre pour se calmer, mais le moment était probablement mal choisi.

— Je n'ai rien à vous expliquer, Katherine, tandis que vous, au contraire, devez vous justifier. Et commencez par m'expliquer ce que vous, une jeune fille de bonne famille, êtes venue faire au Bal français.

— Puis-je avoir un verre ?

— Servez-vous, dit-il en s'asseyant alors qu'elle était encore debout, au mépris de toute courtoisie.

Il n'était pas un homme du monde, et elle ferait bien de s'en rendre compte tout de suite…

Elle prit un verre dans la cave à liqueurs et examina soigneusement les bouteilles. Son choix fait, elle se servit trois doigts de bourbon et alla s'asseoir dans un fauteuil.

— Il est épouvantable, dit-elle en grimaçant et en reposant son verre.

À n'importe quel autre moment, cela l'aurait fait sourire. Elle était peut-être adorable, mais elle s'était moquée de lui et elle lui avait menti sur ordre de son père.

— Eh bien ?

— Je suis allée au Bal français pour m'amuser un peu. Comme vous, apparemment.

— En fait, si je suis allé au Bal français, c'est pour chercher une femme avec qui baiser. Quel heureux hasard que nous nous soyons rencontrés, n'est-ce pas ?

— Vous sous-entendez que j'ai prémédité tout ça, que je savais que vous assisteriez à ce bal et que je vous ai attiré dans… dans quoi ? Un genre de liaison ? Vous avez déjà une maîtresse, toute la ville la connaît !

— Mme Russell et moi avons pris des chemins différents, mais peu importe. Et oui, je pense que vous avez prémédité notre rencontre.

— C'est absolument ridicule ! Et insultant. Pourquoi aurais-je fait quelque chose d'aussi sournois ?

— Katherine, nous connaissons aussi bien l'un que l'autre les règles de la bonne société. Vous ne comprenez donc pas ce qui s'est passé hier soir ?

Elle semblait aussi surprise qu'innocente. S'agissait-il d'une ruse ou d'un véritable étonnement, il aurait été bien en peine de le dire. Plus rien n'avait de sens...

— Nous avons pris un peu de bon temps, c'est tout.

— Non. Je vous ai embrassée, je vous ai caressée, j'ai léché votre chatte. En un mot comme en cent, je vous ai déshonorée.

— Mais non ! Personne n'a été déshonoré.

Parlait-elle sérieusement ?

— Je vous garantis que si. Je suis donc en droit de me demander si tout cela était prémédité pour rendre inévitable un mariage entre nous.

— Vous vous flattez ! Je suis allée là-bas pour commencer à vivre ma vie. Pour prendre un peu de bon temps après vous avoir attendu pendant toute une année. Il ne s'agissait certainement pas de vous attirer dans un piège pour m'épouser.

— Est-ce que votre père savait que vous étiez au bal hier soir ?

— Vous plaisantez ? Il m'aurait enfermée dans ma chambre jusqu'à ce que j'aie des cheveux blancs s'il avait seulement soupçonné que je voulais y allcr !

Preston n'en croyait pas un mot. Pas après les manigances de Lloyd avec le terrain de la 23e Rue. Il s'agissait d'une machination pure et simple.

— Oh, bien sûr ! C'est par pure coïncidence, par le plus grand des hasards que nous nous sommes croisés à la soirée la plus osée de l'année, avec des costumes assortis.

— Le sarcasme vous va très mal, Preston Clarke !

— Et le mensonge ne vous va pas du tout, Katherine Delafield !

Bouillant intérieurement, il observa sa chevelure châtain élégamment relevée qui découvrait ce cou d'albâtre qu'il avait embrassé avec tant d'ardeur la veille. Il se rappelait encore sa saveur, ainsi que le parfum de sa chair, ses gémissements à son oreille et la façon dont elle s'était accrochée à lui lorsqu'elle avait atteint la jouissance.

Il ne voulait plus s'en souvenir. Il ne voulait plus penser à ce qu'elle faisait ni à la mine qu'elle avait lorsqu'elle jouissait. Il ne voulait plus voir ce visage délicat et cette bouche sensuelle en face de lui, tout en prétendant qu'elle n'avait pas mêlé sa langue à la sienne la nuit passée. Tout était terni maintenant, irrémédiablement souillé par la conscience de ce qu'il avait fait.

Il ne pouvait pas se permettre d'être attiré par la fille de Lloyd.

Il chercha une cigarette dans sa poche, l'alluma et inhala une longue bouffée, ce qui l'aida à retrouver le calme dont il avait tant besoin.

— Vous pouvez croire ce que vous voulez, je ne mens pas, dit-elle. Il s'agit d'une effroyable erreur, rien de plus. Nous allons tous les deux oublier la soirée d'hier et faire comme si elle n'avait jamais eu lieu, voilà tout.

— Pour que, une fois rentrée chez vous, vous alliez informer votre père de ce que vous avez appris ce soir ? Il sera sur le pas de ma porte en moins d'une heure, j'en suis certain.

Cette idée l'amusait presque. Il avait hâte de voir la tête que ferait Lloyd lorsqu'il lui dirait qu'il n'avait aucune intention d'épouser sa fille...

— Vous croyez que j'ai envie de vous épouser, après ce que vous avez fait ? se récria-t-elle. Je préférerais mourir vieille fille ! Vous êtes impossible. Je n'ai jamais rencontré un aussi épouvantable goujat. Ce que je vous ai dit est la vérité et si vous ne voulez pas l'entendre, c'est votre affaire. Quant à moi, je m'en vais.

Oh, il n'en était pas question ! Il voulait des réponses coûte que coûte, même si elles devaient être déplaisantes à entendre.

— Asseyez-vous, *Reinette* ! intima-t-il d'une voix radoucie mais qui ne souffrait pas de discussion. Je n'en ai pas terminé avec vous.

Cette voix de baryton était tellement séduisante...

Katherine avait beau refuser de se laisser prendre à ses boniments, elle était incapable de résister à cette voix et à ce ton qu'il avait déjà employé la veille.

« Je veux vous entendre me le demander comme il faut, si vous voulez que je vous fasse jouir. »

Preston Clarke n'était autre que son roi Louis. Aussi ahurissant que cela paraisse, Preston et l'homme qui l'avait embrassée avec tant de douceur et de passion, celui qui avait fait toutes sortes de polissonneries pour elle et devant elle, ne faisaient qu'un.

J'ai vu son sexe...

Elle avait les joues en feu, comme si elle se trouvait devant un brasier. Il fallait le reconnaître, il avait un très joli sexe, mais jamais elle n'aurait deviné qu'il appartenait à Preston.

Il s'est masturbé et a joui sur moi hier soir.

Et il avait été prodigieusement beau pendant qu'il le faisait, la tête rejetée en arrière, les veines du cou saillantes. Leur rencontre avait été merveilleuse, parfaite. Comment un homme aussi généreux et enjoué pouvait-il être le même que celui assis en face d'elle, si froid et si distant ?

Il fumait en silence, sans détacher d'elle un seul instant son regard d'encre. Où étaient donc passées les taquineries de son roi ?

Il voulait discuter ? Très bien ! Lui aussi lui devait des explications, après tout.

— Commencez donc par vous expliquer. C'est vous qui me regardiez danser... C'est vous qui m'avez invitée dans votre loge... Tout est votre faute ! S'agit-il d'un de vos petits jeux, d'une autre façon de régenter ma vie, comme vous l'avez fait pendant toute l'année passée ?

La fumée de sa cigarette formait un halo autour de son visage, et Katherine en avait des frissons. Elle n'avait jamais vu un homme fumer, pas d'aussi près en tout cas. Pourquoi était-il aussi séduisant ? Parce que cela attirait l'attention sur sa bouche ?

C'est le dernier homme qui devrait m'attirer...

Il fallait qu'elle cesse de penser à la nuit précédente et à leurs jeux, et qu'elle se rappelle qui était l'homme assis en face d'elle, celui qui n'avait pas voulu l'épouser, celui qui l'avait fait attendre toute une année. Il ne se doutait pas que Katherine prenait au sérieux ces fiançailles, certes, et cela lui donnait l'impression d'avoir été encore plus naïve.

Mais, comme disait sa tante, « une femme doit avoir conscience de sa valeur », et elle ne se laisserait plus rabaisser, ni par lui ni par personne.

— Je portais le costume de l'amant de votre personnage, Katherine. Il était impossible que l'un de nous ne remarque pas l'autre. Et vous êtes tellement...

Il s'interrompit brusquement. Parce qu'il ne voulait pas la vexer ? Trop tard, c'était déjà fait.

— Je suis tellement quoi ? Naïve ? Stupide ? Prête à tout ? Vous avez dû bien rire en me voyant venir d'aussi bon cœur !

— Vous êtes si belle. J'allais dire « si belle », avoua-t-il dans un autre nuage de fumée.

Ce compliment inattendu apaisa un peu la colère de la jeune femme.

— Il est donc raisonnable de penser que nous avons été attirés l'un par l'autre, conclut-il.

— J'ai croisé trois Mme de Pompadour hier soir. Vous auriez pu jeter votre dévolu sur n'importe laquelle de ces femmes.

— Je n'en ai remarqué aucune. Je n'ai vu que vous...

— Il s'agit d'une coïncidence, alors. Rien de plus qu'une regrettable coïncidence, conclut-elle, ignorant le vertige que lui donnait cette révélation.

— Pourquoi « regrettable » ? J'ai au contraire eu l'impression que vous aviez beaucoup apprécié...

Il avait l'air tellement suffisant, tellement content de lui, qu'elle ne put résister à l'envie de lui retourner le compliment.

— Vous aussi, vous avez beaucoup apprécié cette coïncidence. Les taches sur mes vêtements sont là pour le prouver.

— Très bien ! Nous savons donc que nos désirs sont compatibles. Cela ne veut rien dire, parce que je n'ai toujours pas l'intention de vous épouser, fit-il sèchement en écrasant sa cigarette dans le cendrier de cristal.

— Moi non plus !

Son regard incrédule eut le don de ranimer toute l'irritation de Katherine, qui bondit.

— C'est la vérité. Je n'ai plus la moindre envie de vous épouser. Si je l'ai envisagé, c'est que j'ignorais les tenants et aboutissants de cet accord, mais vous avez mis les choses au point avec la plus grande clarté. Douze mois trop tard !

— Cela n'a pas dû être facile pour vous et je le regrette sincèrement, assura-t-il, presque contrit. Je n'avais jamais imaginé une seconde que vous m'attendiez. Je n'avais même jamais imaginé que quiconque se rappelait cette promesse de mariage après la mort de mon père, et encore moins que vous pensiez l'honorer. Votre père ne m'en a jamais parlé pendant toutes ces années.

— Nous vous prenions peut-être pour un homme honorable. Un homme de parole.

— Premièrement, dit-il, agacé, en se levant à son tour, je suis un homme de parole. Simplement, je n'ai jamais fait la moindre promesse. C'est mon père qui l'a faite. Deuxièmement, je ne suis pas un homme honorable, et c'est pourquoi j'ai éjaculé sur vous hier soir et vous ai invitée ici ensuite. J'avais l'intention de vous séduire en espérant vous convaincre de devenir ma maîtresse.

— Votre maîtresse ! Vous ne manquez pas de toupet si vous imaginez que j'aurais accepté.

— Je viens de vous le dire : je ne suis pas un homme honorable. C'est pour cette raison que vous devriez m'être reconnaissante de refuser de vous épouser. Vous seriez terriblement malheureuse avec moi.

Le toupet de cet homme était décidément incroyable !

— Je devrais vous être reconnaissante ? Eh bien, je vous remercie de me permettre de passer une deuxième saison mondaine pendant laquelle tout le monde se demandera pourquoi je ne suis pas encore mariée. C'est un tel bonheur que je m'en réjouis à l'avance !

— Comme je vous l'ai dit, je ne savais pas. Mais ce qui est intéressant, c'est que votre père n'ait pas parlé de ces fiançailles jusqu'à ces derniers temps, quand j'ai redressé Clarke Holdings et que j'ai commencé à faire de jolis bénéfices. Qu'en pensez-vous ?

— Il s'agirait d'une question d'argent, c'est ce que vous voulez dire ?

— Est-ce que tout n'est pas une question d'argent ? répliqua-t-il avec un sourire, sous-entendant qu'elle était vraiment sotte d'imaginer le contraire.

— J'ai de la peine pour vous. Vous croyez que tout le monde cherche à vous tromper ou à vous voler… Quel cynisme et quelle triste conception de la vie !

Les dents serrées, les yeux brillants de colère, il garda le silence. Discuter avec lui ne servait à rien et le mieux que Katherine avait à faire, c'était de s'éloigner de lui à tout jamais.

— La meilleure solution, c'est que nous fassions comme si la soirée d'hier n'avait jamais eu lieu, c'est l'évidence.

— Encore une fois, je ne suis pas un homme honorable. Je ne vous épouserai pas pour sauver votre réputation, et je me moque donc que vous en parliez ou non à votre père.

— Je n'ai certainement pas l'intention de lui en parler, ni à lui ni à personne. La soirée d'hier était une erreur. Ce soir était une erreur. Je n'aurais jamais dû venir ici.

— Mais vous êtes venue, rappela-t-il en la détaillant de la tête aux pieds, comme pour la déshabiller du regard. Vous espériez renouveler l'expérience.

Elle aussi pensait à la soirée de la veille. Elle se remémorait ses baisers fiévreux et la caresse de ses mains, ses mots crus et la science qu'il avait montrée à la faire jouir. Elle avait espéré poursuivre son initiation, mais maintenant qu'elle savait que le roi Louis et Preston Clarke étaient une seule et même personne, c'était impossible.

— Il faut que je m'en aille.

— Saluez votre père de ma part.

— Que s'est-il passé entre vous ? demanda-t-elle, la curiosité prenant le dessus sur sa hâte de partir. Vous ne l'aimez visiblement pas, c'est le moins qu'on puisse dire. Il s'agit d'un litige commercial ?

— Vous n'avez qu'à le lui demander. Il sera certainement trop heureux de vous l'expliquer – dès que vous lui aurez raconté votre soirée d'hier...

Il lui cachait quelque chose, c'était évident. Tout à coup, elle fut prise d'un horrible soupçon. Sa surprise de ce soir était-elle feinte ? Cela faisait-il partie d'une machination ?

— Si vous avez recherché ma compagnie hier soir, était-ce pour vous venger de mon père ?

— Non, pas du tout, répliqua-t-il immédiatement. J'ignorais vraiment qui vous étiez. Si je l'avais su, je vous aurais évitée. C'est avec votre père que j'ai un différend, pas avec vous. Je ne suis peut-être pas un homme honorable, mais je ne suis pas un monstre.

Elle le croyait.

— Bien. Vous pouvez être certain que je ne soufflerai mot de tout cela à qui que ce soit – et je vous suggère d'en faire autant de votre côté.

— Vous n'avez pas de souci à vous faire. Ce ne sera pas moi qui ébruiterai cette histoire.

S'il voulait laisser entendre que ce serait elle, il délirait complètement.

— Je me demande vraiment comment j'ai pu vous trouver attirant un seul instant. C'était une erreur monumentale !

— C'est un euphémisme ! l'entendit-elle s'écrier tandis qu'elle claquait la porte derrière elle.

8

Jamais Katherine n'aurait imaginé qu'elle en viendrait à plaindre un aristocrate, mais voir les jumelles Asher se ruer sur le duc de Lockwood était vraiment trop affreux. Lily et Millie Asher étaient des terreurs en jupons de soie et de dentelle qui suivaient le malheureux pas à pas, interrompant ses moindres tentatives de conversation avec qui que ce soit. Que le duc n'ait pas pris la fuite en hurlant constituait un véritable miracle.

Elle avait rencontré Lockwood en juin, au cours d'une réception donnée par Maddie Webster à Newport. Elle l'avait trouvé poli et courtois, et plutôt agréable à regarder. Il était d'une beauté classique, comme sorti d'une réclame pour tenues de soirée. Il avait grande allure et ses yeux bleu azur dénotaient une belle assurance et une certaine fierté.

Pour le moment, Lily et Millie prenaient un malin plaisir à se trouver tour à tour sur son chemin pour attirer son attention, et le pauvre duc jetait autour de lui des regards désespérés pour chercher de l'aide. Katherine ne pouvait tout de même pas l'abandonner à ce supplice.

Et puis, cela constituerait une distraction bienvenue à ses préoccupations, tournant essentiellement autour de Preston Clarke et de leur rendez-vous dans l'appartement de Jane Street trois jours plus tôt.

Elle s'approcha du trio et, faisant semblant de trébucher et de heurter Lockwood, elle renversa un peu de champagne sur la manche de l'Anglais.

— Oh, mon Dieu, Votre Grâce, je suis désolée ! Je suis tellement maladroite !

Horrifiées de ce faux pas, Millie et Lily contemplaient la tache sur la manche ducale, ce qui permit à Katherine d'adresser un signe de connivence à l'intéressé, qui lui sourit en retour.

— Oh, mademoiselle Delafield, l'habit de Sa Grâce est ruiné ! protesta Millie.

C'était ridicule. Quelques gouttes de champagne ne suffisaient pas à abîmer un tissu de qualité, mais Katherine joua son rôle jusqu'au bout.

— Je vais tout de suite vous accompagner jusqu'au vestiaire, Votre Grâce. Il faut s'occuper de cette tache sans attendre.

— C'est très aimable à vous, mademoiselle, dit-il avec son accent distingué. Si vous voulez bien m'excuser, mesdemoiselles…

Les sœurs Asher promirent de le retrouver plus tard tandis que Katherine prenait son bras et se dépêchait de s'éloigner.

— Excusez-moi, mais vous aviez l'air tellement malheureux. Je n'ai pas trouvé d'autre moyen.

— Je vous suis infiniment reconnaissant. Cela fait près d'une heure que j'essaie d'échapper à ces deux demoiselles.

— Je vous comprends. Elles peuvent être exténuantes, c'est le moins qu'on puisse dire. Les vestiaires sont de ce côté, si vous voulez nettoyer votre manche.

— Ce n'est pas la peine. Je préférerais m'échapper un moment, si vous voulez bien me tenir compagnie.

— Que dites-vous de la salle de jeu ? En général, la plupart des mères et des jeunes filles à marier évitent de s'y rendre.

— Cela me paraît une excellente idée.

— Vous voyez ? Il n'y a pas une femme en vue.

Effectivement, seuls une douzaine de messieurs se trouvaient dans la salle de jeu.

— Vous avez du génie ! Cela devient de plus en plus difficile, soupira-t-il.

— De trouver une épouse ? Je comprends que vous soyez très entouré.

— Oui, avec mon titre et tout ce qui va avec... C'est probablement la même chose pour vous. Vous devez être assiégée par les soupirants...

— Pas vraiment. J'en suis pratiquement à ma deuxième saison, je ne constitue donc plus une nouveauté. Tout le monde doit se demander ce qui ne va pas chez moi.

— Comme j'ai courtisé deux jeunes personnes qui en ont épousé d'autres, je suis pratiquement sûr qu'on se pose les mêmes questions à mon égard.

— Nous faisons la paire, dans ce cas. Il ne faut pas s'étonner que nous évitions la foule et que nous allions nous cacher dans la salle de jeu.

— Est-ce que ce serait très mal si nous y passions le reste de la soirée ? questionna-t-il en baissant la voix d'un air de conspirateur.

Elle sourit.

— À mon avis, non.

Elle fut tentée de lui parler du Bal français et d'avouer qu'elle l'y avait aperçu, mais cela aurait signifié admettre sa propre présence dans ce lieu de perdition, et il n'en était pas question.

— Je jure de vous protéger de toutes les débutantes qui auraient des aspirations ducales.

— Je vous en serai très reconnaissant. Et vous, de quoi puis-je vous protéger ?

— De l'ennui.

— Je n'en crois pas un mot ! protesta-t-il en riant, attirant l'attention de plusieurs joueurs. Vous ne me semblez pas le genre de personne qui attend qu'un peu d'amusement arrive jusqu'à elle.

C'était pourtant ce qu'elle avait fait. Pendant toute une année...

— Non, effectivement, plus maintenant. Mais la vie est compliquée pour les jeunes femmes qui ne sont pas mariées. Vous, les hommes, pouvez vous amuser autant que vous voulez.

— À propos d'amusement..., fit-il en prenant deux coupes de champagne sur un plateau. Je suis heureux de trouver un visage ami ce soir, en tout cas.

— J'espère que vous ne m'en voulez pas de ce qui s'est passé.

— Vous voulez parler de votre petit jeu pour rompre mes fiançailles avec Maddie ? dit-il sèchement. Non, je ne vous en veux pas, pas plus que je n'en veux à Alice d'avoir choisi un autre que moi.

— Je suis vraiment désolée. Je ne voulais pas faire de mal à quiconque. Tout ce que je voulais, c'était le bonheur de mon amie.

— C'est bien compréhensible. Mais peut-être que vous et moi pourrions devenir amis. De cette façon, vous seriez de mon côté, pour changer.

— J'en serais ravie. Je...

— Katherine !

La voix était celle de son père.

— Bonsoir, papa. Tu me cherchais ?

— Oui, je t'ai cherchée partout. Votre Grâce, dit-il en se retournant vers le duc après avoir embrassé sa fille sur la joue.

— Monsieur. Je suis confus de monopoliser le temps de votre fille.

— Mais pas du tout ! Je suis heureux de voir que vous vous entendez bien tous les deux.

Il lui faudrait mettre les choses au point avec son père à propos de ses relations avec Lockwood, se dit Katherine, soudain très embarrassée. Il n'y avait rien de romantique entre eux, et il ne fallait surtout pas que Lloyd Delafield se fasse d'illusions sur la possibilité d'avoir une duchesse dans la famille.

— Nous sommes venus ici nous cacher. Les regards apitoyés de la salle de bal étaient difficilement supportables.

— Oh, Kat, pardonne-moi de t'avoir demandé de venir ce soir...

— Cela ne fait rien. J'ai la peau plus dure que je n'en ai l'air.

— Oui, je sais bien. Dites-moi, Votre Grâce, j'aimerais bien parler d'une affaire avec vous, si cela ne vous ennuie pas. Voudriez-vous dîner avec ma fille et moi demain soir ? À 21 heures au Sherry, par exemple ?

— Eh bien…, fit le duc d'un ton hésitant en regardant Katherine.

Elle connaissait son père. Quand il voulait quelque chose, c'était une force de la nature. Il ne renoncerait pas tant qu'ils n'auraient pas dîné ensemble tous les trois. Ce serait peut-être l'occasion de lui montrer que le duc et elle n'étaient que des amis…

— Ce serait très agréable, dit-elle. Viendrez-vous ?

— Ce sera avec plaisir, accepta le duc avec sa politesse et son élégance habituelles.

— Parfait. À demain soir, alors. Katherine, tu es prête à rentrer ?

Seigneur, oui ! Elle n'en pouvait plus des conversations mondaines.

Ils saluèrent le duc et Katherine suivit son père. Une fois dans leur voiture, à l'abri des oreilles indiscrètes, elle voulut mettre les choses au point.

— Tu sais que le duc et moi sommes simplement amis…

— Et tu sais que les unions les plus solides sont celles entre amis, n'est-ce pas ?

— N'essaie pas d'arranger un mariage entre nous. Il a failli épouser une de mes meilleures amies et il en a courtisé une autre. Le duc est hors compétition pour moi, papa.

— Nous verrons.

— Je parle sérieusement !

— Il est temps que tu bâtisses ta vie, Kitty Kat, que tu aies une famille à toi. Je ne serai pas toujours là, tu sais.

— Ne sois pas sinistre, s'il te plaît. Tu passes déjà une grande partie de ton temps à travailler et tu es de plus en plus souvent en voyage. Je ne veux pas penser au moment où je te perdrai.

Son père était tout ce qui lui restait. Elle se marierait peut-être un jour, mais elle n'était pas pressée – surtout après avoir passé une année entière à attendre Preston Clarke. Il y avait des choses plus importantes à faire que de s'établir avec un mari et une famille...

— Tu n'es pas en train de me perdre, mais on ne sait jamais ce que l'avenir nous réserve.

— Eh bien, je ne veux pas le savoir ! Tu vas vivre longtemps, et nous continuerons à partager cette grande maison tous les trois, tante Dahlia, toi et moi.

Son père garda le silence. Katherine n'eut plus qu'à se demander ce que la soirée du lendemain lui réserverait.

La bonne société new-yorkaise – des célébrités, des hommes d'affaires, des financiers – se pressait dans la salle à manger du Sherry. Preston avait sa table contre le mur, dans un endroit tranquille d'où il pouvait observer à loisir les clients du restaurant.

C'est ainsi qu'il aperçut Katherine Delafield lorsqu'elle fit son entrée – avec son père et le duc de Lockwood.

Qu'est-ce que cela signifiait ?

Preston suivit des yeux le trio jusqu'à une table près de la fenêtre. La robe de soie crème de Katherine, ornée de petites perles de cristal qui luisaient doucement à la lumière, moulait sa silhouette élégante tout en restant parfaitement convenable. Les chandelles disposées sur chaque table mettaient en valeur son teint d'albâtre et les reflets mordorés de sa chevelure. Le duc l'aida à s'asseoir, et sa main s'attarda un peu trop longtemps sur le dossier de sa chaise avant qu'il aille prendre place en face d'elle, Lloyd s'installant entre eux.

Les poings de Preston se crispèrent involontairement.

— Surtout, ne dis pas à ma femme que nous avons dîné ici, lui dit Kit par-dessus le menu qu'il étudiait. Elle en veut toujours à Louis Sherry d'avoir volé un des assistants de Franconi pour lui offrir une place de chef.

Les occasions de dîner ensemble étaient devenues rares pour Kit et Preston. Il n'y avait pas si longtemps, Arabella, l'ancienne maîtresse de Preston, les aurait rejoints avec une de ses belles amies, mais les temps avaient changé. Kit était marié et Preston n'avait pas trouvé de nouvelle maîtresse.

Il reporta son attention sur Katherine, qui souriait à Lockwood. Le sourire malicieux de Mme de Pompadour lui revint en mémoire. Leur rencontre avait été l'une des plus passionnées de sa vie, et sans doute la plus torride.

« Je vous en prie, mon roi, encore ! »

Ce souvenir alluma dans ses veines une fièvre dévastatrice. Elle lui avait fait perdre la raison. Il avait été prêt à tout, dans ce minuscule salon. S'imaginait elle qu'il sortait son sexe à tout bout de champ et se masturbait devant la première venue ?

Katherine n'avait visiblement pas parlé du bal à son père. Si elle l'avait fait, Lloyd serait immédiatement venu exiger le mariage. Cela signifiait donc que Preston s'était trompé sur elle. Elle ne s'était pas rendue au Bal français pour le séduire... Aussi incroyable que cela paraisse, leur rencontre avait été une pure coïncidence, provoquée par une attirance réciproque. Il avait remarqué son sourire et ses longues jambes, sans compter l'innocence perverse de son regard. L'attitude libérée des danseurs avait semblé l'amuser et la choquer en même temps, et c'était cette contradiction qui l'avait attiré comme la flamme attire un papillon de nuit.

Et maintenant il était incapable d'oublier cette nuit, surtout le spectacle de ses jambes écartées, de son sexe gonflé et luisant après deux orgasmes. C'était le spectacle le plus érotique qu'il ait jamais vu, et qu'il s'agisse justement de cette jeune fille – l'innocente jeune fille de bonne famille Katherine Delafield – le rendait fou.

Et voilà que ce soir elle arrivait au bras d'un autre !

— Tout va bien ? fit Kit en posant le menu. Tu m'as l'air tendu, tout à coup.

— Tout va bien.

— C'est vrai ? Je n'ai pas de raison de m'inquiéter ? insista Kit après avoir attendu que le serveur ait terminé de remplir leurs verres.

— Bien sûr que non, assura Preston en buvant une bonne lampée pour oublier ce qui se passait près de la fenêtre.

— Tu t'es remis à boire, à ce que je vois. Et beaucoup.

— Je ne suis pas Forrest, mais tu as raison.

— Raconte-moi ce qui ne va pas.

L'aveu était difficile à formuler, mais la responsable de son tourment était assise à l'autre bout de la salle, toujours aussi ravissante et souriant à un autre homme. Comment Preston aurait-il pu apprécier un bon dîner, avec Katherine et Lockwood dînant dans le même restaurant ? Il lui fallait se délivrer du poids qui l'oppressait.

— Je me suis conduit abominablement.

— De ta part, cela peut désigner toute une gamme de choses différentes. Tu as escroqué une société de charpenterie ? Tu as fait chanter un politicien ?

— Cela n'a rien à voir avec les affaires.

— Parce que ta vie ne tourne pas seulement autour des affaires ?

— Quelquefois. Mais si tu veux savoir de quoi il s'agit, cesse de plaisanter.

— Il s'agit d'une femme, alors. Soyons bien clairs. Si tu as fait des avances à ma femme, je vais te planter le couteau à beurre dans les couilles ici et maintenant, en plein milieu du restaurant !

— Qu'est-ce que je viens de te dire ?

— Qui t'a dit que je plaisantais ?

— J'ai séduit une débutante.

— Je ne savais pas que tu connaissais des débutantes. En général, elles ne sont pas ta tasse de thé...

Preston expliqua à Kit l'essentiel de ce qui s'était passé au Bal français et dans l'appartement de Jane Street, sans citer de nom.

— Alors, tu l'as déshonorée...

Le regard de Preston s'égara de nouveau vers Katherine. Tout sourires, le trio trinquait au champagne. Il serra les dents. À quoi jouait-elle ? Le duc écumait New York à la recherche d'une héritière comme un pêcheur de grands fonds à la recherche de la perle rare. Avait-elle réellement envie de devenir duchesse, ou Lloyd avait-il arrangé ce dîner pour pousser sa fille dans les bras de Lockwood ?

Quoi qu'il en soit, l'une et l'autre hypothèses déplaisaient profondément à Preston. Quatre soirs plus tôt, elle était prête à commencer une liaison avec lui, et maintenant elle laissait cet aristocrate désargenté lui faire la cour ?

— Bon sang, qu'est-ce que Lockwood fait ici ? gronda Kit. Je me demande vraiment pourquoi toutes les femmes de la ville le regardent comme une boîte de chocolats assortie d'un bracelet de chez Tiffany !

C'était un fait : Katherine souriait au duc comme n'importe quelle petite oie blanche enamourée.

— Quant à toi, tu plaisantes, je suppose ? reprit Kit.

— Quoi ?

— C'est elle ? La débutante ?

Nier était inutile, Kit le connaissait trop bien.

— Je ne savais pas qu'il s'agissait d'elle, expliqua-t-il.

— Je m'en doute, mais maintenant tu es obligé de l'épouser.

— Non. Je ne suis pas allé suffisamment loin.

— Tu sais très bien que ce genre de nuances ne compte pas. Pas dans notre monde, en tout cas.

— Je viens de te le dire : je ne suis pas allé assez loin. Et tu es censé être de mon côté !

— Ah, parce qu'il y a des côtés ennemis, à présent ? C'est une amie de ma femme, Preston. Et de la femme de Harrison aussi. Qu'est-ce que tu as dans la tête ?

— Je ne vois pas ce que cela vient faire dans l'histoire. C'est une affaire strictement privée entre Mlle Delafield et moi.

— Mais certainement, jusqu'à ce que cela s'ébruite et que je sois obligé de choisir entre mon amitié pour toi et la tranquillité de ma femme ! Tu devines ce que je choisirai ?

Certainement pas Preston. Kit était follement amoureux d'Alice.

— Cela ne s'ébruitera pas. Elle ne veut pas avoir quoi que ce soit à voir avec moi.

— Tant mieux ! Laisse-la tranquille, maintenant.

Mais Preston était incapable de détacher le regard de Katherine et de Lockwood. Tous deux avaient l'air de très bien s'entendre. Ils bavardaient avec le plus grand naturel, sans le moindre instant de silence, tandis que Lloyd les contemplait avec fierté. Le besoin d'interrompre ce moment charmant devenait presque insupportable.

Il s'imagina se précipitant sur eux pour informer Lloyd et le duc de ses relations avec Katherine, de la façon dont il l'avait fait jouir des doigts et de la langue, de comment il avait été le premier à lui donner du plaisir.

De la façon dont elle lui appartenait…

Il ne pouvait pas continuer ainsi, il devait se reprendre. Il n'était ni impulsif ni impétueux. Il avait d'ordinaire un tempérament prudent et raisonnable, ce qui signifiait qu'il ne pouvait pas être jaloux de Lockwood, ni d'aucun autre homme. Katherine pouvait bien épouser qui elle voulait, cela lui était complètement indifférent. Il n'avait pas à s'en mêler.

« Je vous en prie, mon roi, encore ! »

Qu'elle aille au diable !

— Excuse-moi, lança-t-il en jetant sa serviette sur la table avant même de comprendre ce qui lui prenait.

— Où vas-tu ? demanda Kit. Tu ne vas pas l'impliquer dans un scandale, j'espère ? Fais ce que tu veux avec Lockwood mais laisse-la tranquille, Preston !

— Je n'ai pas l'intention de faire une scène, rassure-toi. Je reviens dans une seconde.

Il se leva et alla trouver le maître d'hôtel, à qui il glissa un billet de cinquante dollars.

— J'ai un service à vous demander.

9

— Merci d'être venu dîner avec nous ce soir, commença le père de Katherine pendant qu'on leur servait à boire. Cela fait des siècles que je n'étais pas venu ici, et leurs côtelettes d'agneau me manquaient.

— Quant à moi, j'adore leurs huîtres, dit Lockwood, ducal jusqu'au bout des ongles.

— À notre santé ! lança Katherine en levant sa coupe.

Ils bavardèrent de choses et d'autres pendant un moment. En chemin, Katherine avait bien prévenu son père de ne pas essayer de la fiancer à Lockwood. Elle appréciait le duc mais comme un ami, et elle n'avait aucune intention de devenir duchesse et de déménager en Angleterre.

Elle retint donc son souffle lorsque son père dévoila le fond de sa pensée.

— Je dois vous avouer que j'avais une autre raison de vous inviter ici ce soir.

Le duc resta de marbre.

Oh, mon Dieu, pourvu qu'il ne s'agisse pas de moi !

— Je possède un terrain sur la 23e Rue, reprit son père.

Avait-elle bien entendu ? Il s'agissait donc d'immobilier ?

— Je pensais te le donner, Katherine.

— À moi ? Pourquoi donc ?

— Pour que tu sois indépendante. Je ferai en sorte qu'il t'appartienne en propre et qu'il le reste, même si tu te maries.

— Je te remercie, mais qu'est-ce que je pourrais en faire ? s'enquit-elle, émue de son souci d'assurer son avenir.

— Ce que tu voudras, même si j'ai ma petite idée.

— Laquelle ?

— Ce projet d'exposer la collection de ta mère à ton club : pourquoi ne pas le faire de façon permanente ?

— Un musée, en quelque sorte ? intervint Lockwood.

— Exactement. Quand Katherine est revenue d'Espagne, elle ne tarissait pas d'éloges sur leurs musées, et elle a une très bonne connaissance des arts, comme sa mère.

L'intéressée n'avait pas de mots. L'idée d'ouvrir un musée était tentante, mais en était-elle capable ?

— Je vous demande pardon, madame, monsieur, Votre Grâce, les interrompit le maître d'hôtel.

— Oui ? interrogea Lockwood avec un ennui tout aristocratique.

— On demande Mlle Delafield au téléphone.

— C'est pour moi ? Vous en êtes certain ?

Cela n'avait aucun sens. Personne ne connaissait sa présence ici, à part sa tante et leur majordome.

— Oui, mademoiselle. Dois-je dire que vous n'êtes pas disponible ?

— Non, je vais prendre l'appel. Buvez votre champagne et commandez-moi des huîtres. Je serai de retour avant qu'elles soient servies !

Elle suivit le maître d'hôtel qui, au lieu de la conduire à la cabine téléphonique, la mena au vestiaire.

— Ne m'en veuillez pas, mademoiselle, je vous en prie. Il a tellement insisté pour vous parler !

Qu'est-ce que cela signifiait ? Refrénant son inquiétude, elle se dirigea vers la petite pièce.

Une main impérieuse l'attira dans l'obscurité. Elle reconnut immédiatement l'odeur d'épices et de tabac, et comprit qui avait orchestré ce stratagème.

— Qu'est-ce qui vous prend ? Vous êtes devenu fou ? protesta-t-elle en se heurtant contre sa poitrine, ce qui revenait à se cogner contre un mur de brique.

— Je pourrais vous poser la même question. Que faites-vous avec Lockwood ?

— En quoi cela vous regarde-t-il ?

— Katherine, dites-moi ce que vous faites ici !

— La même chose que vous : je dîne.

Il était certainement accompagné d'une dame. Avait-il déjà trouvé une nouvelle maîtresse ?

— Maintenant, lâchez-moi avant que mon père s'inquiète. C'est tout à fait inconvenant !

— Comme si vous vous souciiez des convenances, Reinette !

— Ne me rappelez pas cette soirée. Je préfère oublier mes erreurs de jugement. Laissez-moi passer, maintenant !

— Il vous fait la cour ?

Il était impossible, décidément !

— Qu'est-ce que ça peut bien vous faire ?

— Cela ne me fait rien, mais je ne peux pas croire que ce soit une bonne idée.

— C'est un ami, ce qui n'est pas votre cas. Écartez-vous, maintenant.

— Les messieurs célibataires ne sont pas amis avec les dames célibataires. Ce qui l'intéresse, c'est la fortune de votre famille et mettre le nez sous vos jupons !

— Non, c'est faux. Tout le monde n'est pas aussi grossier que vous.

— La grossièreté ne vous dérange pas toujours. Elle ne vous dérangeait pas au Bal français, en tout cas, murmura-t-il en effleurant son épaule nue, ce qui la fit frissonner de la tête aux pieds.

— Pas la peine de me rappeler ce que je veux oublier ! protesta-t-elle en se dégageant.

Ce n'était pas entièrement vrai. Elle se permettait de penser à lui tard dans la nuit, lorsqu'elle se caressait entre les jambes. Et à toute une liste de choses qu'elle aurait aimé qu'il lui fasse. La première était particulièrement osée, particulièrement excitante, et pour rien au monde elle n'aurait accepté de la formuler à haute voix.

— Vous pouvez trouver mieux que Lockwood, Kat !

Tout s'expliquait : ses commentaires, sa colère.

— Je n'en crois pas mes oreilles. Vous êtes jaloux !

— Pas du tout ! Je n'ai jamais été jaloux de ma vie. Je ne comprends pas votre petit jeu, à votre père et à vous, c'est tout.

Il fallait s'y attendre. Il ramenait tout à son père…

— Nous dînons, Preston, tout comme vous. Retournez à votre actrice ou à votre chanteuse et oubliez-moi.

Il bloquait toujours le passage et, pour passer, elle n'avait d'autre choix que de le frôler. Cette crapule ne bougea pas d'un pouce. Leurs épaules se touchèrent, ses jupes frottèrent les jambes de Preston. Elle retint son souffle lorsque sa hanche heurta le bras du jeune homme. Ce réduit n'était pas conçu pour un homme de sa taille, encore moins pour deux personnes.

— Mais je ne peux pas vous oublier, *mon chaton** ! chuchota-t-il en lui caressant l'oreille. Je connais le goût de votre bouche, de votre langue, de votre chair. Je garde même le goût de votre fontaine et de votre orgasme sur la langue !

Ces paroles allumèrent une onde brûlante dans les entrailles de Katherine. Elle avait les jambes en coton. Pourquoi la torturait-il ainsi ?

Eh bien, torture-le à ton tour !

Sans plus se poser de questions, elle posa la main sur sa poitrine, sur la soie de son gilet, et elle obtint l'effet désiré. Les muscles de Preston se crispèrent sous ses doigts et sa respiration se fit plus rapide.

— J'espère que vous garderez ces souvenirs bien au chaud dans un coin de votre mémoire, mon roi, parce que ce sont les seuls que vous aurez jamais de moi, chuchota-t-elle de sa voix la plus sensuelle.

Elle allait s'esquiver mais il l'en empêcha.

— Attendez ! Je voulais vous présenter mes excuses. Vous n'avez pas parlé de ce bal à votre père, c'est évident. Je regrette de vous avoir soupçonnée de vouloir le faire.

Preston Clarke s'excusait ? C'était une nouveauté qui valait la peine d'être notée.

— Merci.

— Maintenant, dites-moi que vous n'envisagez pas sérieusement d'épouser Lockwood, reprit-il, se hâtant de tout gâcher.

— Mais enfin, cela ne vous regarde pas ! Et maintenant, lâchez-moi ou je me mets à hurler.

— Vous n'oseriez pas.

— Bien sûr que si, ne serait-ce que pour vous ridiculiser.

Il la libéra enfin, et elle se dépêcha de regagner la salle de restaurant. Lâchement, le maître d'hôtel évita de croiser son regard.

Elle n'avait pas de temps à perdre avec Preston et toutes ses sottises. Lockwood et son père devaient commencer à s'inquiéter de sa disparition. Elle se refusa à regarder autour d'elle pour voir où était attablé Preston et avec qui il dînait.

Serais-tu jalouse à ton tour ?

Mon Dieu, comme elle détestait cette petite voix au fond d'elle-même !

Le duc et son père bavardaient comme de vieux amis lorsqu'elle regagna leur table. Elle s'efforça d'afficher un visage détendu.

— Tout va bien, mademoiselle ? demanda le duc en se levant pour lui avancer sa chaise.

— Oui, je vous remercie. Cet appel n'était pas pour moi, finalement. Vous avez parlé de cette idée de musée pendant mon absence ?

— Oui, répondit son père. Sa Grâce possède une importante collection d'œuvres d'art, et nous avons discuté du prix auquel il nous la louerait pour l'exposer.

— Ce serait merveilleux ! Merci à tous les deux.

— Tout le plaisir est pour moi, répliqua le duc. Quand je me marierai et que je commencerai la rénovation de mon château, il faudra bien mettre ces tableaux quelque part. Cela m'ôtera un souci.

Un véritable musée... Cette idée tellement excitante faisait son chemin dans l'esprit de Katherine. Était-elle capable de la mener à bien ?

— C'est une entreprise gigantesque...

— Je t'aiderai en cas de besoin, bien entendu, dit son père en souriant, mais tu es intelligente et les beaux-arts te passionnent. Je ne vois personne de mieux indiqué que toi pour la mener à bien.

Elle rougit.

— Tu es partial.

— Bien sûr ! Tu es ma fille et la personne que j'aime le plus au monde, mais cela ne veut pas dire que je ne suis pas capable de voir tes remarquables qualités.

— Merci, papa. Cela me touche beaucoup.

— Excusez-moi, intervint le garçon avec une bouteille de vin. Voici, avec les compliments du monsieur là-bas, expliqua-t-il en désignant le fond de la salle où Preston était assis avec Kit Ward.

Le regard d'encre de Preston s'attacha au sien, avant de se reporter sur son père en un silencieux défi.

C'était à ne pas y croire !

Katherine prit sur elle pour garder un visage de marbre.

— Non, je vous remercie, répondit-elle au serveur. Et, s'il vous plaît, dites à M. Clarke que nous n'accepterons rien de sa part.

Le vent agitait les pans du pardessus de Preston tandis qu'il approchait de la 23e Rue. La circulation l'avait mis en retard, et il avait dû terminer le trajet à pied.

— Monsieur Kimball, excusez mon retard ! cria-t-il pour se faire entendre par-dessus le bruit de la ville.

— Je n'ai pas beaucoup de temps, Clarke, gronda le président de Manhattan Surety, le regard plus froid que l'East River au mois de janvier.

Ils se serrèrent la main, et Kimball présenta à Preston les gens qui l'entouraient, tous juristes ou membres de la direction de Manhattan Surety. La compagnie d'assurances avait engagé Preston pour construire son nouveau siège social sur un terrain qu'il leur vendrait. Un peu au-dessus du prix du marché, bien entendu. Ce n'était pas le seul projet de Preston, loin de là, mais il s'agissait du plus prestigieux.

La seule difficulté était le litige l'opposant à Lloyd Delafield sur la propriété du terrain, mais cela ne tracassait pas Preston outre mesure. Cela faisait des décennies que cette parcelle appartenait aux Clarke, et ses avocats ne tarderaient pas à en apporter la preuve.

— Merci pour ce rendez-vous, commença Kimball. Notre conseil d'administration nous a demandé un rapport. Expliquez-nous donc où nous en sommes.

— Ne perdons pas de temps, alors.

Tout en leur faisant faire le tour du terrain, Preston expliqua de quelle façon le gratte-ciel dominerait toute la ville et constituerait l'immeuble le plus haut du monde. Il leur parla de la structure d'acier, des ascenseurs et des soubassements, et même de la forme générale du bâtiment.

— Le nom de Manhattan Surety sera bientôt connu dans le monde entier ! ajouta-t-il.

— Nous avons entendu dire qu'un autre groupe d'investisseurs envisage la construction de l'immeuble le plus haut du monde dans Park Row, dit Kimball.

— Nous les prendrons de vitesse si nous pouvons commencer les travaux dans les trois prochains mois, répliqua Preston, qui avait lui aussi entendu cette rumeur.

— Ils projettent trente-trois étages...

— J'y croirai quand je les verrai, les rassura Preston. Écoutez, la ville n'a pas très envie d'accorder beaucoup de permis de construire à des gratte-ciel à armature métallique. La moitié des habitants refuse les constructions aussi hautes et l'autre moitié s'insurge contre toute modification de la ligne d'horizon.

— Et qu'est-ce qui vous fait croire que vous, vous obtiendrez le permis de construire ? intervint un employé de la compagnie d'assurances.

Preston avait suffisamment d'argent pour acheter les fonctionnaires du département de la construction, mais il ne pouvait pas l'avouer ouvertement.

— Obtenir le permis ne constituera pas une difficulté, croyez-moi, lança-t-il avec arrogance, les mains dans les poches.

— Tout cela me paraît bel et bon, reprit Kimball, mais pour le moment, je n'ai toujours pas vu le moindre document. Or nous devons nous mettre d'accord sur le prix et sur le choix de l'architecte.

— Ne vous inquiétez pas au sujet du permis de construire. Je vous l'apporterai et vous ferai bientôt une proposition de prix. Et tous les cabinets d'architectes vont venir nous proposer leurs services dans les deux prochaines semaines.

— Très bien, très bien ! C'est ici que je veux notre siège social, tout près du parc. Le centre-ville est trop encombré.

S'il avait emporté le marché, c'était à cause de la situation du terrain, Preston le savait bien.

— Vous avez raison. Cet immeuble durera des centaines d'années.

Tout à coup, son regard se posa sur une femme de haute taille, à l'autre bout du terrain. Des cheveux châtain mordoré, de longues jambes, de grands yeux qui abritaient toute la chaleur du soleil...

Katherine !

Immédiatement, cette sensation familière qu'il éprouvait chaque fois qu'il pensait à elle, un mélange de fascination, de regrets et de désir, lui broya le cœur. Trois jours s'étaient écoulés depuis leur rencontre au Sherry, et Preston n'avait pas réussi à la chasser de ses pensées. Il avait beau faire, plus il s'efforçait de l'oublier, plus elle le hantait.

Pour le moment, elle désignait à un homme le lot où ils se trouvaient.

Que diable faisait-elle là ?

— Nous en avons assez vu, déclara Kimball, rappelant Preston à la réalité. Je dois retourner au bureau pour une réunion. Je vous remercie, Clarke.

— Je vous en prie ! Je reviendrai vers vous à propos des architectes.

— Et moi, j'espère avoir de vos nouvelles concernant le permis de construire dans les meilleurs délais.

— Bien entendu, acquiesça Preston, l'esprit déjà tout occupé par la jeune femme à l'autre bout du terrain.

Il devait à tout prix découvrir ce qu'elle faisait là...

— Mademoiselle Delafield ! appela-t-il une fois seul.

— Mon Dieu ! Vous m'avez fait peur. Que faites-vous ici ?

— Je dois m'entretenir un instant avec Mlle Delafield, expliqua-t-il à l'homme qui accompagnait la jeune femme.

Celui-ci hésita et interrogea Katherine du regard.

— Cela ne prendra pas longtemps, monsieur Jennis.

— Que faites-vous ici ? Vous me suivez ? gronda Preston, une fois seul avec elle.

— Croyez-le si vous voulez, mais j'ai mieux à faire que vous suivre dans toute la ville, rétorqua-t-elle, la tête haute, comme la Mme de Pompadour qu'il avait rencontrée au bal. Cela ne vous regarde pas, mais je suis en discussion avec l'architecte de mon père pour parler d'un projet de musée sur cette parcelle.

Les mots flottèrent à ses oreilles tandis qu'il essayait de les décrypter, comme s'il s'agissait des pièces d'un puzzle qu'il devait assembler pour leur donner une signification.

— Un musée ? Ici ? Ici même ? Mais c'est impossible ! protesta-t-il lorsqu'il retrouva l'usage de la parole.

— Vous pensez certainement que seuls les messieurs sont capables de faire construire des immeubles. Je suis au regret de vous informer que...

— Non ! C'est impossible parce que ce terrain m'appartient. Il est à moi. Et quoi que puisse dire votre père, je le garde !

— Mon père dit que ce terrain lui appartient, rétorqua-t-elle après un moment de silence empli d'incrédulité.

— Il a toujours appartenu aux Clarke. Il est à moi !

— Mais c'est insensé ! Pourquoi me mentirait-il ? objecta-t-elle, impliquant clairement que le menteur, c'était Preston.

— Je n'en sais rien. Il prétend que mon père lui a vendu ce terrain lorsque leur association a été dissoute, mais je n'en crois rien.

— Avez-vous vu l'acte de vente ou de propriété ?

— Oui.

— Et ?

— La signature de mon père est en cours de vérification, admit-il à regret.

Katherine se détendit et son petit sourire entendu déplut fortement à Preston.

— Je vois. Quelqu'un possède quelque chose que vous désirez et refuse de vous le céder, alors vous vous conduisez comme un enfant capricieux et considérez que l'objet désiré vous revient de droit malgré tout.

— Je constate que vous avez une haute opinion de moi !

— Disons que j'ai une certaine expérience de ce qui se passe quand Preston Clarke n'obtient pas ce qu'il veut.

Oh, cette femme...

— Ce que vous voulez dire, c'est que dès qu'il s'agit de vous, je me conduis comme un enfant ?

— Vous m'avez attirée de force dans le vestiaire du Sherry.

— Je voulais vous aider. Lockwood est le dernier homme que vous devriez épouser, Katherine.

— Le dernier ? Vraiment ? Vous en êtes certain ? Parce que je peux citer au moins un nom qui serait plus bas dans la liste.

Lui, autrement dit.

— Kat, il faut que vous sachiez que je finis toujours – *toujours* – par obtenir ce que je veux. Personne n'est plus déterminé que moi, et il n'y a aucune limite à ce que je suis capable de faire pour gagner, aucune ligne rouge que je ne sois prêt à franchir.

Il se souvenait trop bien de ce que c'était que de pratiquement tout perdre, de voir sa vie entière s'écrouler. Plutôt mourir que vivre cela une seconde fois !

Elle ne parut pas émue le moins du monde et le toisa de toute sa hauteur, même s'il était bien plus grand qu'elle.

— Le moment est mal choisi pour ce genre de conversation. Je suis au beau milieu d'un rendez-vous.

— Un rendez-vous qui constitue une perte de temps, puisque vous ne ferez rien ici. Je vais y construire un immeuble de bureaux.

— Comme c'est original ! Cette ville n'a pas besoin d'un nouvel immeuble de bureaux, Preston. Ce qu'il lui faut, c'est de l'art et de la verdure. Des espaces publics...

— Eh bien, je vous suggère d'aller chercher ailleurs un autre terrain disponible !

— Pourquoi donc, puisque mon père m'a donné l'endroit idéal ici ? répliqua-t-elle avec son sourire le plus suave.

Preston se sentait aussi agacé qu'excité, et cette étrange combinaison le mettait mal à l'aise. Il avait autant envie de la secouer en hurlant que de l'embrasser.

Elle avait les joues rosies et il voyait battre une petite veine bleue au creux de sa gorge. Était-ce un effet de la colère ou avait-elle envie d'un baiser, elle aussi ?

Il prenait ses désirs pour des réalités, sans aucun doute.

Serrant les poings, il regarda autour de lui la circulation de la mi-journée qui s'intensifiait. C'était ridicule. Comme si l'attirance entre eux ne suffisait pas, voilà que Lloyd mentait à Katherine et lui donnait de faux espoirs sur la construction d'un musée ici. Ce projet ne deviendrait jamais réalité puisque ce terrain appartenait à Preston. Lloyd Delafield faisait décidément preuve d'une monstrueuse cruauté !

Qu'est-ce qui lui prenait, tout à coup ? C'était son père qui méritait son animosité, et non Katherine. Ils s'étaient très bien entendus au Bal français, quand Lloyd ne se dressait pas entre eux. Si elle avait porté un autre nom, Preston aurait certainement essayé de la séduire...

Elle se trouvait prise au milieu d'un combat qu'elle ne comprenait pas et dont son père tirait les ficelles. Preston ne pouvait pas lui faire cela. Il avait de l'affection pour elle, il fallait bien le reconnaître, et peu de gens bénéficiaient de son affection. Elle était drôle, intelligente, et n'avait pas peur de lui tenir tête. Elle était également respectable, généreuse – et tout ce qu'il n'était pas –, mais elle était suffisamment dévergondée pour se rendre au Bal français et mettre sa vie sens dessus dessous.

Toutefois, il n'y avait pas de place pour elle dans la vie qu'il s'était bâtie. Katherine ne pouvait devenir ni une maîtresse ni une amie. Elle n'entrerait jamais dans aucune de ces deux catégories et il n'avait pas de temps pour un autre genre de relation.

Il était temps pour lui de cesser d'intervenir dans la vie de Katherine Delafield...

— Je vais vous laisser à votre rendez-vous, dans ce cas. Mais s'il vous plaît, suivez mon conseil et cherchez un autre emplacement. Je vous souhaite bonne chance !

Il allait rentrer à son bureau et retrouver la montagne de travail et les rendez-vous qui l'attendaient. Il n'y avait pas de place dans sa vie pour une jolie brune aux lèvres pulpeuses et au sourire radieux.

— Attendez ! s'exclama-t-elle alors qu'il s'éloignait déjà. Preston, je veux savoir pourquoi vous pensez que mon père complote contre vous. Je veux savoir...

— Quoi ?

— Je veux savoir pourquoi vous détestez mon père ! Pourquoi vous me détestez...

L'étau qui lui serra la gorge était probablement de la culpabilité. Il s'était très mal conduit avec elle.

— Je ne vous déteste pas, loin de là. Et je suis désolé. Je suis désolé de tout ce que j'ai pu dire, de tout ce dont je vous ai accusée. Je suis désolé de vous avoir entraînée dans mon contentieux avec votre père.

— Je vous remercie. Mais j'aimerais tout de même savoir ce qui s'est passé entre vous, ajouta-t-elle en scrutant son visage, comme pour voir s'il disait vrai.

— Pour quoi faire ? Vous n'y pouvez rien, et mes explications ne vous plairaient sans doute pas. Vous feriez mieux de lui poser la question, à lui.

— Je le ferai, soyez tranquille, mais je voudrais entendre votre version.

Il retint une réponse cinglante. Il n'y avait qu'une seule version. Dans ce bas monde, il y avait des vainqueurs et des vaincus, et Lloyd s'imaginait qu'il avait vaincu Preston Clarke, ce qui n'était pas le cas. D'ici quelques jours, ses avocats découvriraient ce qu'avait fait Lloyd pour s'arroger la propriété de ce terrain, et il serait réintégré dans ses droits.

— Je vous le dirai peut-être un jour, éluda-t-il, refrénant une irritation qu'elle ne méritait pas.

— En attendant, si nous décrétions une trêve ?

— Entendu ! acquiesça-t-il en saisissant dans sa grande main celle qu'elle lui tendait.

La circulation de la 23e Rue les entourait, mais il ne lâcha pas sa main. Fasciné, il tentait de déchiffrer la palette d'émotions qui passaient sur son visage. Katherine était aussi transparente que le cristal, on lisait en elle à livre ouvert : il vit ses soupçons laisser place au soulagement, tandis que ses joues se coloraient de rose.

Pensait-elle au Bal français ? À leurs baisers et à leurs jeux coquins ? Lui y pensait, en tout cas, et il ne demandait qu'à recommencer, en les accompagnant de nouveaux plaisirs. Elle éveillait en lui quelque chose qu'il n'avait jamais connu, une impulsivité et une gaieté qu'il pensait depuis longtemps disparues.

En ce moment précis, il se moquait éperdument de son nom de famille ou de son père. Tout ce qu'il voulait, c'était passer un peu plus de temps avec elle.

Avant de changer d'avis, il proposa :

— Je peux vous offrir un verre, Reinette ?

10

Un verre ? En plein milieu de la journée ? L'ancienne Katherine n'aurait jamais accepté une proposition aussi scandaleuse.

Mais la nouvelle Katherine, celle qui avait cherché l'aventure et rencontré un amant – l'homme qui se trouvait devant elle, bien caché sous une amertume et une ambition sans limites –, avait pris sa vie en main. Oserait-elle tenter de le faire sortir de sa cachette une nouvelle fois ?

« Je garde même le goût de votre fontaine et de votre orgasme sur la langue ! »

Était-il obsédé par les souvenirs du bal, lui aussi ? Katherine ne cessait d'y penser et repassait continuellement ces instants enivrants dans sa tête. Il avait été tellement différent, tellement détendu, espiègle mais doux... L'exact contraire du Preston Clarke qu'elle connaissait.

Une lueur nouvelle brillait cependant au fond de son regard d'encre – une douceur qu'elle n'y avait encore jamais discernée –, comme s'il la voyait enfin véritablement et qu'il aimait ce qu'il voyait. Ce regard donnait à la jeune femme la chair de poule. Elle aurait aimé s'y perdre, s'y consumer.

Elle avait envie d'accepter...

— Laissez-moi terminer mon rendez-vous, décida-t-elle.

— Bien sûr. Quant à moi, il faut que j'envoie un pneumatique à Mme Cohen pour lui demander de reporter les miens. Et peut-être mon dîner...

Cet homme en voulait toujours plus, décidément.

— Ne vous montez pas la tête, cher monsieur !

— Cela ne me viendrait jamais à l'esprit, ma chère demoiselle ! Attendez-moi ici. Je reviendrai vous chercher dans une dizaine de minutes avec une voiture.

Elle n'en revenait pas d'avoir accepté aussi facilement ; elle en avait la tête qui tournait.

Il n'y a aucun mal à prendre un verre, rien de plus.

— Mademoiselle ?

Elle reprit ses esprits et fit de son mieux pour se composer le visage d'une femme intelligente et capable de superviser la construction et la gestion du musée d'Art moderne de Madison Square, comme elle l'avait déjà baptisé dans son for intérieur.

— Veuillez m'excuser, monsieur. Continuons ! dit-elle à l'architecte qu'elle avait rejoint.

— Tout va bien, mademoiselle ? Vous connaissez cet homme ?

— Oui, il s'agit de M. Clarke, un ancien associé de mon père. Il y a apparemment un litige sur la propriété de ce terrain.

— M. Clarke n'a pas la réputation d'être particulièrement scrupuleux, si vous voyez ce que je veux dire. Vous feriez bien de ne pas approcher les hommes de son espèce. Laissez plutôt votre père s'occuper de ce monsieur.

Voilà un avertissement qui tombait à point.

— C'est ce que je ferai. Retournons à notre conversation, voulez-vous ?

Elle discuta avec M. Jennis de la façon dont elle imaginait le bâtiment, et il apparut rapidement qu'ils ne partageaient pas les mêmes vues sur l'architecture. Elle préférait le style Beaux-Arts qui était à la mode, tandis que M. Jennis tenait au style Empire qu'il jugeait plus plaisant à l'œil.

— Il s'agit d'un musée d'art moderne. Cela devrait se refléter dans son architecture.

— Ce n'est pas mon style, mademoiselle. Pour votre père, je travaille dans le classique style Empire. Si cela ne vous plaît pas...

Il n'acheva pas sa phrase, mais elle pouvait le faire à sa place : « Si cela ne vous plaît pas, c'est le même prix ! »

Elle éprouva un besoin familier de s'excuser et de battre en retraite, mais elle le réprima aussitôt. Ce projet était le sien, non celui de Jennis, et elle n'était pas disposée à faire des compromis.

— Vous pourriez peut-être essayer autre chose, pour rendre service à mon père. Il m'a dit tellement de bien de vous que je ne voudrais pas être obligée d'envisager d'autres possibilités. Mais je suis prête à m'y résoudre, si vous ne faites pas ce que je demande.

— Je suis un homme occupé, mademoiselle. Je dirige plusieurs projets prestigieux et je ne suis pas disposé à faire des compromis sur l'esthétique que je défends. Je pense que vous devriez faire confiance aux hommes d'expérience qui connaissent l'architecture et la décoration de façon professionnelle.

Katherine hésitait. Peut-être présumait-elle trop de ses capacités. Elle ne connaissait rien à l'architecture et n'avait pas la moindre idée des compétences nécessaires pour mener à bien une entreprise de cette envergure. Tout ce qu'elle voulait, c'était honorer la mémoire de sa mère, faire connaître son amour des arts et le faire partager aux habitants de la ville.

Devait-elle adopter les conceptions de Jennis et renoncer aux siennes ?

Cette idée ne lui plaisait pas. Elle aurait l'impression d'une compromission, comme ce qui s'était passé l'année précédente quand elle s'était crue fiancée. Elle en avait assez d'attendre et de faire des concessions sans jamais se mettre en avant.

Preston l'attendait devant sa voiture. Il était trop loin pour entendre leur conversation, et elle l'appela donc du geste.

— Monsieur Clarke !

Il les rejoignit en quelques enjambées, dominant M. Jennis de toute sa haute taille.

— Oui, mademoiselle ?

— Que faites-vous lorsque votre architecte et vous n'êtes pas du même avis sur la conception d'un immeuble ?

— Cela n'arrive jamais, puisque c'est moi qui le paie, rétorqua Preston avec une moue pleine d'arrogance.

— Vous voulez dire qu'il se plie obligatoirement à vos vues sur le projet ?

— Certainement.

— Et s'il refusait ?

— Dans ce cas, je chercherais un autre architecte.

Elle se tourna vers M. Jennis.

— Vous êtes renvoyé.

— Je vous demande pardon ? fit l'homme de l'art, bouche bée.

— Je vais trouver un autre architecte pour travailler avec moi sur ce projet de musée. Je n'ai plus besoin de vos services, monsieur.

— Vous me renvoyez ? s'exclama M. Jennis, dont l'incrédulité laissait place à la colère. À cause de ce que ce... ce voyou vous a dit ?

— Non, il n'a fait que confirmer ce que je pensais. Je n'aime pas la façon dont vous vous êtes conduit avec moi, monsieur. Il est évident que vous n'avez aucune envie de travailler sur ce projet, et je préfère chercher un autre professionnel qui sera plus enthousiaste.

— Vous commettez une grossière erreur, mademoiselle, mais je ne discuterai pas. Si je m'impliquais dans votre projet, c'était pour rendre service, de toute façon. Je vous souhaite bonne chance pour trouver un homme de l'art qui ait envie de s'occuper de votre petit musée !

— Je peux vous recommander au moins trois architectes, intervint Preston avec un sourire complice.

— Parfait, répondit Katherine. Je vais noter ces noms.

— Je rapporterai cette entrevue à votre père, mademoiselle. Bonne journée ! lança Jennis en s'éloignant.

Cela doucha quelque peu l'enthousiasme de Katherine. Son père allait lui poser des questions sur ses relations avec Preston, et elle n'avait aucune envie d'y répondre.

Je n'ai aucune relation avec Preston Clarke.

C'était la vérité. Ils n'étaient pas amis. Selon Preston, les messieurs célibataires étaient incapables d'amitié avec les dames célibataires. Dans ce cas, pourquoi l'avait-il invitée à prendre un verre ?

— Ça fait du bien, n'est-ce pas ? dit Preston lorsqu'ils se retrouvèrent seuls.

— Oh oui, beaucoup de bien ! répondit-elle, oubliant ses doutes au sujet de son père.

— Je suppose qu'il s'est montré hautain et condescendant.

— Comment l'avez-vous deviné ?

— J'ai vu votre réaction pendant qu'il parlait. Vous avez bien fait de le renvoyer. Vous ne l'auriez peut-être pas fait il y a quelque temps, mais vous en êtes capable. Si vous savez ce que vous voulez, ne vous écartez pas de ce que vous avez en tête, quoi qu'on dise. Ne faites jamais de compromis.

— Vous me dites ça parce que vous pensez que c'est ce que j'ai envie d'entendre ? demanda-t-elle, n'osant pas s'abandonner à l'espoir qui fleurissait en elle.

— Je ne suis peut-être pas un homme honorable, mais je vous promets de toujours être honnête avec vous, dit-il solennellement.

— Merci. Je suis heureuse de votre présence ici.

— Sur mon terrain, vous voulez dire ? Là où je vais construire le siège social de Manhattan Surety ?

— Vous commencez déjà à rompre la trêve, Preston Clarke ? Après moins d'une heure ?

— Touché ! Nous ne parlerons plus de construction ou de titres de propriété aujourd'hui. D'accord ?

— Entendu.

— Parfait ! Allons prendre un verre dans un endroit que je connais.

Preston tira une clé de sa poche et ouvrit la porte du club-restaurant Gotham.

— Après vous...

— Je suis très excitée ! J'ai envie de venir depuis qu'il a ouvert.

— Pourquoi ne l'avez-vous pas fait ?

Il referma la porte à clé. Le club-restaurant n'était pas ouvert, il était trop tôt, mais il avait pensé que voir l'endroit sans risquer de compromettre sa réputation l'amuserait.

Et ici, ils pourraient bavarder à leur aise sans être dérangés.

— Vous savez très bien pourquoi. L'ancienne Katherine ne pouvait s'y résoudre. La nouvelle ne demande qu'à voir et à tenter des expériences inédites.

« Je suis allée là-bas pour commencer à vivre ma vie. Pour prendre un peu de bon temps après vous avoir attendu pendant toute une année. »

Cette affirmation le taraudait comme une piqûre. Il ne s'en était pas douté. Ou plutôt, il n'avait pas voulu y penser. Il n'avait pas le temps, il avait d'autres chats à fouetter alors qu'il essayait de sauver sa famille de la ruine. Il avait supposé que Lloyd avait compris, après la mort de Henry Clarke, que Preston détestait tout ce qui avait un rapport, proche ou lointain, avec les Delafield.

Mais je ne la déteste pas. Plus maintenant.

C'était vrai. La gaieté de Katherine et sa curiosité contagieuse lui plaisaient, peut-être parce qu'elles lui étaient tellement étrangères. Cela ne l'empêchait pas de se demander ce qu'ils faisaient là et pourquoi il avait tellement envie de passer du temps en compagnie d'une femme avec qui il ne pouvait pas coucher. Il l'avait pourtant amenée au club qu'il avait construit, dans l'espoir de susciter son admiration.

Quel idiot il faisait !

— Oh, c'est magnifique ! s'exclama Katherine lorsqu'il alluma la salle à manger et la scène. Le parfait mélange : sobriété et côté tapageur. C'est osé, mais pas trop.

C'était exactement ce que Kit et lui avaient essayé de faire.

— Je suis heureux que ça vous plaise. Asseyez-vous, je vais nous préparer un cocktail. Vous avez une préférence ?

— Non. Je prendrai la même chose que vous.

Il alla examiner les bouteilles derrière le bar, et ce spectacle lui rappela Forrest et ses vains efforts pour le sauver, qui n'avaient servi qu'à faire fuir son ami et à le faire sombrer davantage dans la boisson. Preston nourrirait ce regret sa vie entière.

« Détends-toi, lui disait souvent sa mère. Tu ne peux pas changer le monde par ta seule volonté. »

Et pourquoi pas ? Preston ne connaissait pas d'autre moyen, de toute façon.

Il jeta son dévolu sur une liqueur au citron et prépara une boisson pour Katherine, tandis qu'il se versait un verre d'eau. Les souvenirs de Forrest étaient encore trop douloureux, son chagrin trop puissant. Boire ne l'aiderait pas.

— Vous n'en prenez pas ? fit-elle en voyant son verre d'eau.

— Si, mais pas pour le moment. Goûtez, je pense que ça va vous plaire.

— C'est délicieux ! Qu'avez-vous mis dedans ? questionna-t-elle après une gorgée prudente.

— Ah, c'est mon secret !

— Cela a le même goût que la limonade, mais en plus fort.

— C'est une de mes boissons préférées, l'été.

Ou plutôt, c'était. Il s'appuya au dossier de son siège. Il avait la nuque raide et il était épuisé. Il sentait tout le poids des derniers mois, de leur rythme effréné.

— Vous avez l'air fatigué. Vous travaillez trop ou vous jouez trop ?

— Je ne joue plus depuis que j'ai quitté Harvard.

— Que faisiez-vous, tous les quatre, quand vous étiez étudiants ?

Elle parlait de lui, de Kit, de Harrison et de Forrest.

— Nous avons beaucoup fait la fête. J'ai dû partir avant de passer mes examens, mais nous nous sommes beaucoup amusés.

— Cela n'a pas dû être facile de quitter vos amis. Ils vous ont manqué ?

— Honnêtement, j'étais trop occupé. Et ils ont mis un point d'honneur à venir souvent me voir à New York. Nous avons même réussi à nous attirer des ennuis ici aussi.

— Je veux bien vous croire. Les hommes ont la vie tellement plus facile que les femmes ! soupira-t-elle avec emphase.

— Parce que nous pouvons fréquenter les cabarets et avoir des maîtresses ?

— Oui. Vous avez des libertés dont les femmes ne peuvent que rêver. On leur apprend à penser au mariage dès l'enfance, et cela dure jusqu'à ce qu'elles arrivent à l'église. C'est leur seule obsession, et l'estime dont peut jouir une fille en dépend.

Tout en parlant, elle avait enlevé ses gants. La vue de ses doigts délicats le captiva. Il se demanda ce qu'il ressentirait s'ils caressaient sa peau nue, et il s'obligea précipitamment à revenir à son visage.

— Ce n'est pas entièrement vrai, vous l'avez prouvé tout récemment, comme votre amie Nellie. Et il y a certainement d'autres femmes dont la principale aspiration n'est pas de dénicher un mari.

— Très peu, et Nellie s'est vue ostracisée à cause des libertés qu'elle prend. Et je vous rappelle que je me suis crue fiancée toute l'année passée.

— Je trouve toujours cela ahurissant. Je regrette, mais je ne comprends toujours pas comment vous avez pu l'accepter. Vous n'aviez pas envie de me connaître et de décider si vous souhaitiez vraiment ce mariage ?

Elle se dépêcha de reprendre son verre pour boire une gorgée, dans un geste presque désespéré.

— Que me cachez-vous, Reinette ?

— Cessez de m'appeler ainsi !

— Pourquoi ? Je sais que ce surnom vous plaît.

— Il ne convient pas à des amis.

Elle avait insisté sur le dernier mot. Pour un peu, il aurait éclaté de rire.

— Ce n'est pas ainsi que je définirais notre relation, mais tant pis.

— Et comment définiriez-vous notre relation ?

Il prit tout son temps pour réfléchir. Il n'avait pas de mots pour exprimer ce qu'il ressentait pour elle et pour définir la myriade de sentiments qui l'agitaient en sa présence. Il était d'un tempérament réfléchi et avait l'habitude de peser ses paroles, mais tout ce qu'il savait, c'était qu'il mourait d'envie de la goûter encore une fois et d'entendre ses gémissements.

— Incomplète.

— Alors, je me vois dans l'obligation de vous dire que vous vous faites des illusions.

— Pourquoi n'avez-vous pas éprouvé le besoin de me rencontrer avant d'accepter ce projet de mariage ? insista-t-il, préférant ignorer l'affirmation de Katherine. Pourquoi n'avez-vous pas demandé un dîner, une promenade avec moi, quelque chose de ce genre ?

— Mais je vous ai rencontré.

— Nous nous sommes rencontrés ? Et où ça, je vous prie ?

— On nous a présentés lors de ma soirée d'entrée dans le monde. J'ai...

— Oui ? Vous avez quoi ?

— J'ai besoin d'un second verre ! S'il vous plaît...

Elle essayait visiblement de changer de conversation, mais il n'était pas homme à se laisser manipuler aussi facilement. Il négociait quotidiennement avec des criminels, des hommes de loi et des politiciens, tous des gens retors : ce n'était pas une jolie femme qui allait jouer au plus fin avec lui.

Il alla lui préparer un autre cocktail.

— Alors, dites-moi, reprit-il lorsqu'il lui eut rapporté le verre.

— C'est ridicule, mais j'avais un faible pour vous.

— Vous vous moquez de moi ! protesta-t-il devant son regard malicieux.

— Oh, je n'aurais jamais dû vous dire ça. Je me ridiculise une fois de plus.

Ils s'étaient déjà rencontrés et il n'en avait aucun souvenir. Pas le moindre... Et devenir sa femme avait été l'unique perspective de cette merveilleuse créature. Cette idée lui donnait une bien piètre opinion de lui-même.

— C'est moi qui suis l'imbécile, croyez-moi, Kat.

— Peut-être que si j'avais porté une robe courte et une perruque poudrée le soir où on nous a présentés, vous ne m'auriez pas oubliée, dit-elle en souriant, avec une coquetterie non dissimulée.

Le souvenir de son costume alluma chez Preston toute une série d'émotions qui firent réagir son sexe. Comment dire ce qu'il avait préféré entre son corsage ajusté mettant en valeur son décolleté et ses jupes courtes dévoilant ses jambes magnifiques ? Fort heureusement, il n'avait pas besoin de choisir.

— Je n'arrive pas à m'ôter de la tête l'image de vous dans ce costume, murmura-t-il en se rapprochant plus qu'il n'était nécessaire pour un simple ami. J'y pense souvent. Tous les matins, en fait.

Tous les matins lorsqu'il se donnait du plaisir avant de se lever, mais il ne jugea pas utile de le préciser.

— Je pense à vous, moi aussi, et à ce que vous avez fait. Quand je suis seule...

Voulait-elle dire qu'elle se caressait en pensant à lui ? À cette idée, son corps s'embrasa. Cette possibilité constituait une véritable torture et, pour une fois, il fut incapable de trouver une repartie légère.

— Vous pensez que des amis se font ce genre de confidences ?

— Alors vous avez le droit de plaisanter, et pas moi ?

L'air innocent qu'elle avait en battant des cils ne le trompait pas. Il savait exactement ce qu'elle faisait. Elle le torturait, comme elle l'avait fait dans le vestiaire du restaurant.

— Vous avez le droit de plaisanter, mais si vous mordez, je répondrai, sachez-le.

— Dois-je le prendre comme une menace ? Parce que je ne pense pas que cela me dérangerait, ajouta-t-elle en fixant la bouche de Preston.

Oh, cette fille ! Sans réfléchir, il voulut l'attirer à lui. Il n'en pouvait plus de ne pas la toucher. Mais elle glissa hors de sa portée.

— Je peux monter sur la scène ?

Cherchait-elle seulement à changer de sujet, ou avait-elle une idée en tête ?

— Bien sûr !

Elle se fraya un chemin entre les tables et grimpa sur la petite estrade. Quand elle se retourna, il fut incapable d'en détacher son regard. Les luminaires qui dominaient la scène faisaient étinceler les reflets mordorés de sa chevelure et mettaient en valeur l'éclat de son teint. Il était fasciné. Même en tailleur de ville à jupe longue, elle était incroyablement désirable. Son sang battait plus vite dans ses veines, et il avait du mal à se contenir.

Elle explora la scène avant de pivoter vers le public, comme si elle s'apprêtait à donner un spectacle.

— Vous savez chanter ? lança Preston.

— Malheureusement, non. Je ne suis pas douée pour la musique. Être ou ne pas être, tel est le maudit dilemme ! commença-t-elle en prenant une posture dramatique.

Il pouffa.

— La question ! « Telle est la question. »

— Shakespeare m'a toujours ennuyée. Il gagnerait à être réécrit.

— Vous savez danser, en tout cas. Ça, je le sais.

C'étaient justement ses levers de jambes et ses jupes courtes qui hantaient ses nuits…

Elle leva les mains et esquissa quelques pas de valse avec un partenaire imaginaire.

— Essayez encore.

Relevant ses jupes de quelques doigts, elle exécuta un pas de *step dance* irlandaise.

Amusé, il tambourina sur la table pour lui donner le rythme. Elle était adorable, mais elle le rendait fou. Tous deux savaient ce qu'il désirait, et elle se plaisait à le lui refuser. C'était en train de devenir pratiquement une habitude entre eux.

— C'était peut-être Nellie que j'avais remarquée, maintenant que j'y pense…

— Comment osez-vous ? Nous savons tous les deux que vous étiez incapable de détourner votre regard de moi pendant que je dansais ! rétorqua-t-elle avec une feinte indignation, entrant dans son jeu.

— Hum. Je ne m'en souviens plus. Quel dommage que vous ne puissiez pas me faire une démonstration pour le prouver.

— Vous êtes tellement prévisible ! Vous voulez me provoquer pour que je le fasse.

— Je vous en prie, Katherine, dansez pour moi, demanda-t-il avec le geste d'un roi s'adressant à l'un de ses fidèles sujets.

— Vous pensez que vous le méritez ?

— Non, mais je vous ai déjà dit que je ne respectais pas les règles. Je vois bien que vous êtes trop timide, de toute façon. Tant pis !

Avec un sourire de défi, elle releva ses jupes jusqu'aux cuisses, et Preston se figea. Comme hypnotisé, il la regarda lever la jambe de plus en plus haut, comme une danseuse de cancan. Il n'avait plus envie de plaisanter, saisi d'une fièvre qui l'empêchait même de réfléchir. Le spectacle de ses culottes et de sa peau nue fit se dresser son membre dans son pantalon, tandis qu'elle imitait les mouvements des danseuses de cabaret.

Et Dieu lui était témoin qu'elle était douée !

C'était justement la grâce de ses mouvements et de ses membres déliés qui avait attiré son regard au Bal français, allumant en lui un désir brûlant. Maintenant qu'il la connaissait, son désir s'en trouvait décuplé. C'était Katherine dans toute son innocence et toute sa sensualité, et il la voulait pour lui seul.

Quand elle se pencha en relevant ses jupes jusqu'en haut, il dut se retenir pour rester sur son siège et ne pas se précipiter sur la scène. Il commençait à passer en revue le mobilier des coulisses et ce qu'ils pourraient utiliser pour…

— Mais enfin, qu'est-ce qui se passe dans mon club ?

11

La voix furieuse de Kit retentit dans la salle. Katherine relâcha ses jupes et se retourna précipitamment. Preston se retourna également et embrassa du même regard le visage furieux de son ami et la stupéfaction outrée de son épouse, qui l'accompagnait.

— Katherine ! s'écria Alice en se hâtant vers la scène. Si je m'étais doutée que c'était toi ! Comment vas-tu ?

Les deux femmes s'embrassèrent chaleureusement. Tout à coup, Kit vint obscurcir la vue de Preston.

— Dans mon bureau ! Tout de suite ! fit son ami, livide de fureur.

Il n'y avait pas moyen d'éviter cette conversation, mais Preston ne voulait surtout pas de scène. Kit entendait lui faire des reproches bien sentis, c'était évident, mais Preston était copropriétaire du club et il n'avait pas besoin de la permission de son ami pour y amener quelqu'un.

— Je reviens dans un instant, Katherine ! lança-t-il en boutonnant son veston, espérant ainsi cacher son érection.

Elle acquiesça distraitement et commença à chuchoter avec Alice en se dirigeant vers les cuisines. Kit avait déjà pris une autre direction, et Preston lui emboîta le pas.

— Bonjour, Kit, lança-t-il en entrant, alors que son ami était déjà assis à son bureau.

— Ferme la porte.

Soucieux de mettre le plus de distance possible entre eux, Preston s'installa sur le canapé à l'autre bout de la pièce. Cela faisait des années qu'ils ne s'étaient pas battus, mais il n'avait pas l'intention de faire amende honorable comme un collégien pris en faute.

— Qu'est-ce que ça signifie ? Tu as perdu la tête ?

— De quoi parles-tu ? J'ai amené Katherine ici pour prendre un verre et elle a voulu monter sur scène un moment, c'est tout.

— Preston, tu ne peux pas amener des femmes ici en plein milieu de la journée ! C'est un restaurant, il y a des gens qui travaillent, et nous avons un million de choses à faire !

— Écoute, je n'ai pas besoin que tu me fasses la leçon. Entre nous, je crois que nous savons tous les deux qui exerce les plus lourdes responsabilités. Et je te rappelle que je suis copropriétaire de ce club. Si je veux l'utiliser pour des rendez-vous, je ne m'en priverai pas !

— C'est ce que tu faisais ? Tu avais un rendez-vous avec Katherine Delafield ? Parce que, à mes yeux, cela avait tout l'air d'un rendez-vous très spécial. Qu'est-ce que tu as dans la tête ? C'est une débutante, une jeune femme pure et innocente !

Pas aussi innocente et pure qu'il le pensait… Katherine avait envie de se dévergonder, elle venait tout juste de le découvrir, et Preston ne demandait qu'à la guider dans ses explorations.

— C'était une plaisanterie parfaitement inoffensive, si tu tiens à le savoir. Cela ne te regarde pas, de toute façon.

— C'est exact, cela ne me regarde pas, mais c'est une amie de ma femme. Maintenant, Alice va s'en mêler et me poser une foule de questions. Tu ne sais pas dans quel guêpier tu t'es fourré, mon vieux !

— Qu'est-ce que tu veux dire ?

— Mais enfin, tu ne comprends donc pas ? Alice, Maddie et Katherine ont toujours été obsédées par le mariage. Je m'en suis rendu compte à Newport.

— Kat et moi avons été fiancés autrefois, mais c'est du passé. Ni elle ni moi n'avons envie de nous marier.

— Ah, parce que tu l'appelles Kat, maintenant ? Comme c'est mignon ! Et elle, comment t'appelle-t-elle ?

« Je vous en prie, mon roi, encore ! »

— Je ne comprends pas ce qui te met tellement en colère, protesta Preston, à qui ces questions et ce ton inquisiteur déplaisaient fortement. Tu m'as déjà vu dans des situations bien plus compromettantes.

Il s'agissait d'une affaire privée entre Katherine et lui, après tout…

— Pas avec une amie de ma femme, qui se trouve être une jeune fille de bonne famille.

— De bonne famille ! Ne me fais pas rire.

— Tu vois très bien ce que je veux dire. Bon Dieu, est-ce que tu fais exprès de la compromettre, c'est ça ? s'indigna Kit, perdant son calme ordinaire. Tu fais exprès de compromettre la réputation de cette charmante jeune fille pour te venger de son père. Mais tu es devenu fou !

— Je te jure que ce n'est pas vrai !

— Je ne te crois pas !

— Nous nous sommes rencontrés par hasard dans la 23e Rue et je lui ai proposé de venir prendre un verre avec moi, c'est tout.

— Dans la 23e Rue ? Là où tu vas construire le siège social de Manhattan Surety ?

— Oui. Sauf que Lloyd a dit à Katherine qu'elle pourrait y construire un musée.

— Comment ça ?

— Lloyd a évincé mon père de ce terrain. Je ne sais pas encore comment, mais je le trouverai.

— Donc, tu es en train de la séduire pour avoir un moyen de pression sur Lloyd ? Ou tu la séduis pour qu'elle abandonne son projet de musée et qu'elle te laisse le terrain ?

— Ni l'un ni l'autre ! Nom de Dieu, pourquoi imagines-tu immédiatement le pire de ma part ?

— Parce que ça fait dix ans que nous sommes amis. Personne ne te connaît mieux que moi. Et tu es parfaitement capable de faire ce genre de choses.

— À t'entendre, je suis un véritable Machiavel !

Le geste qu'eut Kit constituait une réponse suffisamment éloquente.

— Va te faire voir ! reprit Preston. Je ne lui veux aucun mal.

— Non, tu l'as simplement convaincue de danser le cancan sur la scène de mon club et de te montrer sa chatte !

— J'espère que tu ne l'as pas regardée, gronda Preston, saisi d'un accès de fureur qu'il avait du mal à contenir. Si je m'aperçois que tu l'as regardée, je te frapperai les yeux jusqu'à ce que tu ne voies plus rien !

— Je n'en crois pas mes oreilles. Tu deviens possessif et tu fais une crise de jalousie !

— Ne dis pas de sottises ! Je ne veux pas qu'on l'humilie, c'est tout.

— Mais enfin, qu'est-ce qui t'arrive ?

Preston bondit sur ses pieds.

— Nous perdons notre temps. Je vais aller chercher Katherine et la ramener chez elle.

— Tu vas la ramener chez elle, ou tu veux l'emmener à l'hôtel ? Je ne te laisserai pas l'utiliser comme monnaie d'échange pour faire pression sur son père. Alice ne me le pardonnerait jamais, et je serais obligé de te racheter ta moitié du club.

— Je ne me sers pas d'elle comme monnaie d'échange, et tu peux racheter mes parts si tu veux. Tu en as les moyens.

Kit fit la grimace, comme si cette idée lui déplaisait, alors que c'était lui qui en avait parlé le premier.

— Je n'ai aucune envie de racheter tes parts. Souviens-toi, l'idée de départ était de monter quelque chose ensemble, toi et moi.

— Alors ne viens pas me faire la morale et ne m'empêche pas de venir quand cela me chante !

— Très bien, mais préviens la prochaine fois qu'une dame te donne une petite représentation particulière. Accroche une cravate ou un gant à la porte, je ne sais pas... De cette façon, je n'aurai pas à m'inquiéter de ce qu'Alice risque de voir.

— Entendu, mais cela ne se reproduira pas.

— Écoute, perdre Forrest m'a fait comprendre que je ne voulais pas perdre une autre personne que j'aime. Je t'en prie, Preston, choisis une autre femme. S'il te plaît ! Il ne sortira rien de bon de cette relation.

Un silence embarrassé s'éternisa pendant que Preston mettait en balance ce que Kit venait de lui dire et le désir qu'il éprouvait pour sa petite Reinette. Bien entendu, son ami avait raison : toute cette histoire défiait le bon sens. La fille de Lloyd était la dernière personne avec qui Preston devait se lier, même si elle était délicieuse.

Il voyait bien que tout cela risquait de mal tourner. C'était pour cette raison qu'il avait des maîtresses et qu'il définissait avec elles des arrangements dont les règles convenaient aux deux parties. Il ne voulait pas de liaisons imprévisibles où sa partenaire risquait de s'attacher et de lui en vouloir s'il ne partageait pas ses sentiments. Cela aurait risqué de mettre sa vie sens dessus dessous – et il avait eu son content de bouleversements. Il n'avait aucune envie de vivre ce genre d'expérience une nouvelle fois.

— Je te promets de la laisser tranquille, dit-il, choisissant la seule solution raisonnable.

— Parfait. Maintenant, allons-y. Mes employés vont arriver d'un moment à l'autre.

Alice observait Katherine du coin de l'œil. Kit avait entraîné Preston dans les profondeurs du club et Katherine, visiblement mal à l'aise, la regardait en silence émincer des oignons. La jeune femme était chef cuisinière du club – une cuisinière extrêmement douée.

— Tu peux me poser des questions, tu sais, commença finalement Katherine, n'en pouvant plus de ce silence.

— Cela ne me regarde pas. Ce qui se passe entre M. Clarke et toi ne regarde que vous, assura Alice sans abandonner ses oignons, qu'elle émincait avec une maestria dénotant une longue pratique.

— Alice, tu as visiblement quelque chose à me dire, alors dis-le !

— Je ne veux pas me mêler de ce qui ne me regarde pas.

— Nous sommes amies, on peut se permettre une certaine franchise entre nous. Je l'ai fait avec toi en te mettant en garde contre Kit. Je le regrette, d'ailleurs. Je me suis visiblement trompée.

— Tu m'avais appelée à la prudence, et je suis contente que tu l'aies fait. Cela fait du bien d'avoir des amies attentionnées.

— Eh bien, tu n'as pas besoin de me mettre en garde contre Preston, je connais déjà tous ses défauts. Je n'ai aucune vue à long terme sur lui, mais il a quelque chose qui me fait perdre la tête pour quelque temps.

— J'aime bien M. Clarke. Il serait prêt à tout pour ceux qu'il aime. Il est intelligent et passionné, mais il me fait un peu peur, pour ne rien te cacher.

— Parce que ?

— Parce que rien. Je t'en prie, ne perds pas un instant, s'il te plaît tant !

— Il ne me plaît pas comme tu pourrais l'imaginer. Je n'ai aucune envie de l'épouser. Ce n'est plus d'actualité.

— Que veux-tu dire ?

Katherine raconta à Alice la promesse de mariage conclue entre leurs pères, puis sa rencontre avec Preston au Bal français. Les yeux d'Alice s'arrondissaient à chaque mot. Quand Katherine termina son récit, la bouche d'Alice formait un véritable gouffre.

— Je n'ai jamais rien entendu de plus incroyable ! Et moi qui imaginais que la façon dont nous sommes tombés amoureux, Kit et moi, n'était pas banale. Tu me bats de plusieurs longueurs !

— Preston et moi ne sommes pas amoureux. Tout ce que nous voulons, c'est prendre un peu de bon temps ensemble. J'ai l'impression que pendant une année entière, ma vie a été mise entre parenthèses.

— Donc, si tu es avec Preston, c'est pour des raisons pratiques ?

— Je ne suis pas avec Preston ! Nous nous sommes croisés aujourd'hui et il m'a invitée à prendre un verre ici, c'est tout.

— Il ne t'attire pas ?

— Oh si, il m'attire beaucoup ! avoua Katherine dont le visage s'enflamma. Mais cela ne prête pas à conséquence. Nous avons pris un peu de bon temps ensemble au Bal français et ça m'amuse de l'aguicher, comme tu l'as probablement remarqué quand tu es arrivée.

— Pourquoi dis-tu que cela ne prête pas à conséquence ? Si tu veux t'amuser et s'il t'attire, c'est le candidat parfait pour une aventure passagère.

Alice avait mis dans le mille. Preston n'était pas le genre d'époux qu'elle souhaitait, mais elle ne verrait aucun inconvénient à approfondir son expérience du Bal français...

— Tu ne me jugerais pas mal si j'avais une aventure avec lui ?

— Un jour, j'ai demandé à Kit de m'apprendre à séduire un homme, et j'ai fini par le séduire, lui. Je serais mal placée pour te juger, Katherine.

— Tu crois que je pourrais le regretter ?

— Tu es la seule à pouvoir répondre à cette question. Je regrette tellement la vie que j'ai menée avant, tout ce que j'aurais dû faire et que je n'ai pas eu le courage d'entreprendre ! Alors, pose-toi une seule question : « Est-ce que je regretterai de ne pas l'avoir fait ? »

Katherine réfléchit. Regretterait-elle d'avoir eu une liaison avec Preston ? Et lui, en avait-il envie ?

« Vous avez le droit de plaisanter, mais si vous mordez, je répondrai, sachez-le. »

Quelque chose lui disait que Preston ne serait pas difficile à convaincre.

— Et moi qui pensais que tu serais la première à m'en dissuader, alors que Nellie aurait dû m'y encourager.

— Nellie te dirait probablement que tous les hommes se valent. Elle t'encouragerait à avoir une liaison, mais pas avec Preston. Je suis pratiquement certaine que Kit est le seul du trio qu'elle aime bien.

Oui, c'était tout à fait possible, à en juger par la réaction de Nellie au projet de fiançailles entre elle et Preston.

— Je l'ai un peu évitée, parce que je n'ai pas envie de lui raconter ce qui s'est passé.

Katherine s'en voulait car Nellie était sa meilleure amie. Elles ne s'étaient pas vues depuis plusieurs jours. Nellie lui avait écrit un mot le lendemain de son rendez-vous avec son amant du Bal français. Katherine lui avait immédiatement répondu que le rendez-vous n'avait pas eu lieu et qu'elle n'avait aucune raison de s'inquiéter. Ce n'était pas faux, après tout.

Mais maintenant, beaucoup de choses avaient changé et, en le lui cachant, elle avait l'impression de trahir leur amitié.

— C'est la personne la plus ouverte que je connaisse, reprit Alice. J'étais terrifiée à l'idée de lui avouer que Lockwood me faisait la cour, car elle avait l'air de le détester. Elle m'a dit qu'il aurait de la chance si j'acceptais de l'épouser.

— N'importe quel homme aurait eu de la chance que tu acceptes de l'épouser.

— Tu es très gentille, mais assez parlé de moi ! C'est de toi que je veux parler. Que faisais-tu à danser pour Preston Clark dans la salle ?

— Oh, mon Dieu, pardonne-moi, Alice. Je suis tellement gênée !

— Ne t'excuse pas. C'est la faute de Preston, qui ne nous a pas avertis qu'il amenait une invitée aujourd'hui. Vous vous amusiez visiblement bien, tous les deux. Il a eu l'air très ennuyé d'être interrompu, en fait.

Preston avait-il pris tant de plaisir à la regarder ? Jouir de la pleine et entière attention de cet homme la rendait audacieuse, téméraire même. À deux doigts de retirer ses vêtements et de s'installer sur ses genoux...

— Oh, nous faisions un peu les fous, c'est tout.

— C'est ce que j'ai vu... Dieu sait que tu mérites de t'amuser un peu, après l'avoir attendu toute une année ! Et avant, tu étais en deuil de ta mère. Tu n'as pas eu la vie facile, ces derniers temps. Enfin, quoi que tu décides, tu me trouveras toujours à tes côtés.

— Merci, Alice. Tu es une véritable amie !

— Comme toi. Et je sais ce que c'est que vivre entre parenthèses et n'avoir aucune prise sur son existence. Jamais je n'aurais espéré avoir ma cuisine à moi, et encore moins un mari qui m'adore. Ne perds pas une seconde de plus. Cherche ta passion et assouvis-la !

— Compte sur moi. Tu es de très bon conseil, Alice.

— C'est vrai ? Ça fait plaisir à entendre, surtout de ta part. Tu m'as donné le conseil le plus important que j'aie jamais reçu.

— Ah bon ?

— Oui. Tu m'as dit de prendre conscience de ma valeur, et je ne l'ai jamais oublié.

C'étaient les mots de tante Dahlia, mais Katherine les avait repris à son compte. Avait-elle oublié pour elle-même le conseil qu'elle avait donné à Alice ? Pas plus tard que cet après-midi, elle avait bien failli se laisser convaincre par M. Jennis d'oublier ses désirs et ses convictions. Pourquoi laissait-elle aussi facilement les autres décider du cours de son existence ?

La porte de la cuisine s'ouvrit brusquement sur Kit, suivi de Preston, froid et impénétrable, qui n'avait plus du tout l'assurance de celui qui lui avait demandé de danser pour lui.

— Mademoiselle ! lança Kit. Toutes mes excuses de ne pas vous avoir saluée convenablement à mon arrivée.

— Bonjour, Kit ! C'est moi qui devrais m'excuser d'être montée sur scène...

— Mais non ! Nous n'en parlerons plus – plus jamais, si vous voulez bien. J'ai envie de garder toutes mes dents, si cela ne vous ennuie pas.

Que diable voulait-il dire ? Katherine chercha une explication du côté de Preston, qui ne lui fut d'aucun secours. Il l'ignora pour saluer Alice. Tous trois discutèrent pendant un moment du menu et des réservations pour la soirée, ce qui donna à Katherine tout loisir d'observer le profil de médaille de Preston et son impressionnante carrure. Où qu'il aille, il était le plus séduisant des hommes, aussi beau qu'un magnifique orage d'été.

« Je suis à votre disposition, *mon chaton**. »

Une chaleur nouvelle envahit son entrejambe, et elle serra violemment les cuisses. Elle voulait continuer ce petit jeu avec Preston. Elle aimait le taquiner et le voir sourire. Elle aimait sa façon de la toucher, comme s'il avait envie de la dévorer. Elle aimait jusqu'à son arrogance...

Alice avait peut-être raison, finalement. Katherine devait chercher la passion et l'assouvir – qu'il s'agisse de construire un musée ou d'avoir une liaison – pour enfin devenir la femme qu'elle avait toujours rêvé d'être.

Et nul n'était mieux placé que Preston pour l'y aider...

Il venait justement de se retourner vers elle. À son expression, elle comprit qu'il se savait observé.

— Je pense qu'il est temps de vous raccompagner chez vous, mademoiselle, lança-t-il, le visage indéchiffrable.

L'idée de se trouver une fois de plus seule avec lui parut à Katherine aussi tentante qu'une sortie à Coney Island[1].

— Vous avez raison, il est temps.

1. Coney Island, au sud de Brooklyn, a abrité de célèbres parcs d'attractions et complexes de loisirs, en particulier entre la guerre de Sécession et le début des années 1950.

12

Après avoir fait leurs adieux à Kit et Alice, ils retrouvèrent la voiture de Preston. Sans un mot, il l'aida à monter avant de plier ses longues jambes dans l'espace restreint.

— Ne vous donnez pas cette peine, j'ai l'habitude, dit-il comme elle se tournait pour lui faire de la place.

— Je pourrais m'asseoir sur vos genoux, proposa-t-elle malicieusement, dans sa hâte de retrouver la légèreté et les plaisanteries du début d'après-midi.

— Je vous en prie, ne dites pas des choses pareilles.

— Et pourquoi pas ? Je croyais que nous étions amis, protesta-t-elle après avoir attendu une explication qui ne venait pas.

— Entre amis, on ne s'assoit pas sur les genoux de l'autre.

Cette façon d'éluder ne plaisait pas à Katherine. Peut-être devait-elle lui poser la question, après tout. « Je ne suis peut-être pas un homme honorable, mais je vous promets de toujours être honnête avec vous », avait-il dit. Si elle voulait savoir quelque chose, sans doute suffisait-il de le lui demander.

— Et si j'avais envie d'être plus qu'une amie pour vous ?

— Je suis désolé, Kat. Aussi tentant que cela paraisse, c'est une très mauvaise idée. Je n'aurais jamais dû m'y laisser aller dès le départ. Vous aviez raison, l'autre soir. Mieux vaut que nous gardions nos distances.

— Mais pourquoi ? demanda-t-elle, profondément déçue.

— À cause de votre père. À cause de ce terrain de la 23e Rue. Et parce que vous êtes une innocente jeune fille à la recherche d'un mari. Dois-je continuer ?

— Rien de tout cela n'avait d'importance il y a une heure. Que s'est-il passé depuis ?

— J'ai retrouvé mon bon sens. Je pensais que cela vous ferait plaisir, à vrai dire. Quand je vous ai vue au Sherry, vous m'avez dit d'oublier que nous nous connaissions.

— Et vous avez répondu en me rappelant tout ce que vous saviez d'indécent à mon sujet.

— Eh bien, j'ai eu tort.

— Mais moi, j'ai bien aimé vous entendre. J'aimerais que vous m'en disiez plus, d'ailleurs... Vous ne faites jamais rien sur l'inspiration du moment ?

— Pas si je peux l'éviter.

Comme ce devait être ennuyeux... Peut-être avait-il tout simplement besoin d'un petit coup de pouce ?

— Tout à l'heure au club, vous avez dit que vous y pensiez toujours. À ce que vous avez fait avec moi...

— Changeons de sujet, voulez-vous ? Je vous propose de garder le silence jusqu'à ce que nous soyons arrivés à destination.

— Refusé ! Dites-moi donc à quoi vous pensez d'habitude à votre réveil. Et ensuite, dites-moi ce que vous faites pour y remédier, suggéra-t-elle avec un sourire diabolique.

L'asticoter amusait énormément Katherine.

— Non.

— Pourquoi ? Ça vous gêne ?

— Bon Dieu, non ! Vous m'avez vu le faire de près, Kat, ce n'est pas la peine d'entrer dans les détails.

— Mais ce sont justement les détails que je préfère !

— Ça suffit ! Ce n'est pas correct vis-à-vis de vous.

Katherine décida d'approfondir la question ultérieurement. Pour le moment, le plus important était d'abattre cette impénétrable muraille de détermination derrière laquelle il se réfugiait.

— Préférez-vous que je vous détaille les dix choses auxquelles je pense avant de m'endormir, et ce que je fais ensuite ?

Il n'osait ni la regarder ni lui répondre, et elle commença à se demander s'il n'en avait pas vraiment assez de leur petit jeu. Elle s'apprêtait à renoncer lorsqu'il fit un petit signe d'acquiescement.

— La dixième, commença-t-elle, enhardie par cette victoire et fixant un point au-dessus de son épaule, ce sont vos vêtements et la façon dont ils vous mettent en valeur. Vous semblez très grand et fort. La neuvième, ce sont vos cuisses dans ces costumes. Elles sont tellement impressionnantes qu'elles méritent un paragraphe à elles seules. La huitième, ce sont vos grandes mains, leur rudesse et leur avidité lorsqu'elles me touchent. La septième, les obscénités que vous proférez dans l'intimité avec une dame. La sixième, vos petits grognements et vos gémissements quand vous vous donnez du plaisir. Voulez-vous que je continue ? questionna-t-elle comme il ne montrait d'autre réaction qu'une respiration de plus en plus hachée.

— S'il vous plaît.

Aimait-il ou détestait-il ce qu'elle disait ? C'était impossible à deviner et l'atmosphère de la voiture devint plus lourde.

— La cinquième, reprit-elle avec plus de douceur, ce sont vos lèvres et votre langue quand elles agacent les miennes. La quatrième à laquelle je pense, c'est votre érection et la douceur de votre membre quand on le touche. Il paraissait tellement dur l'autre soir que je regrette de ne pas l'avoir caressé et embrassé.

— Nom de Dieu ! gémit Preston, les yeux fermés, en ajustant l'entrejambe de son pantalon.

Ses paroles n'étaient pas sans effet sur elle non plus. Entre ses cuisses, son sexe battait d'excitation, et elle serra les jambes pour l'apaiser. Elle ne voyait aucune raison de ne pas poursuivre jusqu'au bout, cependant.

— La troisième, c'est quand vous m'avez parlé en français, surtout quand vous m'avez appelée « mon chaton » et « Reinette ». Cela m'a beaucoup plu. J'ai passé beaucoup de temps à penser à la deuxième, quand vous m'avez embrassée et léchée entre les jambes. C'est comme un secret particulièrement intéressant dont personne ne m'aurait parlé, à moins qu'il ne s'agisse d'un don que vous êtes le seul à posséder.

— J'ai adoré lécher votre chatte, murmura-t-il avec le même regard brûlant qu'au Bal français, celui qui lui donnait la chair de poule. Je le ferais tous les jours, si je le pouvais.

— Si c'était pareil à chaque fois, je serais toujours partante.

L'ombre d'un sourire dansa sur les lèvres de Preston, comme si la réponse de Katherine lui faisait plaisir. Leurs têtes n'étaient qu'à quelques centimètres l'une de l'autre, et elle avait l'impression que le monde se limitait à cette voiture et à l'homme à son côté. Ils n'étaient plus Katherine et Preston, qui luttaient contre leurs désirs et les conventions sociales. Ici, ils n'étaient plus que deux personnes perdues dans leurs désirs, partageant des secrets qui pouvaient les conduire plus loin.

Pourvu que nous allions plus loin, implora-t-elle silencieusement.

— Et la première, Reinette ? questionna-t-il enfin.

— Quand vous me léchiez entre les jambes, chuchota-t-elle, les lèvres sèches, vous avez mis un doigt à l'intérieur de moi. Cela m'a beaucoup plu. Cela m'a fait plaisir de savoir que vous étiez en moi. Je ne peux pas m'empêcher de me demander ce que cela me ferait avec deux doigts. Ou peut-être trois...

À peine eut-elle terminé qu'il prenait sa bouche avec une fureur sauvage. Il n'était plus question d'excuses mais d'exigence. Et il éveillait en elle un désir aussi vif que le soir du bal. Sa grande main lui enserrait le visage et son baiser se fit plus ardent, jusqu'à lui couper le souffle, jusqu'à ce qu'elle soit incapable de penser. Cela n'avait pas d'importance. Elle n'avait pas besoin de respirer et son cerveau pouvait bien s'assoupir un moment. Tout ce qu'elle souhaitait, c'était s'abandonner aux sensations contradictoires qui faisaient rage en elle et au désir qui enflammait son sang.

Elle se sentait si bien, comme si elle avait bu un peu trop de champagne. Son parfum de cuir, de musc et de tabac lui faisait tourner la tête. C'était tout Preston, son coquin de roi obsédé par le travail.

Mais était-il vraiment à elle ?

La main de Preston se posa sur son sein, et elle perdit le fil de ses idées. Elle se cambra pour presser le globe enfiévré contre sa paume, maudissant les vêtements qui empêchaient un contact plus étroit.

— Vous me montrerez ? chuchota-t-il d'une voix rauque.

— Quoi donc ?

— Vous avez déjà oublié ? dit-il en lui mordillant le lobe de l'oreille et en la faisant frissonner de tous ses membres. Vous avez dit que vous alliez récapituler la liste de ce que vous faites le soir avant de vous endormir...

Ah, c'étaient donc des détails qu'il voulait ?

— Vous voulez savoir comment je glisse la main...

— Non. Je veux que vous me montriez. J'ai besoin de voir de mes yeux pour bien comprendre.

— Menteur ! Vous avez l'habitude de créer, de développer des projets. Vous êtes un visionnaire, un homme d'imagination... Tout ce que vous voulez, reprit-elle en passant les doigts dans son épaisse chevelure, c'est que je vous amuse un peu, comme je l'ai fait au club.

— Je vous ai prévenue que je n'étais pas un homme honorable.

— Cela n'a pas d'importance, de toute façon, puisque je ne peux pas le faire ici.

Le faire dans une voiture en marche, en plein jour, devant quelqu'un d'autre ? Elle mourrait de honte.

— Et pourquoi pas ? Je me suis bien donné du plaisir devant vous au bal. Allez, *mon chaton**, montrez-moi !

C'était vrai, mais pour une femme, les choses étaient différentes. Comme pour lui donner tort, un élancement parcourut son clitoris, exigeant son attention, tandis que toute sa chair s'embrasait de désir.

— Preston...

Sa voix mourut sur ses lèvres, comme si elle n'était pas certaine de ce qu'elle voulait dire.

Prestement, il lui enleva son gant de la main droite, avant de changer de siège pour prendre place en face d'elle.

— Nous sommes seuls, Kat, et j'ai déjà vu votre merveilleuse petite chatte. Il n'y a pas de raison de ne pas nous accorder l'un à l'autre ce que nous désirons. Vous n'aimeriez pas vous caresser, jouir avec vos doigts et satisfaire ce besoin impérieux au fond de vos entrailles ?

Oh, mon Dieu, si !

— Pourquoi attendre d'être seule dans votre chambre ? poursuivit-il impitoyablement – le mufle ! Vous pouvez aussi bien vous donner du plaisir ici. Montrez-moi comment vous vous faites plaisir, Reinette. S'il vous plaît !

En avait-elle envie ?

Tu voulais être audacieuse, tu voulais te dévergonder...

C'était exact, et l'espoir salace qu'elle lisait dans son regard aurait donné envie à la plus bigote des femmes d'aller danser avec le diable. Ce qui se passerait dans cette voiture serait un secret qui n'appartiendrait qu'à eux, et à personne d'autre. Il en avait autant besoin que de l'air qu'il respirait, visiblement. L'idée d'avoir toute son attention et de combler ses appétits, ses convoitises, fit battre follement son cœur. Elle était prête à toutes les audaces, comme lorsqu'elle l'avait suivi dans sa loge au Bal français ou qu'elle avait dansé pour lui sur scène.

Elle éprouvait le besoin de fendre l'armure, de dépasser sa méfiance et ses soupçons, et de le voir encore une fois vaincu devant elle.

Lentement, la main de Katherine se referma sur ses jupes pour les relever.

Preston retint son souffle, jusqu'à ce que sa poitrine soit prête à éclater. Il n'y prêta aucune attention. Katherine allait faire ce qu'il lui demandait, et pour rien au monde il n'aurait voulu l'effrayer et la faire changer d'avis.

Elle était tellement belle, tellement naturelle et candide ! Rien qu'à l'entendre chuchoter sa liste, son membre avait réagi de façon pratiquement intolérable. Mais il ne fit pas un mouvement lorsqu'elle releva ses jupes.

La lumière de l'après-midi éclairait la voiture et la finesse de ses traits, révélant les minuscules plis sur son front. Cela n'allait pas. Ce qu'il voulait, c'était qu'elle se détende et vive pleinement ce moment, sans rien d'autre en tête que son propre plaisir.

— Voilà, juste un peu plus haut. Écartez donc toutes ces jupes.

Elle s'exécuta et avança un peu les hanches sur la banquette. La batiste et les dentelles de sa culotte apparurent lorsqu'elle releva ses jupons jusqu'à la taille. Sa respiration se fit plus rapide, sa poitrine se souleva de plus en plus rapidement au fur et à mesure que montait la fièvre. Était-elle déjà mouillée ? Le besoin de connaître la réponse et de revoir sa chatte ruisselante le tenait en haleine comme un collégien.

« Je te promets de la laisser tranquille... »

Il n'avait pas rompu la promesse faite à Kit, pas vraiment. Il ne la touchait pas pour le moment. Certes, il l'avait embrassée quelques instants plus tôt, mais il ne comptait pas aller plus loin. Il allait sagement rester sur le siège en face d'elle pour la regarder, avant de la déposer chez son père et d'oublier ce qui s'était passé.

Sous les jupes de Katherine se révélaient de longues jambes couvertes de bas d'une soie très fine et des cuisses fermement serrées. Elle paraissait attendre, le regard perdu. Preston éprouva le besoin de lui offrir une porte de sortie.

— Kat, si vous n'en avez pas envie, je le comprendrai parfaitement.

— J'en ai envie, répliqua-t-elle d'une voix hachée, mais je pensais que vous alliez me dire quoi faire.

Tout son sang rugit dans ses veines tandis que ses testicules se gonflaient douloureusement. Bon Dieu, cette femme allait le rendre fou avec ses jeux ! Il ne faudrait pas grand-chose pour qu'il ne puisse plus se passer d'elle...

— Retenez vos jupes d'une main, que je puisse voir, et maintenant ouvrez lentement les jambes. Montrez-moi si votre fleur est mouillée et gonflée.

Elle ouvrit les jambes plus grand et la fente de sa culotte révéla la chair nacrée de ses cuisses. Elle continua lentement, jusqu'à exposer les pétales de son sexe luisant à la lumière du jour.

— Ah, *mon chaton**, je vois que vous êtes toute mouillée, merveilleuse créature. Ça vous a plu de me réciter votre liste, n'est-ce pas ?

D'un signe de tête, elle acquiesça.

Quant à lui, il sentit son sexe suinter et réclamer de la pénétrer. En ce moment, il aurait donné toute sa fortune pour lui faire l'amour, mais la réalité le rattrapa une fois de plus. Cela lui était interdit.

— Je vais vous aider à jouir. Nous allons nous occuper de votre chatte, voulez-vous ?

— S'il vous plaît...

— Gardez vos jupes dans la main, mais servez-vous de votre main libre pour vous caresser le sexe et les cuisses. Ne touchez pas votre clitoris pour le moment.

Ses longs doigts s'introduisirent dans la fourrure entre ses jambes, avant de passer d'une jambe à l'autre. Il perçut son souffle rauque lorsqu'elle passa à côté de l'endroit qui exigeait le plus instamment son attention. Preston n'était pas disposé à lui donner tout de suite ce qu'elle réclamait si fort.

— Encore, ordonna-t-il.

— Preston ! gémit-elle, obéissant cependant.

La voiture tournait à un carrefour, mais il ne s'en aperçut même pas, trop absorbé par le coin de paradis entre les jambes de Katherine et par sa main qui courait sur sa chair.

— Très bien ! Maintenant, avec un seul doigt, cueillez le liquide à l'entrée de votre sexe.

Son majeur plongea dans le fourreau et Preston dut se retenir pour ne pas se masturber, lui aussi. Il pourrait jouir très vite, car les gestes de Katherine étaient bien plus érotiques que tout ce qu'il avait jamais vu.

— Étalez le liquide sur votre clitoris, Reinette. Étalez-le sur ce petit bouton pour bien le mouiller, lui aussi.

— Oh, mon Dieu ! gémit-elle, les yeux fermés, en se cambrant.

Elle s'était à peine effleurée.

— C'est bon ?

— Oui.

— Continuez. Montrez-moi comment vous aimez vous caresser.

Elle décrivit de petits cercles, plus rapides qu'il ne l'aurait fait s'il l'avait caressée. Les lèvres dissimulant sa perle s'étaient contractées et lui permettaient maintenant une vue parfaite sur son clitoris rougi et gonflé. Quel spectacle magnifique !

Elle avait rejeté la tête en arrière, comme pour mieux s'abandonner au plaisir, et sa respiration se faisait plus hachée. Allait-elle jouir ? Il ne voulait pas en finir si rapidement. Il aurait voulu la regarder toute la journée…

— Ça suffit ! intima-t-il.

— Oh… non, pitié ! J'y suis presque…

— C'est bien pour cela qu'il faut arrêter. Je ne suis pas prêt à vous laisser jouir.

— Mais pourquoi ?

Parce que je veux nous torturer tous les deux…

Parce que je n'aurai plus jamais une autre occasion…

Parce que je veux que ce que nous faisons devienne le numéro un de votre liste !

— Parce que vous êtes ma Reinette et que vous allez faire tout ce que je vous dis. C'est entendu ?

— Oui, mon roi.

Le plaisir que lui procurèrent ces mots aurait dû embarrasser Preston. Il pressa une main ferme sur son érection, incapable de retenir une légère caresse à travers ses vêtements. Grand Dieu, comme il avait besoin de jouir !

— Vous vous sentez vide, *mon chaton** ?

D'un signe, elle acquiesça, pantelante.

— C'est bien ce que je pensais. Mettez le doigt exactement là où cela vous élance.

La main de Katherine descendit un peu plus et disparut lentement dans la brèche. Il dut se retenir de toutes ses forces pour rester immobile pendant qu'il regardait.

— Nom de Dieu, chuchota-t-il, j'adore ça ! C'est bon ?

— Oh oui ! gémit-elle. Très bon.

Il connaissait cette vague brûlante, il se rappelait comment ses doigts l'avaient animée le soir du bal. Il aurait aimé lui donner encore plus de plaisir, mais il n'en avait pas eu le temps.

— Vous voulez essayer avec deux doigts ?

— Cela ne fera pas mal ?

— En principe, non, mais commencez doucement.

Sa brave petite Reinette introduisit en elle son index et son majeur, et le sang de Preston battit plus rapidement dans ses veines. Il aurait aimé la caresser, la lécher, faire tout ce qu'il pouvait pour lui procurer encore plus de plaisir. Se retenir ou rester inactif n'était pas dans sa nature, et il connaissait la saveur de sa chair. Il mourait d'envie de retrouver sur sa langue ce délicieux bouquet.

— Cela vous plaît de me regarder ? questionna-t-elle en se balançant d'avant en arrière, sans cesser de se caresser.

Elle n'avait pas ouvert les yeux depuis qu'elle avait relevé ses jupes ; elle ne pouvait donc voir l'effet que produisait sur lui chacun de ses gestes.

— Oh oui ! Ma queue est tellement dure qu'elle me fait mal, et mes couilles ne demandent qu'à se vider. Il suffirait de trois gestes.

— Et pourquoi ne les faites-vous pas ?

— Parce que c'est de vous qu'il s'agit... Continuez. Allez jusqu'au fond avec vos doigts.

Au bout d'une longue hésitation, elle fit entrer ses doigts. Sa poitrine se soulevait avec précipitation, elle tremblait de tout son corps.

— Mon Dieu, je ne peux pas... C'est trop gros !

Pas aussi gros que ma queue.

Preston s'accrocha à la banquette de toutes ses forces et refusa d'imaginer la façon dont elle l'enserrerait et jusqu'où il pourrait aller en elle. Ce n'était pas le moment...

— Mais si, vous pouvez ! Votre corps est fait pour le plaisir, ma Reinette. Faites avec vos doigts ce que j'aurais fait avec les miens.

Elle lui obéit, et ses hanches se soulevèrent pour accompagner le mouvement de sa main, pour aller au-devant de la jouissance, comme elle l'aurait fait avec lui. Un gémissement couvrit le bruit de succion de son sexe, un bruit obscène qui résonna comme la plus belle des musiques aux oreilles de Preston.

— Voulez-vous que j'ouvre la fenêtre ? Pour que toute la rue vous entende crier ?

— Je vous en prie, je ne peux pas en supporter plus !

Il la prit en pitié.

— Eh bien, ma belle, pressez votre bouton entre deux doigts et faites-vous jouir.

Elle était allée trop loin pour hésiter une seconde. Les doigts plongés dans le fourreau humide remontèrent en haut de son sexe et caressèrent, tournèrent, frottèrent le clitoris tandis que son visage se détendait avec une expression de pure félicité. Pour rien au monde il n'aurait voulu manquer le pic de son plaisir.

— Ouvrez les yeux, maintenant. Regardez-moi, Kat !

Leurs regards se croisèrent. Celui de Katherine était devenu noir comme l'encre. Elle tressaillit, son corps se crispa, et elle parvint à l'orgasme. Pas une seconde elle ne détourna les yeux. Elle ne lui cacha rien du plaisir qui l'emportait et la faisait trembler de tous ses membres. Ses plaintes les enveloppèrent tous les deux, le bruit de sa jouissance résonnant comme une caresse, et il se perdit dans ce spectacle pour ne jamais l'oublier.

Il constituerait sans aucun doute le numéro un de sa propre liste...

Enfin elle retomba sur les coussins, pantelante, les mains immobiles, les yeux refermés.

— Donnez-moi votre main, gémit-il.

— Pardon ?

— Donnez-moi votre main.

Il prit le poignet qu'elle lui tendait et l'attira plus près pour sucer les deux doigts du milieu. Le goût de son orgasme l'enivra, et ce fut à son tour de fermer les yeux pour mieux savourer son plaisir.

Avec avidité, il la lécha pour faire disparaître toute trace du nectar. Il aurait aimé le boire à la source, mais il ne voulait pas trahir sa promesse. Il devrait s'en contenter.

— Je pourrais vous regarder comme ça des journées entières ! soupira-t-il en la lâchant comme la voiture ralentissait.

— Je n'arrive pas à croire que je l'ai fait, murmura-t-elle.

— C'est le spectacle le plus érotique que j'aie jamais vu, assura-t-il.

— C'est vrai ?

— Je n'avais jamais bandé aussi fort, dit-il en désignant l'érection qui gonflait son pantalon, où s'était formée une tache humide, tandis qu'elle souriait avec satisfaction.

— Oh, nous sommes déjà arrivés ! Qu'allons-nous faire pour arranger cela ? interrogea-t-elle en désignant l'entrejambe de Preston.

— Ne vous inquiétez pas, je vais m'en occuper une fois que vous serez rentrée chez vous. Pardonnez-moi seulement de ne pas vous accompagner jusqu'à votre porte.

— Et si je me fais attaquer par un voleur ou un assassin ? le taquina-t-elle en abaissant ses jupes, à la grande déception de son compagnon. Vous devez veiller sur moi et m'accompagner jusque chez moi, voyons !

— En cas d'attaque, je ne vous serais pas d'un grand secours, dans l'état où je suis. Vous feriez mieux de vous charger des voleurs et des assassins vous-même.

La voiture s'arrêta deux maisons plus loin que celle des Delafield, comme il en avait donné l'ordre à son cocher.

— Mon pauvre petit ! fit Katherine en lui tapotant le genou, ce qui eut un effet immédiat sur son membre. Restez ici et pensez à moi quand je serai descendue.

Comme s'il aurait pu faire autrement…

Au lieu de se glisser poliment dehors, voilà qu'elle gesticulait pour le rendre fou. Elle fit semblant de tomber et il dut écarter les jambes pour la rattraper, ce qui eut pour effet de mettre en contact la hanche de Katherine avec son érection.

— Nom de Dieu ! fit-il entre ses dents.

— Oh, mon Dieu ! Dans quel état est le pauvre petit ! Bonne chance pour arranger cela, monsieur Clarke.

— Cela vous amuse, Reinette ? s'enquit-il sans pouvoir contenir son hilarité. Je ne manquerai pas de m'en souvenir la prochaine fois !

— J’ai hâte de voir ça, mon roi ! rétorqua-t-elle en ouvrant la portière.

Il ne devait pas y avoir de prochaine fois, en principe. Mais cette femme avait le don de lui faire oublier tout ce qui n’était pas elle.

13

Après avoir accroché les tableaux aux murs du Meliora Club, Katherine recula pour juger de l'effet. Non, cela n'allait pas. Les styles n'allaient pas ensemble. Elle ne pouvait accrocher un Sisley ou un Renoir à côté d'un Gérôme... Il lui fallait trouver une autre œuvre impressionniste – et vite. Le vernissage avait lieu la semaine prochaine.

— Bonjour, Katie !

Elle n'avait pas revu Nellie depuis le soir du bal. Elle avait évité son amie et se le reprochait, mais Nellie était trop perspicace et la connaissait bien. Elle craignait que ses rendez-vous secrets avec Preston ne se lisent sur son visage.

Cela faisait trois jours que Preston l'avait déposée devant chez elle, et Katherine ne cessait de revenir en pensée à ces moments. L'expérience s'était révélée... extraordinaire. Elle avait changé son existence. C'était exactement le genre de scènes qu'elle avait imaginées lorsqu'elle avait décidé de commencer à vivre audacieusement. Comme Alice l'avait fait remarquer, Preston constituait un choix idéal pour une aventure passagère, et elle avait hâte de voir ce qu'il imaginerait la prochaine fois.

— Bonjour, toi, lança-t-elle gaiement avant de reporter son regard vers les tableaux. Je ne m'attendais pas à te voir aujourd'hui, mais c'est une bonne surprise. Tu vas m'aider avec cet accrochage.

— Ne te vexe pas, mais celui-ci jure avec les autres.

— Exactement. J'ai besoin d'un autre impressionniste. Ton père a un Monet, il me semble ?

— Oui, et nous l'avons récemment déménagé au premier. Tu voudrais l'emprunter, en même temps que le Renoir dont nous avons déjà parlé ?

— S'il te plaît… J'en aurais besoin trois jours de la semaine prochaine, si c'est possible.

— Je te les ferai porter demain. Est-ce qu'on peut s'asseoir un moment ? Cela fait des siècles que je ne t'ai pas vue. Rattrapons le temps perdu, d'accord ?

— Bien entendu. Tu veux que je demande du thé ? suggéra Katherine, alarmée par le ton anormalement grave de son amie.

— Ou du whisky, comme tu préfères.

— Du whisky ? J'ai des raisons de m'inquiéter ?

— Je n'en sais rien. Probablement, soupira Nellie en se laissant tomber sur un canapé.

Katherine commanda du thé avant de prendre place au côté de son amie.

— Eh bien, qu'est-ce qui se passe ?

— Je suis allée dîner au club d'Alice, hier soir.

— Ah oui ? rétorqua prudemment Katherine, à qui ce début ne disait rien de bon.

— Oui, et elle m'a raconté des choses intéressantes.

— Ah ?

— Pourquoi ne m'as-tu pas dit que tu avais une liaison avec Preston Clarke ?

Katherine réprima une grimace. Il ne s'agissait pas tant d'une liaison que d'un jeu où elle lui permettait de la regarder se donner du plaisir. Ce souvenir suffit à la faire rougir jusqu'aux oreilles.

— Tu rougis ! s'écria Nellie. Que s'est-il passé entre vous ? La dernière fois que tu m'as parlé de lui, tu venais de lui dire ta façon de penser et de quitter son bureau après la rupture de vos fiançailles.

— Je vais te raconter la suite mais, je t'en prie, ne me juge pas.

— Mais enfin, Katie, tu me connais ! Tu sais bien que cela ne me viendrait jamais à l'idée.

— C'est tellement gênant… Tu vas me prendre pour une imbécile.

— Maintenant, tu es obligée de tout me raconter.

Katherine lui raconta tout ce qui s'était passé entre eux, depuis le bal et l'appartement de Jane Street jusqu'au dîner au Sherry et à leur visite au club.

— Il s'agit d'un jeu sans conséquence, conclut-elle.

— Tu es attirée par cet homme.

— Beaucoup.

— C'est évident. Sinon, tu ne serais jamais allée le retrouver à son appartement ce soir-là. Tu étais toute disposée à ce qu'il soit le premier à coucher avec toi…

C'était vrai.

— Je n'y comprends rien moi-même. Quelque chose en lui m'attire irrésistiblement. Au bal, il s'est montré passionné mais aussi incroyablement gentil. Et ce qu'il m'a dit... On dirait qu'il active un bouton en moi et qu'il me fait instantanément perdre l'esprit !

Le serveur arrivait avec le thé, et Nellie garda le silence pendant qu'il remplissait leurs tasses. Katherine avait hâte de reprendre leur conversation, cependant. Peut-être obtiendrait-elle des réponses aux questions qu'elle se posait...

— Tu as l'air déçue de me voir attirée par Preston...

— Pas du tout. Ce que je ne comprends pas, c'est pourquoi tu me l'as caché. Ça me fait de la peine, Katie !

— Je suis désolée ! Je n'ai jamais eu l'intention de te blesser, assura Katherine en lui prenant la main.

— Mais pourquoi ? Tu sais tout de moi, y compris le pire, tout ce que j'ai fait d'embarrassant ou d'inacceptable aux yeux de la société... Comment as-tu pu imaginer un seul instant que je te jugerais ?

— Je sais que tu ne l'aimes pas et j'avais peur que tu essaies de me dissuader de le voir.

— Je l'aurais peut-être fait au début, mais si tu le désires vraiment, je te soutiendrai. Je ferai tout mon possible pour t'aider.

— Je suis vraiment désolée... Je ne te mérite pas ! s'écria Katherine, les larmes aux yeux.

— Je t'aime comme une sœur, Katie. Je me demande ce que je ferais sans toi. Même dans les pires moments, tu as toujours été à mes côtés. Alors, ne va pas t'imaginer que tu peux te débarrasser de moi facilement, assura Nellie, très troublée également.

— Je t'aime, moi aussi, et jamais je n'aurais l'idée de me débarrasser de toi.

Elles restèrent enlacées un moment, trop émues pour parler. Puis Nellie se dégagea en s'essuyant les yeux.

— Ne me fais pas pleurer, Katherine Éloïse Delafield !

— Ça ne me viendrait jamais à l'idée, Eleanor Lucinda Young !

— Maintenant, je veux que tu me racontes tout ce qui concerne Preston Clarke. Je suppose qu'avec sa réputation et sa longue expérience, il a des talents dont tu as su faire bon usage…

Ce qui s'était passé dans la loge puis dans la voiture de Preston revint à la mémoire de Katherine. À dire vrai, elle n'y aurait pas renoncé pour tout l'or du monde.

— Tu veux vraiment les détails ?

— De toi, qui es toujours si précise ? Bien entendu ! Je suis sûre que tu te souviens de tous les mots grivois, de toutes les obscénités qu'il a proférées, et de tous ses baisers les plus osés.

— Je m'en souviens, mais est-ce bien convenable de le raconter ?

— Eh bien, juste les détails les plus croustillants, alors. Tu sais que je ne dirai rien à personne.

Katherine le savait bien. Nellie n'avait rien d'une commère.

— Il est très… très énergique, mais très joueur aussi.

— Preston Clarke est très joueur ? Je ne peux pas le croire !

— Mais si, je t'assure ! Nous avons ce petit jeu où...

— Arrête ! J'ai changé d'avis. Je ne tiens pas à avoir les détails, finalement.

— Tant pis pour toi. Il y en a de particulièrement croustillants, tu sais.

— Je n'en doute pas, mais je risque de le rencontrer un de ces jours et il faudra bien que je fasse bonne figure. Dis-moi seulement si vous avez déjà couché ensemble.

— Non, et je ne suis pas sûre que cela arrivera.

— À d'autres ! Je connais Preston et tu es aussi ravissante que drôle. Bref, un vrai petit rayon de soleil dans sa vie submergée de travail... Il ne va pas tarder à revenir fourrer le nez sous tes jupes, j'en mettrais ma main au feu !

Katherine n'en était pas si sûre. Trois jours s'étaient écoulés depuis qu'il l'avait raccompagnée en voiture, trois jours sans un mot de lui.

— Même s'il essaie, je ne le laisserai peut-être pas faire...

— Entendu, mais d'après ce que tu viens de me dire, j'ai l'impression que tu es toute prête à le laisser faire, ce qui signifie que nous devons discuter des questions pratiques.

— Nous en avons déjà parlé après le bal, tu te souviens ?

— Je ne parle pas des maladies ou de la contraception, mais je suis contente que tu n'aies pas oublié mes leçons. Qui sait où cet homme est allé traîner ? Pour l'amour du ciel, veille à ce qu'il utilise un préservatif ! Non, c'est à tes sentiments que je pensais. Il ne faut surtout pas tomber amoureuse de lui.

— Il n'y a aucun danger, rassure-toi. Il déteste ma famille et il n'a aucune intention de se marier, ni avec moi ni avec personne. Il a déjà eu l'occasion de devenir mon mari, d'ailleurs, et je ne veux pas lui en donner une seconde.

— Quelquefois, nos sentiments ne s'occupent pas de savoir qui nous conviendrait le mieux ou qui a envie de nous épouser, soupira Nellie. Le cœur agit selon son bon vouloir, tu sais.

— Tu parles d'expérience ?

— C'est de toi que nous parlons, pour le moment. Quand dois-tu le revoir ?

— Nous n'avons rien prévu.

— Pour deux personnes aussi organisées, vous me décevez !

— Il a peut-être changé d'avis. Il a brusquement changé d'attitude l'autre après-midi au club, avant de me raccompagner en voiture. Je me demande si Kit Ward ne lui a pas dit quelque chose.

— Tu peux être sûre que Kit a essayé de l'éloigner de toi, mais mon petit doigt me dit que Preston n'en fait qu'à sa tête. Ce n'est pas le genre d'homme à se laisser régenter par qui que ce soit.

Effectivement, il préférait régenter les autres. Cela ne dérangeait pas Katherine, du moment qu'il ne s'agissait que de leurs jeux.

— Je devrais peut-être lui envoyer un mot...

— Tu ferais mieux de le laisser venir, il me semble, décréta Nellie après avoir repris un macaron pour mieux réfléchir. Preston m'a tout l'air d'avoir un tempérament de chasseur, pour les femmes comme pour ses terrains.

— Et s'il ne donne pas de nouvelles ?

— Il en donnera. Si on se base sur ce qu'il a fait dans le vestiaire et dans sa voiture, il ne s'arrêtera pas avant de t'avoir séduite. La seule question, c'est : « As-tu envie de le laisser faire ? »

Preston était plongé dans la relecture d'un contrat lorsque la porte de son bureau s'ouvrit.

— Il y a deux arrivées pour vous, monsieur, annonça Mme Cohen.

— Ah bon ? questionna-t-il sans lever le nez.

— La première, c'est votre avocat. Il attend d'être reçu.

Les avocats de Preston avaient épluché tous les titres concernant le terrain de la 23e Rue. Ils avaient dû arriver à une conclusion.

— Parfait ! se réjouit Preston en posant sa plume. Il a l'air d'apporter de bonnes nouvelles ?

— Les hommes de loi ont tous le même air à mes yeux, vous savez, rétorqua-t-elle, une lueur malicieuse dans le regard. Et si j'en crois ma petite expérience, ils n'apportent jamais de bonnes nouvelles.

— Femme de peu de foi !

— J'ai la foi, mais pas dans les hommes de loi.

— Faites-le entrer, alors.

— Vous ne voulez pas savoir quelle est l'autre arrivée ?

— Si, si cela fait avancer nos affaires, assura Preston, qui avait rarement vu Mme Cohen aussi excitée.

— Mlle Delafield vous a envoyé un cadeau.

— Pardon ?

Personne n'avait jamais fait de cadeau à Preston depuis qu'il avait atteint l'âge adulte. Lui en avait fait beaucoup, essentiellement à ses maîtresses, mais il ne se rappelait pas la dernière fois qu'il en avait reçu un.

Il n'avait pas cessé de penser à Katherine depuis leur après-midi en voiture. Le spectacle de la jeune femme se donnant du plaisir était resté gravé dans sa mémoire pour l'éternité, et ce souvenir était devenu son principal fantasme lorsqu'il se masturbait. Elle avait le don de rendre les choses tellement faciles, et tellement amusantes. Il avait promis de la laisser tranquille, cependant, et il entendait bien tenir cette promesse, dût-il en mourir.

— Oui, un cadeau. Quelque chose qu'une personne donne à une autre personne en signe d'amitié.

— Je sais ce qu'est un cadeau, merci. De quoi s'agit-il ?

— De tableaux.

Preston n'osait pas s'abandonner à cette joie simple et pleine d'attente qu'il avait oubliée. Cela faisait des années que personne ne s'était donné la peine de chercher quelque chose pour lui faire plaisir.

Que lui avait-elle envoyé ?

— Où sont-ils ? Dans votre bureau ?

— Oui, mais vous ne préférez pas voir d'abord M. Strong ?

Non, il voulait voir ce que Katherine lui avait envoyé. Tout de suite.

— Monsieur Clarke ! s'écria Strong en se levant.

Deux grands paquets soigneusement enveloppés de papier kraft étaient posés contre le bureau de Mme Cohen.

— Bonjour, Strong. Donnez-moi juste un instant.

Preston prit une paire de ciseaux dans un tiroir et coupa prestement les ficelles du premier tableau. Il arracha les couches de papier et dégagea le cadre, dévoilant un beau paysage dans les tons pastel. Ce n'était pas ce qu'il aurait choisi – ses goûts le portaient vers des choses plus sombres et plus audacieuses –, mais c'était joli. Apaisant, en quelque sorte.

— J'aime beaucoup ! lança Mme Cohen par-dessus son épaule.

Lui aussi, finalement.

La seconde peinture constituait le pendant de la première. Le paysage était différent, mais les tons et le style étaient les mêmes. Les deux toiles s'accordaient parfaitement. Il les contempla, ébahi. Comment avait-elle deviné ? Et surtout, pourquoi s'était-elle donné cette peine ?

Après ce qui s'était passé dans la voiture, c'était à lui de lui faire un cadeau. Il devrait ramper à ses pieds pour la remercier de l'expérience la plus érotique de sa vie.

— Il y a une carte de visite, indiqua Mme Cohen.

Il déchira la petite enveloppe avec une hâte qui aurait dû l'embarrasser, pour découvrir les élégants jambages sur le bristol crème.

Pour votre bureau. Un roi devrait toujours être entouré de jolies choses.

Vôtre,
Kat

Vôtre...

Le pouvoir que ce simple petit mot avait sur lui était incroyable. Il le comblait et le terrifiait à la fois. Il y réfléchirait plus tard, quand il aurait le temps…

— Nous avons un marteau et des clous ? questionna-t-il en mettant la carte de visite dans sa poche.

— Oui, dans ce placard.

— Monsieur Clarke, s'insurgea Strong, j'ai une journée très chargée !

— Oui, moi aussi. Donnez-moi quelques minutes de plus. Je vous paie au temps passé, après tout.

Il ne lui fallut que quelques secondes pour trouver ce qu'il cherchait et pour choisir l'emplacement idéal dans son bureau, où il pourrait voir les deux peintures. Il planta les clous avec une efficacité farouche et les deux tableaux furent vite accrochés. Il se recula pour juger de l'effet.

Ils donnaient à cette pièce austère une impression de sereine beauté.

— C'est exactement ce qu'il fallait ici. Elle a le coup d'œil ! s'exclama Mme Cohen.

— Oui, c'est vrai…

Preston toussota, ressentant de nouveau cette fièvre étrange qui l'oppressait.

— Je vais faire entrer M. Strong, annonça Mme Cohen.

Preston était toujours absorbé dans la contemplation des tableaux. Il s'en arracha pour saluer l'homme de loi.

— Désolé de vous avoir fait attendre, Strong. Asseyez-vous.

— Merci.

— Alors, comment a fait Delafield pour escroquer mon père et lui voler ce terrain ?

— Malheureusement, il est apparu que ces documents sont authentiques, et légalement signés par votre père.

Une fureur noire eut raison de la sérénité procurée par le cadeau de Katherine. Serrant les poings, il fixa le presse-papiers sur son bureau, qu'il aurait volontiers envoyé valser.

— Balivernes ! Ces documents ont été falsifiés.

— À moins que vous ne soyez en mesure de le prouver, nous ne pouvons rien faire. Ils sont parfaitement authentiques.

— Et les experts en faux en écriture à qui nous avons demandé une expertise ? Que disent-ils ?

— Ils n'ont rien trouvé à redire. Je suis désolé, fit Strong tandis que Preston frappait du poing son bureau. J'aurais aimé faire plus.

— Je refuse de le laisser gagner !

— Qui donc ?

— Delafield ! Réfléchissez. Il doit bien y avoir d'autres experts... À moins que nous n'allions au tribunal. Attaquons ses hommes de loi pour qu'ils avouent ce qu'ils ont fait.

— Il faut une raison valable pour intenter une action en justice. Ne pas reconnaître une signature n'en est pas une.

Preston réfléchissait. Il était allé trop loin pour reculer. Indépendamment du temps et de l'argent investis dans ce terrain, il ne pouvait pas laisser Lloyd gagner. Si celui-ci parvenait à lui voler la parcelle, Manhattan Surety confierait certainement l'édification de son siège social à un autre entrepreneur. Quelqu'un d'autre bâtirait le gratte-ciel le plus haut du monde, et la carrière de Preston plongerait comme un caillou au fond de l'East River.

Il échouerait, comme son père...

Pour le moment, il devait garder la tête froide. Faire appel à toute sa logique. Pourquoi ne pas essayer de battre Lloyd sur son propre terrain ?

— Et si nous pouvions produire un document prouvant le contraire ?

— Cela convaincrait certainement un juge, mais je crois me rappeler que le seul exemplaire existant est entre les mains de Lloyd Delafield. C'est ce que vous m'avez dit, en tout cas.

— Et si je pouvais produire une autre version ? Acheter un employé du département des hypothèques pour antidater un acte montrant que le terrain a ensuite été rendu à mon père ?

— Ce que vous suggérez est parfaitement illégal, et je ne veux pas être mêlé à quoi que ce soit de ce genre !

Preston observa son visiteur. Le cabinet de Strong travaillait pour les Clarke depuis des lustres, mais il se demandait s'il faisait bien de lui accorder toute sa confiance. Strong et ses associés n'avaient-ils pas regardé sans rien faire Henry Clarke se détruire et manquer détruire sa famille ? Où étaient-ils six ans plus tôt, lorsque Preston croulait sous une montagne de dettes et se battait pour recoller les morceaux d'un empire qui s'écroulait ?

Et Lloyd Delafield avait également utilisé les services du cabinet Strong quand il était associé avec les Clarke...

Preston avait l'impression d'être le dindon de la farce. N'avait-il pas appris, des années plus tôt, à ne jamais se fier à qui que ce soit ? Rien ne pourrait empêcher Lloyd Delafield d'obtenir ce qu'il voulait – même s'il devait pour cela enfreindre la loi. Ils étaient faits du même bois, après tout. Acheter Strong ou faire un faux n'aurait pas été bien difficile pour lui.

Il devait y avoir un moyen. Preston n'était pas disposé à renoncer à ce terrain. Il lui appartenait de droit et le projet Manhattan Surety était déjà trop avancé.

— De quel côté êtes-vous, Strong ? C'est moi qui vous paie, que je sache !

— Pas suffisamment pour que je risque d'être rayé du barreau.

— Eh bien, je vais faire appel à un autre avocat, qui sera moins tatillon que vous !

— C'est votre droit le plus strict, bien entendu, lança Strong en se levant, rouge comme un coq. Mais je vous souhaite bonne chance pour en trouver un qui ait à la fois les compétences nécessaires et la volonté de risquer sa carrière pour vous.

Il devait bien se trouver, dans ce cloaque rongé par la corruption qu'était New York, un avocat désireux de gagner un peu d'argent rapidement…

— Nous verrons bien. En attendant, vous êtes renvoyé. Envoyez votre note d'honoraires à Mme Cohen.

L'avocat parti, Preston se retourna vers les tableaux et se détendit un peu. Il avait besoin de réfléchir pour résoudre ce dilemme.

Et il devait faire vite…

Il avait foi en lui, en son intelligence et ses capacités. Et pour battre Lloyd, il était prêt à tout.

Absolument tout.

14

Le duc de Lockwood aida Katherine à monter dans sa calèche pour une promenade au parc. Il prit place à son côté, élégant et plein de grâce dans son impeccable complet bleu marine. Il n'y avait rien de prétentieux chez lui, et il était toujours aimable et plein d'humour. Comment s'étonner que toutes les dames de la Cinquième Avenue soient folles de lui ?

— Merci pour cette promenade. Toute la semaine, j'ai eu besoin de me distraire.

De se distraire de ses pensées. Preston avait commencé à lui manquer, elle était même allée jusqu'à lui faire des présents pour décorer son bureau. Elle avait visiblement perdu l'esprit, surtout si on considérait qu'elle n'avait eu aucune nouvelle de lui depuis leur équipée dans sa voiture. Les tableaux étaient-ils simplement destinés à attirer son attention ? Pourquoi avait-elle signé sa carte « Vôtre » ?

Avait-elle envie de lui appartenir ?

Non, c'était impossible. Sa fierté le lui interdisait. Il n'avait pas voulu d'elle, et c'était toujours le cas. Il ne s'agissait que d'une petite aventure, d'un jeu, rien de plus. Un flirt, un léger dévergondage en attendant de se fixer pour de bon...

— Tout le plaisir est pour moi, rétorqua courtoisement Lockwood.

Oubliant Preston pour le moment, Katherine étudia le profil de médaille de Lockwood. Pourquoi n'était-elle pas plutôt attirée par le duc ? Il était libre, il cherchait à se marier, et c'était un jeune homme bien sous tout rapport. Tout aurait été tellement plus simple...

Sur le chemin du parc, ils parlèrent de la douceur du temps et échangèrent les derniers potins.

— Qu'avez-vous fait depuis notre dernière rencontre ? La cour aux débutantes, j'imagine.

— En quelque sorte.

— Sans grand succès ?

— C'est un exercice épuisant, pour tout vous dire. Je vais bientôt devoir rentrer au pays m'occuper de mes domaines, de toute façon.

— Et si je vous aidais ? suggéra Katherine, qui avait remarqué que cette perspective de retour ne semblait pas l'enchanter. Dites-moi qui vous avez remarqué, et je vous guiderai dans la bonne direction.

— Vous croyez ? Je ne voudrais pas vous paraître cavalier mais ce serait précieux d'avoir votre avis. Je ne connais pas ces familles.

— J'en serais très heureuse, Votre Grâce. Donnez-moi un nom.

Ils étaient arrivés au parc, où le beau temps attirait toute une foule. Elle profita de son silence pour saluer quelques connaissances.

— Connaissez-vous Mlle Béatrice Bend ?

Elle la connaissait, bien entendu. Béatrice avait un an de moins que Katherine et elle appartenait à la meilleure société. L'année passée, elle avait donné à Katherine une liste de sites à visiter en Espagne.

— Oui, je la connais bien. Elle adore voyager et ne reste jamais longtemps au même endroit.

— Mmm...

L'attitude de Lockwood, qui tambourinait nerveusement sur son genou, suggéra à Katherine qu'une duchesse vagabonde n'était pas l'idéal.

— Et Mlle Édith Bishop ? s'enquit-il.

— Elle ne vit que pour les causes qu'elle défend. On lui prête des sympathies socialistes.

— Je ne suis pas certain de désirer une duchesse marquée politiquement.

— Qui d'autre ?

— Peut-être prenons-nous la question à l'envers, remarqua Lockwood. Pourquoi ne me suggérez-vous pas plutôt des noms de jeunes filles susceptibles de faire une bonne épouse pour moi ?

— C'est une excellente idée, mais il faut que j'y réfléchisse. Dites-moi quelles qualités vous recherchez chez une duchesse.

— Je crois que je devrais d'abord préciser que je vous considère comme une amie, et comme une amie seulement, dit le duc avec un embarras visible.

— Oh, je ne cherche pas du tout à devenir duchesse, vous savez.

— Cela me soulage ! Quelque plaisir que je trouve à votre compagnie, j'ai renoncé à fréquenter votre petit cercle d'amies.

À cause de Maddie et d'Alice, bien entendu...

— C'est parfaitement compréhensible. Il faut également que je vous dise que je déteste l'Angleterre. Je ne voudrais y vivre pour rien au monde ! Non, je suis très bien ici, à New York.

— Je suis désolé, mais je tenais absolument à dissiper tout malentendu.

Elle le comprenait parfaitement. Il s'était déjà mépris par deux fois, précédemment.

— Vous êtes le plus beau parti de la saison, après tout. Que toutes les jeunes filles à marier soient après vous est compréhensible.

— Pas toutes, soupira-t-il.

Voilà qui était intéressant...

— Qui donc ? demanda Katherine. Je la connais ?

— Changeons de sujet, voulez-vous ? Où en êtes-vous de votre projet de musée ?

Tout irait bien sans cet ennuyeux litige sur la propriété du terrain...

Katherine entreprit de raconter à Lockwood pourquoi elle avait renvoyé le premier architecte, et comment elle s'était mise à la recherche d'un nouveau.

— Une de mes compatriotes britanniques est ici. Je la connais depuis des années, et c'est une excellente architecte. Je serais ravi de vous la présenter.

— Une femme ?

— Oui. Avez-vous entendu parler de l'hôtel Mansfield ? C'est la femme de Mansfield, Mme Phillip Mansfield, qui en a fait les plans, tout comme ceux d'autres constructions de la côte est.

Une femme architecte ? Cette idée plaisait beaucoup à Katherine. Elle n'aurait pas à supporter l'attitude condescendante de messieurs persuadés qu'elle était incapable de mener à bien un projet de cette envergure. Et l'hôtel Mansfield était un des plus beaux de la ville…

— Je serais très heureuse de faire sa connaissance.

— Eh bien, c'est comme si c'était fait.

— Merci ! Est-ce que cela vous ennuie de ne pas pouvoir épouser n'importe quelle femme qui vous plairait ? reprit-elle, incapable d'abandonner ce sujet passionnant – et un peu triste.

— Cela n'a pas d'importance. Le titre est plus important que n'importe lequel de mes désirs, assura-t-il tandis qu'une ombre passait sur son beau visage.

— On dirait que vous avez déjà entendu ce refrain une fois ou deux. Ou une dizaine de fois…

— Vous avez raison. Mon père me l'a souvent répété, et mon grand-père avant lui.

— Cela implique une grande solitude, il me semble.

— Oh, ne me plaignez pas. Mon existence comporte de nombreux privilèges. Et je prends mes responsabilités au sérieux, vous savez.

Un cavalier à la silhouette familière venait dans leur direction. Son père ? Il s'agissait bien de Lloyd Delafield, sur son cheval préféré. À son côté chevauchait Mme Whittier, la meilleure amie de la mère de Katherine. Celle-ci se pencha, prête à attirer leur attention.

— Ce n'est pas votre père, là-bas ?

— Si. Et la dame qui l'accompagne est Mme Whittier, la meilleure amie de ma défunte mère.

— Nous devrions aller les saluer.

Katherine allait les appeler lorsque son père saisit la main de Mme Whittier pour la porter à ses lèvres. Il ferma les yeux et déposa un baiser au creux du poignet de la dame. Il était impossible de se tromper sur la tendresse de ce geste. Un geste qui dénotait une intimité certaine…

Katherine ne savait quoi penser. Son père avait-il une liaison ? Avec la meilleure amie de sa mère, par-dessus le marché ?

Le couple poursuivit son chemin, aveugle à tous ceux qui les entouraient, laissant Katherine en pleine confusion. Qu'est-ce que cela signifiait ? Sa mère et Mme Whittier avaient été très proches. Katherine se rappelait ses visites et la façon dont la maison résonnait de leurs rires, avant la maladie de sa mère. Les deux femmes étaient allées à la même école et elles étaient déjà amies avant leur entrée dans le monde.

Son père fréquentait une autre femme…

Comment était-ce arrivé ? Et surtout, quand ? Mme Whittier l'avait-elle accompagné au cours de ses récents voyages ? Était-elle allée avec lui en Écosse l'année précédente ? Une idée épouvantable lui vint à l'esprit. Leur relation avait-elle commencé avant la mort de sa mère ?

Elle avait du mal à respirer, tant la peine l'étouffait. Elle qui croyait que s'il passait tellement de temps au loin, c'était parce qu'il travaillait trop !

— Je suppose que vous ignoriez leur relation, commenta Lockwood.

— Oui, murmura-t-elle d'une voix étranglée par l'émotion.

— Je suis désolé. C'est une façon détestable de l'apprendre, même s'il n'y a pas de bon moment pour apprendre qu'un de ses parents éprouve des sentiments pour quelqu'un d'autre.

— Votre mère ?

— Non, mon père. Il a eu une maîtresse pendant des années et il n'a jamais fait beaucoup d'efforts pour se montrer discret. Il l'aimait sincèrement, apparemment…

— Cela a dû être très difficile pour vous. S'agissait-il d'une veuve ou d'une dame de l'aristocratie ?

— D'une serveuse de pub.

— Oh, mon Dieu !

— Comme vous dites…

La voiture poursuivit son chemin, mais Katherine était incapable de trouver quelque chose à dire. L'image de son père avec Mme Whittier continuait de danser devant ses yeux. C'était inconcevable… Quand sa mère et M. Whittier étaient encore en vie, leurs deux familles avaient l'habitude de passer ensemble les vacances d'été à Newport ou à Bar Harbor, et maintenant, voilà que son père avait une liaison avec cette femme…

— Vous allez en parler à votre père ?

— Bien entendu !

— Bon courage, dans ce cas. Les hommes peuvent se montrer assez laconiques quand il s'agit d'affaires de cœur.

— Vous aussi ?

— J'ai entendu dire que je n'avais pas de cœur.

— C'est ridicule. Vous ne l'avez peut-être pas encore trouvé, tout simplement.

— Vous êtes une incurable romantique, mademoiselle ! J'espère qu'aucun homme n'aura l'idée de profiter de votre heureuse nature, ajouta-t-il en soulevant son chapeau pour saluer les occupants d'une voiture.

« Trop tard ! » faillit-elle dire en pensant à l'année précédente. Mais elle allait faire en sorte que personne ne profite plus jamais d'elle, en tout cas.

Et elle exigerait des réponses de son père le plus tôt possible.

Quelques heures plus tard, Katherine observa Lloyd Delafield tandis qu'il faisait son entrée dans la salle à manger. Il paraissait heureux. Son visage était moins sévère, plus détendu. Son rendez-vous venait-il tout juste de se terminer ?

— Bonsoir, papa. Tu as l'air en forme ! lança-t-elle, le cœur chaviré, en saisissant son verre de vin.

— Bonsoir, mes jolies ! s'écria-t-il gaiement en s'asseyant à sa place habituelle. Désolé d'être en retard.

— C'est vrai, Lloyd, remarqua tante Dahlia, sa sœur, mi-figue mi-raisin. Qu'est-ce qui te rend si souriant ?

— Je n'ai pas le droit de sourire une fois de temps en temps ?

« J'aimerais bien passer ici de temps en temps sans ressentir cette horrible boule dans la gorge. »

Était-il sincère quand il avait prononcé ces paroles ? Ou avait-il décroché les tableaux à cause de sa nouvelle relation ? Mon Dieu, Mme Whittier avait-elle déjà partagé son lit, celui dans lequel il dormait avec la mère de Katherine ?

Toutes ces questions sans réponse tournoyaient douloureusement dans sa tête. Elle ferma brièvement les yeux.

— Et toi, Katherine, as-tu passé une bonne journée ? questionna son père en se servant. On m'a dit que tu étais sortie cet après-midi. Tu es allée préparer ton exposition ?

— Non, je me suis promenée au parc, annonça-t-elle en observant attentivement son père.

Lloyd Delafield lâcha brusquement la fourchette de service. Puis, comme si de rien n'était, il la ramassa et prit une tranche de bœuf.

— Ah oui ? Avec qui ?

— Avec le duc de Lockwood.

— C'est une excellente nouvelle, dit-il sans la regarder. Peut-être Lockwood a-t-il l'intention de te courtiser sérieusement, finalement.

Je t'ai vu. Je t'ai vu avec elle ! Comment as-tu pu faire une chose pareille ?

— Effectivement, c'est une bonne nouvelle, intervint tante Dahlia. Le duc est un beau parti.

— Le duc n'a aucune vue sur moi. Nous sommes amis, tout simplement. Tu te rappelles ce que cela signifie, papa : être amis ?

— Mais oui, bien sûr...

— Tu veux dire que tu ne veux pas épouser le duc ? insista tante Dahlia, ébahie. Mais c'est le plus beau parti de la saison !

— Qui a déjà été éconduit deux fois, fit remarquer Lloyd.

— Ce n'était pas sa faute, le défendit Katherine.

— Je pensais que tu serais content, Lloyd, reprit tante Dahlia. Une duchesse dans la famille, ce serait vraiment prestigieux !

— Je me moque du prestige. Ce qui m'importe, c'est le bonheur de ma fille.

— C'est vrai, papa ? demanda Katherine, sans pouvoir s'en empêcher.

— Est-ce que tu as quelque chose à me dire ? s'enquit-il, étonné, en posant ses couverts.

Les idées se bousculaient dans la tête de Katherine. Elle n'aimait pas les secrets. Ils pourrissaient et empoisonnaient toutes les relations et les plus beaux souvenirs, et elle préférait de beaucoup jouer cartes sur table.

— Je t'ai vu avec elle.

Ils s'affrontèrent du regard en silence. Enfin, au bout d'une minute longue comme un siècle, il se tourna vers les domestiques et les renvoya.

— Au parc, je suppose ?

Au moins ne cherchait-il pas à nier...

— Cela fait combien de temps ?

— Un instant ! coupa tante Dahlia. De quoi parlez-vous ?

— Je fréquente quelqu'un, expliqua Lloyd.

— Pas simplement quelqu'un, dit Katherine. La meilleure amie de maman.

— Lloyd ! C'est vrai ?

— Oui. Mme Whittier et moi avons trouvé ensemble un mutuel réconfort.

— Depuis combien de temps ? répéta Katherine, que l'amertume étouffait.

— Cela ne te regarde pas.

— J'ai besoin de savoir ! Est-ce que... est-ce que cela a commencé quand maman était encore en vie ?

— Non ! Cela fait environ un an et demi que nous nous voyons, Rebecca et moi.

Un an et demi ! Ces mots déchirèrent le cœur de Katherine. Cela signifiait que cette liaison avait commencé avant la fin de la période de deuil. Pourquoi ne lui avait-il rien dit ? Pourquoi avait-il éprouvé le besoin de se cacher ?

« Katherine, je t'en prie, je ne veux pas te blesser ni offenser la mémoire de ta mère, mais cela va nous aider à aller de l'avant. »

Elle comprenait maintenant pourquoi il avait fait décrocher les tableaux. Il voulait « aller de l'avant ». Avec Rebecca Whittier…

Elle ne pouvait plus reculer, cependant. Elle devait poser la question qui l'effrayait tant.

— Et c'est sérieux ?

— Oui.

C'était l'impression qu'elle avait eue, rien qu'à voir la façon dont il lui avait embrassé la main, mais l'entendre de la bouche de son père lui fit l'effet d'un coup de poing en pleine poitrine. Ses yeux se remplirent de larmes. Elle avait du mal à respirer.

— C'est pour ça que je ne t'en ai pas parlé, Kitty Kat. Je savais que cela te bouleverserait.

— Tu veux déjà la remplacer ! dit-elle, accusatrice, en s'efforçant au calme.

— Je ne pourrai jamais la remplacer, mais la vie continue, expliqua douloureusement son père. Je ne veux pas finir mes jours seul.

— Mais alors, pourquoi ne m'en as-tu pas parlé ? Pourquoi t'es-tu caché ? Je pensais que nous étions proches, toi et moi, et maintenant je m'aperçois que tu m'as caché cette relation pendant un an et demi ! Toutes ces longues soirées au bureau, tous ces voyages d'affaires, ce n'étaient que des prétextes ?

— Voyons, Katherine, ton père a bien le droit de chercher un nouveau bonheur, plaida sa tante.

— Un bonheur qu'il ne veut pas partager avec moi, visiblement.

— Je ne voulais pas te blesser. Je pensais que ce serait peut-être plus facile à accepter pour toi, une fois mariée et établie.

— C'est pour cela que tu étais tellement pressé de me jeter dans les bras de Preston Clarke ?

— Tu es injuste, Katherine ! Je pensais vraiment que vous pouviez faire un beau couple, tous les deux.

— Que je ne sois plus à la maison t'aurait facilité les choses, c'est ça ? Tu vas l'épouser ? reprit-elle comme il gardait le silence.

— Je ne sais pas...

S'agissait-il d'un nouveau mensonge ? Il n'osait toujours pas la regarder. Comment savoir ce qu'elle pouvait croire ou non ? C'était uniquement parce qu'il avait été découvert qu'il avouait cette liaison. Sans cela, il aurait continué à se cacher et à lui mentir.

— Je n'ai plus faim. Bonne nuit ! lança-t-elle en se levant de table.

Un gros bouquet de fleurs d'oranger embaumait le couloir. Quand elle imaginait son mariage, elle rêvait d'une grande cérémonie avec une profusion de ces fleurs délicates qui étaient censées symboliser la fertilité et porter bonheur aux mariées.

Pour le moment, le vert éclatant des feuilles et la blancheur délicate des fleurs paraissaient la narguer.

— Débarrassez-m'en, s'il vous plaît ! intima-t-elle en prenant le bouquet pour le jeter dans les mains du premier domestique venu. Donnez-le à une femme de chambre, à la cuisinière, à un garçon d'écurie... À qui vous voudrez, mais débarrassez-en cette maison !

— Bien sûr, mademoiselle. Autre chose ?

— Oui. J'ai un télégramme à envoyer, et ensuite j'aurai besoin d'un fiacre.

Il n'était pas question pour elle de rester une seconde de plus dans cette maison.

15

Preston faisait les cent pas en fumant sa deuxième cigarette. Le plancher usé craquait sous ses pieds tandis que son inquiétude grandissait à chaque minute. Katherine lui avait envoyé un télégramme lui demandant de la retrouver dans l'heure à son appartement de Jane Street. Il se demandait ce qui pouvait motiver une telle urgence. Que s'était-il passé ?

En avait-elle assez d'attendre de ses nouvelles ?

Il aurait dû se manifester après leur retour en voiture, bien entendu. Ignorer une question épineuse ne l'avait jamais résolue et Preston n'avait pas la réputation de fuir. Il préférait en général attaquer les difficultés de front. Dans ce cas, pourquoi redoutait-il tellement son arrivée ?

J'ai envie de la revoir. Je ne devrais pas, mais j'en ai trop envie.

Il avait envie de la voir sourire et rire. Il avait envie de la voir le taquiner et surtout de la voir l'embrasser. En un mot comme en cent, il avait envie de recommencer.

Cela ne l'empêchait pas de savoir qu'il avait tort, non seulement à cause de sa promesse à

Kit mais parce que c'était une très mauvaise idée. Malgré ses proclamations d'indépendance, Katherine était une jeune fille de la bonne société. Tout ce qu'il pourrait faire n'y changerait rien et son avenir était d'avoir un mari, des enfants et des étés à Newport.

Son avenir ne prévoyait en aucun cas une liaison avec un débauché sans scrupules comme lui.

Bon sang, comme il le regrettait…

Remercie-la pour les tableaux et renvoie-la chez elle.

Oui, c'était la meilleure solution. Toute autre perspective était impossible.

Lorsqu'on frappa, il écrasa sa cigarette dans le cendrier de cristal. Katherine attendait sur le seuil et il la dévora du regard. Elle était splendide, d'une beauté naturelle, sans cosmétiques ni artifices. Sa longue chevelure brune relevée mettait en valeur son décolleté. Il percevait sous le tissu le délicat renflement de ses seins, et un besoin farouche de la posséder le submergea, embrasant tout son corps.

Sans attendre d'y être invitée, elle se glissa à l'intérieur en le frôlant au passage de la façon la plus provocante qui soit. Son parfum de lilas et de soleil emplit le petit appartement. Il dut fermer les yeux un instant pour remettre de l'ordre dans ses idées. Grand Dieu, il était pitoyable ! Elle venait à peine d'arriver qu'il ne savait déjà plus où il en était.

— Votre mot m'a surpris, dit-il après s'être repris. Que se passe-t-il ?

En une seconde, elle avait traversé la pièce et elle était dans ses bras. Elle l'embrassait, et il oublia tout ce qu'il voulait lui dire.

La bouche de Katherine était douce et tiède. Elle était impérieuse, presque désespérée, tandis que ses lèvres s'écrasaient sur les siennes. Il perdait l'esprit ; plus rien n'existait que son corps contre le sien. Il lui rendit son baiser, glissa la langue dans sa bouche pour en savourer la douceur tandis que le désir grondait dans son bas-ventre.

Il aimait sa façon d'embrasser et de soupirer doucement contre ses lèvres, autant que son gémissement lorsqu'il recula, comme si elle ne pouvait pas supporter qu'il arrête. Elle s'accrocha à ses épaules pour le serrer contre elle en tremblant de tous ses membres.

Je veux qu'elle soit à moi.

Il voulait la posséder de toutes les façons possibles. Il voulait l'entendre supplier et crier. Il voulait lui ordonner de se plier à toutes les saletés qui lui viendraient à l'esprit.

À moi…

D'un geste plein de détermination, elle fit glisser son veston le long de ses bras avant de s'attaquer aux boutons de son gilet. Le cerveau de Preston avait enfin retrouvé son agilité. Il l'arrêta.

— Que faites-vous ?

— Je vous déshabille.

— Katherine, attendez ! Qu'est-ce qui se passe ? Pourquoi êtes-vous venue ?

Elle lâcha prise, à regret. Une ombre qui ne lui plaisait pas obscurcissait le regard de la jeune femme.

— J'aurais pensé que ce serait une évidence pour un homme de votre intelligence !

ironisa-t-elle en enlevant son manteau, qu'elle jeta sur une chaise.

— Je suis peut-être intelligent, mais je suis également inventif, rétorqua-t-il en lui servant un verre de whisky. Je peux imaginer une foule de raisons que vous pourriez avoir de me déshabiller, mais vous ne pensez pas que nous devrions d'abord en discuter ?

— Qu'y a-t-il à discuter ? Je suis ici, vous aussi. Et il y a un lit, expliqua-t-elle en prenant le verre qu'il lui tendait pour boire une longue gorgée d'alcool.

Il ressentit une choquante approbation au niveau de son sexe suite à ces paroles. L'idée plaisait énormément à son membre, qui le manifesta immédiatement. Mais Preston savait que Katherine lui cachait quelque chose.

— Cette idée vous est venue comme ça ? Tout d'un coup, vous avez décidé de coucher avec moi ?

— Oubliez ce que je viens de dire, intima-t-elle après avoir vidé son verre cul sec. Je n'aurais pas dû venir. J'avais simplement besoin…

Elle allait remettre son manteau lorsqu'il l'arrêta.

— Kat, je vous en prie ! Donnez-moi un instant pour comprendre. Dites-moi ce qu'il y a.

— Voulez-vous coucher avec moi, oui ou non ?

Il n'aimait pas le désespoir qu'il lisait dans ses yeux, la fièvre qu'il avait sentie sur ses lèvres. C'était peut-être idiot, mais il choisit de lui dire la vérité.

— Bien sûr que oui. Je ne pense qu'à ça depuis que je vous ai raccompagnée en voiture.

Sans un mot, elle commença à défaire un à un les boutons de son corsage tandis qu'il la regardait, hypnotisé, comme si le monde s'était mis à tourner soudain plus lentement.

— Arrêtez, dit-il sans grande conviction. Nous devrions d'abord en parler.

— Je n'ai aucune envie de parler. J'ai envie d'action.

— Cela ne se passe pas comme ça, enfin !

Elle se débarrassa de son corsage et révéla ses bras nus et ses épaules délicates tandis qu'il serrait les poings, enfonçant les ongles dans ses paumes à en crier.

Elle essaie de me séduire. Il faut que je trouve un moyen de l'arrêter.

Elle s'attaquait maintenant à sa jupe avec rapidité et efficacité, et la soie ne tarda pas à s'abattre sur le parquet.

— Il faut que ce soit vous, et il faut que ce soit ce soir !

Pourquoi ?

Il était incapable de formuler la question à haute voix. C'était impossible, alors qu'elle dégrafait les boutons de son jupon pour le jeter à terre avec sa jupe. Sa chemise de batiste et son corset crème étaient assortis à la soie de ses culottes. Elle était si ravissante qu'il eut du mal à se contenir.

Au lieu de continuer, elle revint vers lui. À chaque pas, les globes d'albâtre de sa poitrine se soulevaient légèrement. Il restait cloué sur place, le cœur battant à tout rompre. Elle s'attaqua aux boutons de son gilet qu'elle ouvrit. Sa cravate rejoignit son veston sur le sol. Il retint son souffle lorsqu'elle lui enleva son faux col et commença à déboutonner sa chemise. La chaleur des doigts de Katherine sur sa peau nue constituait la plus voluptueuse des tortures.

Quand elle relâcha les bretelles, son pantalon descendit un peu sur ses hanches. Il la regarda défaire la fermeture à sa taille tandis que son érection se dressait de façon obscène à travers le tissu. Quand le pantalon glissa enfin sur ses jambes, la légère cotonnade de son caleçon ne put cacher la violence de son désir. Son gland suintait déjà, et une petite tache humide maculait le tissu.

— Vous me désirez, murmura-t-elle en caressant sur toute sa longueur le sexe dressé.

En avait-elle jamais douté ?

— Oui, de toutes mes forces. Mais je suis sûr que vous le regretterez, Kat.

— Vous êtes malade ?

— Non, mais…

— Vous prendrez les précautions nécessaires pour que je ne sois pas enceinte ?

— Bien entendu.

— Qu'est-ce que je pourrais regretter, alors ? questionna-t-elle en pressant fort la verge rigide, ce qui fit voir des étoiles à Preston.

Elle avait réponse à tout et il sentait ses bonnes résolutions fondre comme neige au soleil.

— Vous regretterez d'avoir renoncé à votre virginité sur un coup de tête.

— Quand vous vous déciderez à vous marier, est-ce que vous vous préoccuperez de la virginité de votre fiancée ?

— Non, mais…

— Il n'y a pas de « mais ». Ce sont les matrones qui attachent tellement d'importance à la virginité des filles, bien plus que les hommes. Que les hommes dignes de ce nom, en tout cas. Et moi, je m'en moque ! Alors, pourquoi vous en préoccuper ?

Il ne trouva rien à objecter.

Elle me désire. Elle me fait confiance.

Au diable cette maudite petite voix qui tentait de justifier son insatiable envie d'elle... Seulement, ce n'était plus une petite voix. Elle enflait à chaque seconde, jusqu'à devenir un grondement assourdissant.

Personne n'en saura rien.

La main de Katherine ne s'arrêtait pas, elle montait et descendait sans faiblir le long de son érection. Il avait du mal à rester debout. Ses muscles lui faisaient mal, son sang s'enflammait dans ses veines.

Comment continuer à lutter alors qu'ils se désiraient avec tant de violence ?

— Oh, ma belle Reinette ! souffla-t-il d'une voix méconnaissable. Vous allez voir toutes les polissonneries que je vais vous faire !

Si cette promesse la troublait, elle n'en laissa rien voir.

— Quand ?

— Tout de suite ! La chambre est juste derrière vous.

Comme un automate, Katherine traversa la pièce jusqu'à la chambre. Tout son corps vibrait d'excitation de voir que son plan s'était révélé efficace. Il avait accepté.

Il avait accepté...

Bientôt, il serait nu... Ils seraient tous les deux dans le même lit et ils se caresseraient. Rien qu'à cette idée, elle avait la chair de poule, mais pour rien au monde elle ne reculerait. C'était exactement ce qu'elle avait désiré même si, sur le moment, cette perspective était un peu effrayante.

Le lit était très grand et occupait la majeure partie de la petite pièce. Le reste du mobilier se composait en tout et pour tout d'une armoire et d'une table de nuit. Elle s'arrêta un instant, sans savoir quoi faire pendant que Preston allait allumer la lampe de chevet. Il défit ses boutons de manchettes et se débarrassa de sa chemise. Seul le fin tissu de ses sous-vêtements dissimulait encore un peu son corps athlétique.

Katherine retint son souffle lorsqu'il les enleva à leur tour, révélant sans fausse honte sa splendide nudité. Il n'avait aucune raison d'avoir honte, du reste. Il était magnifique. Michel-Ange lui-même n'avait jamais sculpté un si bel homme, de si larges épaules et des hanches si minces, un torse si puissant où une toison brune descendait jusqu'à un ventre plat. Il était aussi imposant que les immeubles qu'il construisait un peu partout dans la ville.

Son impressionnante érection se dressait devant elle, comme pour exprimer le désir animal de son corps, et elle se rendit compte que le premier numéro de sa liste venait de changer.

— Vous avez changé d'avis ? fit-il, inquiet, comme s'il s'attendait à ce que la vue de son corps nu la fasse fuir à toutes jambes.

C'était exactement le contraire, en fait.

Tout en retirant les épingles qui retenaient ses cheveux, elle fit le tour du lit. Ses doigts la démangeaient de le caresser et, tandis que ses longues boucles retombaient sur ses épaules, elle le contempla avec une attention avide, fascinée par le spectacle qu'il lui offrait.

— Je n'ai pas changé d'avis, répliqua-t-elle en soulevant la masse de sa chevelure et en lui présentant son dos. Maintenant, enlevez-moi le reste de mes vêtements et tenez votre promesse.

Le désir dont ils vibraient rendait l'atmosphère oppressante. Elle sentait dans son cou le souffle tiède de Preston tandis qu'il délaçait son corset. Elle avait l'impression que sa chaleur allait l'envelopper tout entière...

Il la débarrassa de son corset avec une dextérité qui dénotait une grande expérience. Combien de fois avait-il fait ce geste ? Elle chassa de son esprit cette embarrassante question. Qu'importait son passé ? Ils n'étaient pas mariés – et ne le seraient jamais.

Le corset tomba sur le sol et elle le vit s'agenouiller devant elle, le visage à la hauteur de ses seins.

— Bon Dieu, Kat, que vous êtes belle !

Il la saisit par les hanches, remonta jusqu'à sa poitrine, qu'il enserra à travers la fine batiste de la chemise. Passant la tête sous le tissu, il couvrit de baisers la chair dénudée. Katherine le prit par les épaules pour garder son équilibre. Il l'adorait des lèvres et de la bouche avec une douceur étonnante qui la faisait trembler. Tout le contraire de leur fougue au Bal français...

Il se conduisait comme s'il avait tout le temps devant lui, comme si rien d'autre ne comptait au monde.

Cette tendresse nouvelle la rassura et elle se détendit, ce qui n'empêcha pas la fièvre de monter en elle. Il suffisait à Preston d'effleurer sa chair pour l'éveiller et les pointes de ses seins se dressaient douloureusement, comme le membre rigide. Cela ne lui suffisait pas, et ses ongles s'enfoncèrent dans les épaules de son partenaire.

— Preston..., supplia-t-elle.

Il remonta la chemise jusque sous son menton puis ses mains revinrent à sa poitrine, sans aucune barrière cette fois-ci, et il posa les lèvres sur son sein, qu'il suça doucement en l'agaçant du bout de la langue. À chacune de ces caresses, une vague brûlante vibrait entre ses jambes, comme si sa poitrine et son sexe étaient directement reliés.

— J'avais tellement hâte de les voir ! J'ai passé des nuits entières à imaginer la forme et le goût de vos seins...

— Et qu'avez-vous découvert ?

— La perfection !

Jamais elle n'aurait pensé éprouver pareilles sensations ni se consumer dans une telle ivresse. Elle eut vaguement conscience qu'il passait à l'autre sein. Les yeux clos, elle gémit faiblement tandis que le sang battait plus fort dans ses veines.

— Embrassez-moi, supplia-t-il en se levant.

Sa bouche réclama la sienne dans un baiser qui n'avait plus aucune douceur. Sa langue, ses dents exigeaient, comme ses mains et son membre dressé entre eux qui se pressait contre son ventre avec impatience.

— Allons au lit.

Il lui enleva sa culotte et ses chaussures, mais la retint lorsqu'elle fit mine d'enlever ses bas.

— Gardez-les. Ils font paraître vos jambes encore plus longues.

Il aimait donc ses jambes ? Elle se renversa en arrière pour qu'il puisse la contempler tout entière, oubliant toutes les imperfections qu'il pourrait voir.

— Vous êtes éblouissante ! Aucun homme sur terre ne peut être digne de vous, et moi le dernier.

— Vous ne me méritez certainement pas, mais vous me devez une compensation pour m'avoir méprisée pendant toute une année. Je trouve que le plaisir constitue un dédommagement équitable...

— Autant commencer tout de suite à payer mes dettes, alors. Par quoi dois-je commencer ?

Sans attendre la réponse de Katherine, il la rejoignit sur le lit et la fit remonter sur les couvertures.

— Écartez les jambes. Laissez-moi vous goûter encore une fois.

Il s'introduisit entre ses jambes et, sans préliminaire, passa la langue sur son clitoris. Elle se cabra et laissa échapper une plainte. Tout son corps exigeait qu'il aille plus loin. Il persista pourtant à agacer la fleur en la suçant, en la mordillant, en l'embrassant et en la léchant.

— Vous ruisselez et votre nectar est tellement délicieux, chuchota-t-il en introduisant la langue dans le fourreau. J'adore son goût !

Il poursuivit son adoration avec la langue. Les cuisses de Katherine furent parcourues de tremblements, son corps tout entier se préparant à la jouissance qui s'annonçait. Ses doigts s'enfoncèrent dans les cheveux de Preston, autant pour le presser d'aller plus loin que pour le plaisir de le toucher. Sa respiration se faisait difficile, trop de sensations nouvelles se bousculaient trop rapidement. Comme s'il avait deviné qu'elle approchait de l'orgasme, il introduisit un doigt dans sa brèche. Immédiatement, une vague de plaisir la submergea. Une explosion de lumière obscurcit sa vue. Seules les mains et la bouche de Preston la reliaient encore au monde.

Alors qu'elle tremblait encore, il glissa un autre doigt dans le sillon et elle se contracta autour. Elle cria sa faim de volupté tandis qu'il l'amenait à l'orgasme, jusqu'à ce qu'elle retombe sans forces. Pendant qu'elle revenait à elle, il laissa ses doigts en elle et embrassa doucement son sexe. Il ne semblait pas pressé de passer à autre chose, et elle n'avait pas tout à fait retrouvé ses esprits.

— Tu es prête pour aller plus loin ? demanda-t-il finalement d'une voix qui était celle de la plus suave des tentations.

Si ce qu'il venait de lui faire n'était qu'un prélude, elle ne voyait qu'une seule réponse possible.

— Bien entendu !

16

Preston contemplait cette femme éblouissante, non sans une certaine appréhension. Qu'elle soit venue le trouver, prête à coucher avec lui alors qu'il n'était pas question de mariage, lui donnait une leçon d'humilité. Et l'audace et l'appétit avec lesquels elle réagissait le rendaient fou. Il se consumait du désir d'entrer en elle pour sentir son étroit fourreau enserrer sa verge.

Il prit dans le tiroir de la table de nuit une petite boîte métallique contenant des préservatifs.

— Attendez ! intima-t-elle pendant qu'il déchirait l'enveloppe.

— Vous avez changé d'avis ? Nous ne sommes pas…

— Non, ce n'est pas cela. Je n'ai jamais eu l'occasion de vous caresser. Vous savez, au bal…

Il imagina sa main – ou sa bouche – s'attardant sur son érection, et une vague brûlante l'enflamma. Dieu savait qu'il le désirait, mais il était trop excité pour le moment. Il suffirait qu'elle l'effleure pour le faire immédiatement éjaculer.

— Tout à l'heure, promit-il. Après cette première fois, vous pourrez m'explorer autant que vous voudrez.

Une fois le préservatif en place, il se positionna entre les cuisses de Katherine. Son sexe était tout rose et luisant d'excitation. Il avait beau se consumer de désir pour elle, il fut soudain envahi de scrupules.

— Vous êtes bien certaine de le vouloir, Kat ?

Pour toute réponse, elle l'attira contre elle, et le mouvement eut pour effet de faire entrer le bout de son membre en elle. Même à travers l'épais caoutchouc, il sentit la chaleur de son corps, comme un signe de bienvenue.

Le besoin de poursuivre plus avant le rongeait, mais il devait procéder doucement. Il prit une profonde inspiration et tenta de reprendre le contrôle de lui-même. En général, il n'était pas si pressé au lit et n'avait pas de mal à se contrôler.

Il faut qu'elle ait du plaisir.

La petite main de sa compagne s'empara de son visage, qu'elle couvrit de baisers. Elle lui prodiguait toute sa tendresse et lui, parce qu'il était un gredin, s'y complaisait et en profitait pour calmer un peu ses ardeurs. Au bout de quelques secondes, ses mains cessèrent de trembler et l'étau qui comprimait douloureusement ses bourses se relâcha. Il prit ses lèvres et tenta de mettre dans ce baiser toute la reconnaissance qu'il éprouvait, de la rassurer et de lui faire comprendre à quel point il appréciait le don qu'elle lui faisait.

Ensuite, il lui fut plus facile de la pénétrer, d'élargir peu à peu le passage. Il ne voulait surtout pas lui faire mal, même s'il savait que c'était sans doute inévitable. Son fourreau enserrait étroitement son membre. C'était l'endroit le plus paradisiaque qu'il puisse imaginer.

— Voilà. Laisse-moi entrer, *mon chaton**, lui chuchota-t-il à l'oreille. Tu vas aimer m'avoir en toi, tu vas voir ! continua-t-il pour la rassurer comme il la sentait frémir de tout son être contre lui. Ton corps va être plein de moi. Je vais aller au plus profond de toi et quand je commencerai à bouger, ce sera aussi beau et parfait que toi !

— Oh oui !

Il poursuivit son invasion. Il ne voulait manquer aucun de ses soupirs, aucun de ses gémissements ou de ses spasmes tandis qu'il la faisait sienne. Jamais il n'avait connu une intimité aussi intense, comme si les réactions de sa partenaire ne faisaient qu'amplifier les siennes et que leurs corps s'accordaient parfaitement.

— Veux-tu que je m'arrête, ou que j'aille plus lentement ? s'enquit-il en la sentant se raidir tandis que les ongles de Katherine pénétraient douloureusement dans la chair de son dos.

— Non, je t'en prie ! C'est... c'est merveilleux.

— Je suis toujours là. Détends-toi. Passe la main entre nous et joue avec ta fleur. Ne pense qu'à ton plaisir.

Elle glissa la main entre leurs corps et agaça du doigt son clitoris. La réaction fut immédiate. Une seconde vague inonda son sexe et elle se détendit, ce qui permit à Preston d'aller plus avant.

— Oui, souffla-t-il. Encore, Kat.

Elle haletait pendant que son doigt s'activait entre eux et, au bout de quelques secondes, leurs hanches se rejoignirent.

— Voilà, je suis complètement en toi maintenant. Tu le sens ?

— Mon Dieu, Preston, c'est trop... mais ce n'est pas assez !

Il comprenait parfaitement ce qu'elle voulait dire.

Les battements de son cœur résonnaient jusque dans sa verge et il aurait juré qu'elle les sentait, elle aussi, comme si elle avait pénétré au plus profond de lui. Jamais il n'oublierait cet instant, il le savait.

Lentement, il se retira pour revenir à la charge, afin qu'elle puisse sentir toute sa longueur dans la partie la plus sensible de son corps.

— C'est bon, ou non ? fit-il, même s'il soupçonnait la réponse tandis qu'elle s'accrochait à ses épaules, ses hanches se soulevant vers lui.

— C'est tellement bon !

Il enfouit la tête au creux du cou de Katherine, s'enivra de son parfum puis agaça des dents la chair satinée. Il l'aurait dévorée ; il aurait voulu lui faire mal et plaisir en même temps, pendant des jours et des jours.

Il reprit donc son va-et-vient en roulant des hanches tandis que leurs gémissements se mêlaient.

— Encore ! supplia-t-elle. Ce n'est pas la peine de faire attention à moi.

Il reprit sa danse, accélérant peu à peu le rythme. Les plaintes qui s'échappaient des lèvres de Katherine devenaient plus sourdes, plus fortes, et la sueur perlait sur leurs deux corps.

Son membre baignait dans le nectar tiède, et chaque gémissement, quand ses ongles s'enfonçaient dans sa chair, lui semblait la plus douce des victoires. Tout ce qu'il voulait, c'était lui donner du plaisir, l'adorer comme elle le méritait, la servir et combler ses besoins.

Quand elle enserra ses hanches de ses jambes pour se rapprocher, il se souleva un peu sur les coudes et la contempla. Grand Dieu, qu'elle était belle ! Avec ses joues en feu et ses lèvres gonflées par les baisers, elle était la plus belle femme qu'il ait jamais vue.

— S'il vous plaît, mon roi !

— Arrête ! Je vais éjaculer si tu m'appelles comme ça.

— Voulez-vous voir jouir votre maîtresse, mon roi ? continua-t-elle en glissant de nouveau la main entre leurs corps.

— Non, non, non ! Arrête !

Il avait fermé les yeux, mais cela ne fit qu'empirer les choses, car maintenant il sentait entre eux les mouvements de sa main qui s'activait sur son clitoris pour augmenter son plaisir pendant qu'il la chevauchait.

Et le bout de son doigt effleurait son sexe…

C'en était trop. Il avait l'impression qu'il allait tomber en morceaux…

— Kat ! Je ne peux…, implora-t-il.

Quand elle ouvrit plus grand les jambes pour lui donner de la place et mieux s'offrir, il crut devenir fou. Ce n'était pas ce qu'il avait imaginé. Il avait pensé se contrôler, s'y prendre avec précaution, la ménager. Mais sa verge durcie se propulsait en elle et il sentait l'orgasme monter dans ses reins, gagner son sexe et ses bourses.

Des jets de liquide séminal commençaient à remplir l'enveloppe de caoutchouc et tout son être frémissait.

Dans le grand silence qui s'était fait, il resta immobile, incapable du moindre mouvement. Il cherchait sa respiration et ne pouvait encore se résoudre à abandonner la douce étreinte de son fourreau. Il se sentait… anéanti.

Et gêné.

— Je suis désolé…

— Mais pourquoi ? C'était merveilleux ! J'aime te voir en sueur, murmura-t-elle en passant la main sur ses épaules.

— Tant mieux, mais j'aurais préféré ne pas jouir aussi rapidement.

— C'était rapide ?

Pour lui, oui.

— Je voulais te faire jouir…

Lentement, il se retira, tout en retenant le préservatif. Il alla ensuite dans la salle de bains pour se laver et passa une serviette sous l'eau chaude. Toujours allongée sur le lit, Katherine le suivait du regard. Il appréciait le fait qu'elle ne craigne pas de le reluquer ouvertement.

— Laisse-moi m'occuper de toi. Comment te sens-tu ? dit-il en pressant le linge humide sur la chair gonflée. J'ai été moins doux que je ne l'aurais voulu.

— C'était parfait, Preston. Vraiment. Et pour toi, comment était-ce ?

Que répondre ? S'il lui disait qu'il avait eu le plus bel orgasme de sa vie, elle ne le croirait jamais…

— C'était parfait, mais ça durera plus longtemps la prochaine fois.

— Quelle prochaine fois ?

— Tu ne t'imagines tout de même pas que nous allons nous arrêter là ? J'ai une année entière à me faire pardonner !

Elle sourit.

— C'est vrai !

Preston vint s'allonger à son côté et enfouit le nez dans les cheveux de Katherine. C'était un pur délice. Comment faisait-elle pour sentir si bon ?

— Dis-moi ce qui t'a amenée ici avec une telle précipitation.

— Tu veux vraiment le savoir ?

— Si tu veux bien en parler, oui.

— Mon père a quelqu'un, soupira-t-elle en se serrant contre lui. La meilleure amie de ma mère ! Je crois qu'il est amoureux d'elle.

Preston fit de son mieux pour rester impassible. Entendre parler de Lloyd, et en particulier de sa vie intime, était bien la dernière chose dont il avait envie en ce moment. Tout ce qu'il souhaitait, c'était voir Lloyd Delafield seul et abandonné, comme le vieil Ebenezer Scrooge[1] avant l'arrivée des fantômes. Mais sa relation avec Katherine lui imposait de faire abstraction de ses propres sentiments envers son père.

— Et... ?

— Et je lui en veux terriblement ! Cela fait à peine deux ans que ma mère est morte et il a déjà trouvé quelqu'un d'autre. Sa meilleure amie,

1. Personnage central d'*Un chant de Noël* de Charles Dickens. Il s'agit d'un usurier qui trouve la rédemption après la visite de trois fantômes le jour de Noël.

par-dessus le marché ! Maman serait atterrée. Est-ce qu'elle... est-ce qu'elle lui manque, au moins ?

Eh bien, maintenant, Preston se voyait obligé de prendre la défense de Lloyd s'il voulait apaiser la peine de Katherine ! Et il aurait préféré se couper un bras que de la voir pleurer. Il avait un millier de raisons de haïr Delafield, mais qu'il s'offre des parties de jambes en l'air quand il en avait envie n'y figurait pas.

— Ta mère te manque, c'est tout à fait compréhensible, mais ton père n'est pas en train de la remplacer, mon cœur. Personne ne pourra la remplacer. Il se sent probablement seul, tout simplement. Certains hommes n'aiment pas rester isolés, tu sais, surtout les hommes de son âge. Tu devrais être contente pour lui.

— Contente qu'il décroche les tableaux de ma mère et fasse des risettes en public à sa meilleure amie ? Dieu seul sait ce qu'ils font en privé !

Probablement exactement ce que Preston et elle venaient de faire, mais il ne jugea pas utile de le préciser.

— Je comprends que tu sois peinée et en colère, mais avec le temps, tu t'habitueras à l'idée qu'il ait une nouvelle femme dans sa vie, je pense. Tu l'aimes bien, au moins ?

— Cela n'a rien à voir ! Il m'a menti et il me l'a cachée pendant plus d'un an. Je n'en aurais rien su si je ne les avais pas surpris ensemble au parc, quand j'y suis allée avec Lockwood.

— Quand ça ? demanda Preston, alarmé.

— Tout à l'heure.

Y avait-il quelque chose de sérieux entre elle et le duc ? Cette idée déplaisait profondément à

Preston, mais le moment était mal choisi pour s'abandonner à la jalousie et à sa furieuse envie de mettre son poing sur la figure de Lockwood.

— Comment a réagi ton père quand tu l'as questionné ?

— Il dit qu'il ne cherche pas à remplacer maman et qu'il ne veut pas finir ses jours seul.

— Tu vois bien ! C'est exactement ce que je viens de te dire.

— Personne n'aime les messieurs Je-sais-tout, Preston.

— Ce n'est pas ma faute si je sais tout, plaisanta-t-il. Mais j'ai tout de même une petite expérience de la perte d'un être cher...

— Ton père... J'avais oublié.

— Non. Enfin, oui. Cela fait quelques années que j'ai perdu mon père, mais j'étais très remonté contre lui quand il est mort.

Il l'était toujours, en fait. Il en voulait terriblement à Henry Clarke d'avoir dilapidé sa fortune avant de mourir en laissant à son fils une montagne d'ennuis.

— Je parlais de mon ami Forrest.

— C'est l'été dernier qu'il est mort, n'est-ce pas ?

— Oui.

— Je suis désolée. Tu veux en parler ?

Le poids qui oppressait Preston s'alourdit, comme si quelqu'un venait de s'asseoir sur sa poitrine. Il n'avait jamais vraiment parlé de Forrest. Kit était très proche de lui, mais il ne lui avait pas tout dit.

— Je ne voulais pas être indiscrète, fit Katherine en voyant son hésitation. Tu n'es pas obligé de m'en parler, si tu n'en as pas envie.

— Mais si, j'en ai envie.

C'était vrai. Sans qu'il sache bien pourquoi, il savait qu'il pouvait confier tous ses secrets à Katherine, et même lui révéler la part la plus sombre de lui-même. Peut-être parce qu'elle avait vu ce qu'il pouvait donner de pire, il était persuadé que rien de ce qu'il dirait ne pourrait l'effrayer. Et se confier le soulagerait.

— Quand j'ai connu Forrest à l'université, il ne buvait jamais plus d'une bière légère. Je me voyais comme un homme d'expérience, qui fumait et buvait déjà beaucoup. J'ai vite pris l'habitude de l'entraîner dehors entre les cours et de le faire boire. Il y a pris goût et il a continué. Nous buvions souvent avec notre groupe de quatre amis, surtout Kit et Forrest. Nous passions notre temps à faire la fête et nous ne rentrions pratiquement plus à la maison.

Katherine lui avait pris la main et lui caressait doucement le bras, et cette marque d'affection le réconforta.

— Ensuite, j'ai découvert que mon père avait pratiquement tout perdu. Il avait l'habitude de jouer…

À la réaction de Katherine, il comprit que Lloyd ne lui avait rien dit.

— Tout allait à vau-l'eau. J'ai dû quitter l'université avant de passer mes diplômes car nous n'avions plus les moyens de payer mes études, et j'ai repris la direction de Clarke Holdings pour essayer de sauver ce qui pouvait être sauvé.

— Oh, Preston, je ne savais pas ! Tu as parfaitement réussi, en tout cas.

— En grande partie grâce à l'aide de Forrest.

— Que veux-tu dire ?

— La banque allait saisir notre maison. Je suis allé voir Forrest pour lui emprunter de l'argent et il me l'a donné sans poser de questions. Il m'a dit que je pouvais considérer cette somme comme un don, que je n'avais pas à la lui rembourser. Et pour le remercier, je l'ai laissé se tuer avec la boisson, conclut-il d'une voix étranglée.

— Non, Preston, ce n'était pas ta faute. Comment aurais-tu pu l'empêcher ?

— J'étais bien trop occupé pour voir ce qui se passait. Quand je m'en suis aperçu, il était déjà trop tard. Il avait fait de nouvelles connaissances, des gens qui le fréquentaient uniquement parce qu'il pouvait payer leurs consommations dans tous les bars de la ville. Harrison était à Paris, et Kit a fait ce qu'il pouvait pour aider Forrest, murmura-t-il en l'attirant contre lui pour tenter de chasser le poids de ses souvenirs et la tristesse qui l'étreignait chaque fois qu'il pensait à son ami.

Katherine l'écoutait en silence, se contentant de lui caresser les cheveux pour le réconforter, et il mêla ses jambes aux siennes.

— Je connais le responsable du Quatorzième District, car nous avons été en affaires. Il m'a fait prévenir un soir qu'un de mes amis était inconscient après avoir beaucoup bu et qu'on n'arrivait pas à le ranimer. Il m'a dit de venir le chercher, sinon ils allaient appeler une ambulance, et je lui ai dit d'appeler l'ambulance. Je ne voulais pas qu'on attende, s'il était aussi mal.

— Tu as eu raison. C'était certainement la meilleure chose à faire.

— Ce n'était pas l'avis de Forrest. Il était réveillé et furieux quand je suis arrivé à l'hôpital

Bellevue mais, d'après les médecins, il avait failli mourir. Quand j'ai vu dans quel état il était, comment il se mettait à trembler au bout de quelques heures sans boire, je n'ai pas pu me résoudre à le laisser seul. Je l'ai emmené dans ma maison des Adirondacks et j'ai essayé de le sevrer.

Ce que Forrest lui avait dit pendant ces deux jours, il ne l'oublierait jamais. Il avait eu des mots blessants, des mots pleins de cruauté. Cela lui rappela qu'il avait décidé de vendre cette maison... Y retourner ne ferait que lui rappeler de mauvais souvenirs, ce qui était le comble pour une maison de vacances.

— Si tu as fait tout ça, c'est que tu es une bonne personne.

Non. Elle se trompait.

Une bonne personne n'aurait pas répondu à Forrest par d'autres paroles tout aussi blessantes et cruelles.

Une bonne personne se serait réconciliée avec son père avant sa mort.

Une bonne personne n'aurait pas pris l'innocence de Katherine sans l'épouser.

— J'ai besoin d'une cigarette. Donne-moi une minute, s'il te plaît.

— Reste avec moi. Tu fumeras plus tard.

Il se rallongea. Pourquoi avait-il évoqué ces pénibles souvenirs ? La soirée avait été absolument parfaite jusqu'à ce qu'ils parlent de Forrest.

— Tu n'aimes pas que les choses ne se passent pas comme tu veux, n'est-ce pas ? questionna-t-elle en s'asseyant sur lui.

— Tu viens seulement de t'en apercevoir ?

— Oh non, dit-elle en souriant, sa somptueuse chevelure mordorée répandue sur ses épaules. Tu n'en as jamais fait mystère, il me semble. Mais vous ne pouvez pas tout le temps soumettre tout et tout le monde à vos quatre volontés, cher monsieur Clarke !

— Et pourquoi pas ?

Il posa les mains sur les globes de ses seins. Elle était ravissante, assise à cheval sur lui, et il avait envie de faire l'amour avec elle de cette façon, avec son corps gracile chevauchant son membre.

— Parce que tu ne peux pas tout contrôler.

Il lécha son pouce et le glissa entre eux pour caresser le bouton gonflé qui couronnait le sexe de Katherine. Elle se cambra, la tête rejetée en arrière, et il continua de caresser et d'agacer la petite fleur tandis que son érection augmentait sous elle.

— Je connais au moins une chose que je peux contrôler en ce moment.

— Tu as ma pleine et entière approbation, décréta-t-elle avec un sourire coquin en commençant à rouler des hanches au-dessus de lui.

Et pendant les heures qui suivirent, il lui montra à quel genre de contrôle il pensait.

17

Au cours des jours qui suivirent, Katherine fut très occupée à mettre la dernière main à son exposition au Meliora Club. Toujours blessée qu'il lui ait caché si longtemps sa nouvelle relation, elle évita toute conversation avec son père et se consacra à l'exposition le jour et à Preston la nuit.

Le grand soir était arrivé, les invités n'allaient pas tarder à arriver pour le vernissage, et elle se faisait l'effet d'une véritable boule de nerfs. La collection plairait-elle ? N'allait-on pas la trouver prétentieuse d'avoir organisé cette exposition pour montrer au monde la valeur des tableaux de sa mère ?

Elle avait invité pratiquement toutes ses connaissances, et si personne ne venait, elle subirait une humiliation encore plus cruelle qu'attendre toute une année un fiancé qui ignorait jusqu'à son existence.

Une nouvelle fois, elle fit le tour des salles pour s'assurer qu'il n'y avait aucune erreur dans les cartels des presque quarante-cinq tableaux. Une vérification de plus ne pouvait pas faire de mal...

— Une coupe de champagne, ma belle ?

— Nellie ! s'écria-t-elle, soulagée qu'au moins une personne soit venue ce soir. Je suis tellement contente de te voir !

— Je n'aurais pas manqué cette soirée pour un empire. Tiens. Tu m'as l'air bien nerveuse.

— Bien sûr ! J'ai peur que personne ne vienne, avoua-t-elle en prenant une gorgée de champagne.

— Balivernes ! Tout le monde va venir te soutenir. Tu n'as pas idée d'à quel point tu es populaire.

— Tu dis ça par gentillesse, mais merci tout de même.

— La gentillesse ne m'est pas naturelle, mais ce n'est pas le sujet. La collection est absolument renversante ! s'enthousiasma Nellie en entraînant son amie vers le fond de la salle.

C'était vrai, et Katherine en était véritablement fière.

— Ton Monet est exactement ce qu'il manquait. Tu veux le voir, ou le Renoir que tu m'as prêté ?

— Mais non, je les vois toute la journée ! Je préfère bavarder avec toi, avant que tu sois accaparée par tes invités.

— Que le ciel t'entende ! dit Katherine en levant sa coupe de champagne. J'ai fait l'amour avec Preston Clarke, ajouta-t-elle tout à trac.

Nellie s'étrangla avec son champagne et se mit à tousser jusqu'à en avoir les larmes aux yeux. Elle toussait tellement que Katherine dut lui tapoter le dos.

— Oh, je suis désolée, Nellie... Ça va ?

— Oui, oui, tout va bien. Mon Dieu, préviens-moi avant de m'annoncer des choses pareilles !

— Je ne voulais pas manquer l'occasion de t'en parler avant l'arrivée de tous les invités.

— Tu es pardonnée. Pour commencer, tant mieux pour toi. Ensuite, comment était-ce ? S'il ne t'a pas bien traitée, je jure que je le ferai jeter enchaîné dans l'East River !

— Le pire, c'est que tu n'as pas l'air de plaisanter !

— Disons que je ne suis pas née de la dernière pluie...

— Ah, je vois. C'est ton côté irlandais.

La mère de Nellie était irlandaise. Toute sa famille vivait dans le West Side et dirigeait l'un des principaux gangs de Manhattan.

— Ne t'inquiète pas, reprit Katherine. Preston se montre très prévenant à chaque fois.

— À chaque fois ?

— Je m'amuse bien avec lui...

Ils avaient fait bon usage du petit appartement de Jane Street au cours des nuits précédentes. Elle avait prétexté l'organisation de l'exposition pour annuler ses engagements mondains et faire ce qui lui plaisait. Maintenant que l'exposition était lancée, il lui faudrait faire preuve d'un peu plus d'imagination pour trouver des excuses.

— Parfait. Quoi que tu fasses, ne va pas tomber amoureuse de lui. Avoir des relations intimes avec un homme peut te faire croire que des sentiments plus profonds sont en jeu, mais ces messieurs peuvent généralement séparer les deux avec beaucoup plus de facilité que nous.

— Je ne vais pas tomber amoureuse de lui, je te le promets. Il est bien trop autoritaire et trop froid pour mon goût.

— Beaucoup de femmes aiment ce genre d'hommes.

— Eh bien, pas moi. De toute façon, pour éloigner tout soupçon, j'ai invité Lockwood ce soir.

Nellie se raidit imperceptiblement.

— Tu avais besoin d'un rabat-joie pour rafraîchir l'atmosphère ?

Katherine pouffa.

— Tu es trop sévère avec lui. C'est quelqu'un de très comme il faut.

— Ça, je n'en doute pas ! Cela signifie sans doute que Preston doit venir aussi ?

— Oui, je l'ai invité, mais je ne sais pas s'il viendra ou non.

— Oh, il va venir, sois tranquille ! Il va vouloir te surveiller et éloigner les soupirants potentiels.

— C'est ridicule ! D'abord, il n'y a pas de soupirants potentiels et ensuite, Preston n'éprouve pas ce genre de sentiments pour moi.

— Ça, c'est ce que nous verrons. La soirée promet d'être vraiment intéressante, c'est moi qui te le dis. Ah, voici tes premiers invités ! Il est temps pour moi de m'éclipser, pour que ma présence n'effraie pas les gens comme il faut. Bonne chance, Katie. Cette exposition promet d'être un grand succès.

— Tu n'as aucun besoin de te cacher toute la soirée. Va bavarder, au contraire ! Tu es mon amie, et je t'ai invitée parce que j'ai besoin de toi.

— Je sais bien, et c'est pour ça que je t'aime, mais c'est justement parce que je suis ton amie que je ne veux pas te faire de tort en suscitant des commentaires malveillants. Ne te fais pas de souci pour moi, tout ira bien.

Elle s'éloigna avant que Katherine ait le temps de répondre quoi que ce soit. Celle-ci détestait ce monde qui rejetait Nellie. Même si elle clamait qu'elle s'en moquait, Katherine savait bien que son amie en était profondément blessée.

En l'entendant rire à l'autre bout de la salle, Preston eut du mal à réprimer un sourire.

Il s'était laissé convaincre de venir au vernissage de son exposition au Meliora Club. Il se rendait bien compte qu'il avait de plus en plus de mal à lui refuser quoi que ce soit. Qu'il s'agisse de la retrouver en ville ou de venir frayer avec une bande de snobs à une exposition de peinture, il suffisait à Kat de le lui demander et il obéissait de bonne grâce.

Tout en sirotant une coupe de champagne devant un tableau impressionniste, il réfléchissait à leur liaison. Ils avaient fait l'amour avec autant d'audace que d'ardeur ces derniers jours, alors que l'organisation de cette exposition occupait largement la jeune femme. Maintenant que le vernissage avait eu lieu, il comptait la voir plus souvent et pouvoir prendre son temps avec elle.

Et l'attente était difficile à supporter.

— On se demande si vous souriez ou non ! lança une voix féminine.

— Quelle importance ? répliqua-t-il à Nellie Young.

— Aucune, mais tout ce qui n'est pas une grimace produit un effet étrange sur votre visage. C'est à cause de ce tableau ? À moins qu'il ne s'agisse de quelque chose… ou de quelqu'un d'autre ?

— Constater que vous êtes aussi impertinente qu'on le dit est réconfortant.

— Et s'apercevoir que vous n'êtes pas aussi froid qu'on le dit est également réconfortant, rétorqua-t-elle, sans se vexer apparemment.

Katherine avait-elle révélé leur liaison à son amie ? Il aurait bien aimé savoir ce qu'elle lui avait dit, mais il se serait fait tuer plutôt que le demander.

— Vous vous intéressez à l'art, mademoiselle ?

— Pas du tout ! Je préfère la beauté que je peux sentir et toucher. Oui, je vois parfaitement ce que cette affirmation peut avoir d'indécent, mais je voulais parler des fleurs et des plantes, ajouta-t-elle malicieusement en prenant une gorgée de champagne.

— Je ne vous savais pas aussi passionnée par le jardinage.

— Il ne faut pas se fier aux apparences, vous savez. Vous ne l'aviez pas encore remarqué ?

Le regard de Preston s'égara vers Kat, en grande discussion avec un couple entre deux âges. Décidément, cette femme remarquable le surprenait.

— Si, vous avez entièrement raison.

— Je me vois dans l'obligation de vous prévenir que j'ai toujours à cœur de protéger mes amies, et tout particulièrement Katie. Je ne laisserai personne lui faire de mal.

— Vous n'avez pas de souci à vous faire. Je ne lui ferai jamais de mal.

— Vous pourriez lui faire du mal sans en avoir l'intention. Elle n'est pas comme Arabella ou vos autres maîtresses, Preston. Elle n'a pas l'habitude du genre de relations que vous entretenez habituellement.

— Je le sais bien.

Le tour que prenait cette conversation lui déplaisait, mais il fit un effort pour se rappeler que Nellie n'avait rien d'autre en tête que l'intérêt de son amie. Or une liaison avec un homme qu'elle ne comptait pas épouser n'était absolument pas dans l'intérêt de Kat. Preston n'avait aucune intention de lui faire du mal, quoi qu'il en soit.

— Ne le prenez pas de haut ! Vous savez parfaitement que j'ai raison.

— Vous ne m'aimez pas, n'est-ce pas ?

— Je n'ai encore rien décidé à ce sujet, et cela n'a pas grande importance. Ce qui m'intéresse, c'est de veiller sur Katie. Je ne veux pas qu'elle se fasse des idées au sujet de vous deux et qu'elle finisse le cœur brisé parce que vous êtes trop entêté pour voir quelle femme merveilleuse elle est.

— Je sais parfaitement que c'est une femme merveilleuse !

— Non, vous ne vous en rendez pas compte. Si vous vous en rendiez compte, vous l'épouseriez en dépit de toutes vos idées préconçues.

— Vous ignorez ce que sont mes idées, mademoiselle, et ce serait peut-être à Kat de décider elle-même de son avenir, répliqua-t-il sèchement.

— Kat ? Vous lui avez déjà donné un surnom ? Mon Dieu, c'est pire que ce que je pensais !

— Je lui ai donné plusieurs surnoms. Vous voulez que je vous les énumère tous ?

— Ce n'est pas la peine, je risquerais de vomir mon champagne.

— Vous détestez tous les hommes, mademoiselle, ou est-ce que je suis le seul ?

Il s'attendait à une réplique bien sentie, mais elle garda le silence. Elle lui parut soudain distraite. Il suivit la direction de son regard et, s'apercevant que le duc de Lockwood était arrivé, il retint un geste de dépit.

— Que fait-il ici ?

— Peut-être entend-il la courtiser ouvertement, comme le ferait tout homme convenable. Maintenant, si vous voulez bien m'excuser, je crois que j'ai eu mon content d'œuvres d'art pour ce soir.

Elle se fondit dans la foule, mais ce n'était pas elle qui le préoccupait. Il était hypnotisé par la vue de Kat en train d'accueillir le duc et de le présenter à des gens. Lockwood et Katherine formaient un couple très bien assorti, Preston s'en rendait compte, mais insipide. Tous deux étaient charmants, convenables et aimés par à peu près tout le monde…

Lockwood baisa la main de Kat, et Preston crut se casser les dents, tellement il les serrait fort. Il n'avait aucun droit d'être jaloux, cependant. Il ne pouvait pas faire la cour à Katherine ni l'épouser. Une femme respectable comme elle méritait un mari dont elle puisse être fière, et non un vaurien frayant avec la corruption et la criminalité. Non, elle devait continuer à regarder le monde à travers des lunettes roses, ignorante de ses fautes et de ses vices.

Peut-être devrait-il encourager le duc à la courtiser. Il se conduirait ainsi honorablement, puisqu'il n'avait aucune intention de l'épouser.

Mais il était un homme tout sauf honorable, et il n'était pas disposé à mettre fin à leur liaison. Le duc n'avait qu'à choisir quelqu'un d'autre...

Preston alla admirer les autres tableaux. La collection de Kat était magnifique et même lui, un novice, imaginait parfaitement certains de ces tableaux accrochés chez lui. Peut-être pourrait-elle lui faire quelques suggestions d'achat, comme elle l'avait subtilement fait en lui offrant ceux de son bureau.

— Preston Clarke !

Il lui fallut un moment pour identifier celui qui lui avait saisi le bras.

— Tommy Stone ?

— Je savais que tu te souviendrais de moi ! J'ai un an de moins que Clarke, mais nous avons joué au baseball ensemble, expliqua le nouveau venu à l'homme qui l'accompagnait. On n'a jamais vu de meilleur joueur que Preston Clarke !

C'était exact : ils avaient joué dans la même équipe pendant le bref séjour de Preston à Harvard. Mais ils n'avaient jamais été vraiment amis.

— C'est une surprise de te voir ici, Stone, répondit Preston poliment mais sans chaleur. Je n'aurais jamais imaginé que tu t'intéressais à l'art...

— Ça ne m'intéresse pas du tout ! Je suis venu pour accompagner un ami. Toi non plus, je ne te savais pas amateur d'art. Je te verrais plus intéressé par les dames, si tu veux le savoir. C'est sans doute parce que l'endroit grouille de chattes... *Miaou !*

L'autre homme éclata de rire.

Preston se rappela que Tommy était connu pour ses remarques déplacées et ses plaisanteries graveleuses, qui lui avaient plus d'une fois attiré des ennuis. Il n'avait aucune envie de voir cet imbécile gâcher le vernissage de Kat.

— Surveille ton langage. Nous sommes en compagnie de gens comme il faut.

— Très comme il faut, continua Tommy, tout juste un peu plus bas. Tu as vu ? Il y a même un vrai duc ! Ce qu'on raconte doit être vrai : il est tellement aux abois qu'il serait prêt à se rabattre sur la première vieille fille venue.

— C'est vrai ? questionna l'ami.

— On dit qu'il va demander la main de la fille Delafield, qui poireaute depuis des années… J'espère qu'il trouvera sa chatte, au milieu de toutes ces toiles d'araignées !

Avant qu'il ait le temps de comprendre ce qu'il faisait, Preston écrasa son poing sur la joue de Tommy, qui s'écroula sur le sol.

Un silence de mort s'abattit immédiatement sur la salle.

Une fureur noire s'était emparée de Preston. L'envie de continuer à frapper Tommy était si violente qu'il avait l'impression d'en sentir le goût. Tremblant de tout son être, il faisait un effort surhumain pour se dominer, mais une brume sanglante lui voilait la vue.

— Mais enfin, que se passe-t-il ? s'écria Katherine, stupéfaite. Avez-vous besoin d'un médecin, monsieur ?

Une marque rouge enflait sur la joue de Tommy, mais il allait bien.

— Ce n'est pas la peine, mademoiselle, j'ai vu pire, articula-t-il en regardant Preston.

Quand il fit mine de se lever, Preston ne lui tendit aucune main secourable, et ce fut son ami qui s'en chargea. Le reste de l'assistance s'éloigna. Un serveur vint nettoyer le champagne répandu et les débris de verre.

— Que s'est-il passé ? questionna Katherine.

— Rien du tout, trancha sèchement Preston.

— Non, absolument rien, renchérit Tommy en tâtant sa joue. Il y a simplement des gens qui perdent leur sens de l'humour en quittant l'université.

Preston n'avait jamais apprécié le sens de l'humour de Tommy, mais il ne jugea pas utile de l'expliquer à la jeune femme.

— Je vous présente mes excuses, mademoiselle, dit-il. Je vais m'en aller.

— Il n'en est pas question, monsieur ! Nous parlerons de tout cela plus tard.

Elle aida son ami à raccompagner Tommy à la porte, et les conversations reprirent dans la salle, où les spéculations allaient bon train. Comme paralysé, Preston tentait de mettre un peu d'ordre dans ses sentiments. C'était la première fois qu'il perdait le contrôle de lui-même en public – et même en privé.

Une coupe de champagne passa devant ses yeux, offerte par le duc de Lockwood, et il l'accepta avec reconnaissance.

— J'ai pensé que cela vous ferait du bien. Vous avez une droite impressionnante, Clarke !

Ils n'avaient jamais été présentés officiellement, mais les formalités n'étaient plus de mise. Preston prit une longue gorgée, regrettant qu'il ne s'agisse pas d'un alcool plus fort qui aurait mieux apaisé sa colère.

— Cela faisait longtemps que je n'avais pas donné un coup de poing. Depuis l'université, en fait.

— Je suis mal placé pour dire si vous avez perdu la main ou pas. Qu'a-t-il dit pour vous mettre en colère à ce point ?

— Je ne peux pas vous le répéter.

— Je vois.

Le ton de Lockwood sous-entendait qu'il voyait réellement de quoi il s'agissait, ce qui était ridicule.

— Que voulez-vous dire ?

— Je ne vois qu'une seule raison pour un homme d'en envoyer un autre à terre en public : une insulte envers une femme. Je constate que j'ai deviné juste, conclut le duc, comme si le silence de Preston valait confirmation.

Cette suffisance portait sur les nerfs de Preston qui, sans perdre de temps, posa la question qui le taraudait.

— Qu'êtes-vous venu faire ici ?

— Mlle Delafield m'a invité. Et vous ?

La même chose, mais Preston n'avait pas envie de le reconnaître. Il reprit un peu de champagne pour étouffer l'horrible idée qui lui donnait envie de boxer Lockwood à son tour.

Il n'avait aucune raison d'être jaloux. Katherine était à lui, du moins pour le moment.

— Vous avez l'intention de l'épouser ? demanda-t-il toutefois, sans pouvoir s'en empêcher.

— C'est de Mlle Delafield que vous parlez ? Quelqu'un devrait l'épouser, vous ne croyez pas ? Bonne soirée, Clarke !

Preston regarda une aquarelle sur le mur et, bizarrement, cette image lui apporta un peu de sérénité.

Je devrais peut-être l'acheter.

Il aurait peut-être besoin de cette sérénité lorsque Katherine le prendrait à part pour lui demander des comptes sur sa conduite…

18

Un pugilat au Meliora Club... Il s'agissait d'une première.

Katherine espérait qu'elle n'allait pas être exclue du club ou, pire, que son exposition n'allait pas connaître un échec. Pour promouvoir son projet de musée d'art moderne, elle avait besoin de susciter l'intérêt, et non des commérages et un scandale.

Qu'est-ce qui lui avait donc pris ? Preston n'était pas le genre d'homme à se laisser aller à ses émotions, ni à s'abandonner à la colère et à se lancer dans une rixe. C'était un homme froid et rationnel – c'en était presque effrayant. Cette agression n'avait aucun sens. Quelle raison pouvait-il avoir de frapper un homme dans un endroit public ?

Tout en bavardant avec les autres invités, elle le surveillait du coin de l'œil. Pour le moment, il semblait figé devant un paysage de Sisley, un tableau que justement elle adorait. Avec un peu de chance, la sérénité des douces couleurs pastel le calmerait un peu, car elle comptait bien lui demander des explications.

Pour le moment, elle se devait d'apaiser l'émoi de l'assistance.

— C'était vraiment palpitant ! Il faudra nous redonner ce genre de distraction un de ces jours, Katherine ! lança Abby Aldrich.

Abby et Katherine avaient fait leurs débuts ensemble, et Abby était une des fondatrices du Meliora Club et une de ses adhérentes les plus en vue. Le bruit courait qu'elle pourrait épouser John Davison Jr, le seul héritier des Rockefeller.

— Oh, Abby, je suis vraiment désolée ! Une telle conduite est vraiment déplorable.

— Mais non, voyons ! Vous avez probablement attiré un grand nombre de nouveaux membres. Les gens vont se bousculer pour être invités à d'autres événements de cette sorte.

— Puissiez-vous avoir raison ! Je suis profondément mortifiée.

— Allons, deux beaux jeunes gens se battant en tenue de soirée, on ne voit pas cela tous les jours ! Les dames étaient au bord de l'évanouissement.

— Malheureusement, l'art était censé être le thème de la soirée.

— Mais il l'est ! Votre collection est superbe. J'ai d'ailleurs remarqué quelques tableaux qui m'intéressent. Mais pour revenir à M. Clarke, je ne savais pas qu'il était aussi emporté. Vous savez de quoi il s'agissait ?

— Je n'en ai pas la moindre idée, mais je compte bien me renseigner une fois que tout le monde sera parti.

— Est-ce que vous nous cachez quelque chose ?

— Oh non. M. Clarke et moi sommes simplement amis.

— Pourquoi rougissez-vous, dans ce cas ?

— C'est vrai ? fit Katherine, alarmée, en portant les mains à ses joues.

Abby pouffa.

— Non, mais vous venez de vous trahir ! Je suppose que les rumeurs qui courent sur le duc et vous sont infondées…

— Au fait, où en êtes-vous avec John Junior ? On raconte que vous faites de longues promenades ensemble et que…

— Touché ! l'interrompit Abby en souriant. Il faut que nous déjeunions ensemble un de ces jours. Nous aurons certainement une foule de choses à nous raconter.

— Avec plaisir !

Katherine se mit en quête de Lockwood et le trouva en grande conversation avec des dames entre deux âges qui le regardaient comme le Messie.

— Me permettez-vous de vous enlever Sa Grâce un moment, mesdames ?

Elles acquiescèrent en gloussant, et l'une eut même l'audace de faire un clin d'œil à Katherine pendant que Lockwood s'inclinait avec une grâce toute ducale.

— Vous passez un bon moment ? lui demanda-t-elle.

— Mais oui. Vous avez réuni une très belle collection.

— Merci. Je suis désolée pour l'incident de tout à l'heure. Je ne sais pas ce qui a pris à M. Clarke, mais je ne pense pas que cette dispute nuise à vos projets de mariage.

— Bien au contraire, si vous voulez mon avis. On ne parlera que de cela. En tant que témoin oculaire, cette soirée vient de me donner une valeur inestimable ! Et j'ai découvert que vous aviez un admirateur dans l'assistance, ajouta-t-il à voix basse.

Faisait-il allusion à Preston ? Comment était-il arrivé à cette conclusion ?

— Vous vous trompez. Je ne sais pas du tout ce qui a pu causer une telle scène, même si j'ai bien l'intention de le découvrir.

— Vous lui avez parlé de notre promenade au parc ? Il semble croire que je vous fais la cour, et j'ai l'impression que cela ne lui plaît pas.

— Ne vous inquiétez pas pour cela. Il n'a aucune envie de m'épouser.

— Vous en êtes certaine ?

— Absolument certaine.

Elle se hâta de changer de sujet :

— Vous savez que ma tante avait des espérances de mariage pour nous deux ? Vous lui plaisez beaucoup.

— Nous avons bavardé tout à l'heure, et elle m'a posé une foule de questions au sujet de la reine Victoria, dit en souriant le duc, qui ne se laissait jamais abattre par le poids des responsabilités familiales reposant sur ses larges épaules.

— C'est tout tante Dahlia ! Elle est obsédée par les têtes couronnées.

— Je lui ai dit que je serais heureux de la présenter à la reine, pour peu qu'elle vienne à Londres.

— Oh, mon Dieu ! Maintenant, elle va nous mener une vie d'enfer pour que nous l'emmenions.

— Je serais très heureux qu'elle vienne, et j'espère que vous l'accompagnerez. Je suis ravi d'avoir fait votre connaissance, Katherine.

Quel homme charmant, d'une courtoisie irréprochable...

— Et moi d'avoir fait la vôtre. Et je suis heureuse que nous soyons amis.

— Moi aussi. Au fait, j'apporterai les tableaux pour votre musée à mon retour ici. J'espère que cela ne fera pas une trop longue attente.

— Mais non, ce sera parfait. Mon père vous a fait un chèque ?

— Oui, et il a été le bienvenu.

Avec un peu de chance, cet argent résoudrait ses difficultés financières les plus urgentes. Il aurait toujours besoin de se marier, mais peut-être cela lui donnerait-il un répit.

Les invités commençaient à partir et l'assistance se faisait plus clairsemée. Preston était toujours en contemplation devant le Sisley. Katherine voulait avoir une petite conversation avec lui, mais elle devait d'abord prendre congé de Lockwood.

— Voulez-vous que je vous raccompagne, Votre Grâce ?

— Ce n'est pas la peine, je vous remercie, répondit Lockwood en lui baisant la main. Toutes mes félicitations pour votre exposition ! Vous avez sans aucun doute un goût très sûr, et votre musée remportera certainement un immense succès.

— Je l'espère ! Les tableaux de la collection Lockwood auront un grand pouvoir d'attraction quand nous ouvrirons. Encore merci, Votre Grâce.

Le duc parti, Katherine reporta son attention sur l'admirateur solitaire du tableau de Sisley. Qu'est-ce qui lui avait pris tout à l'heure de boxer quelqu'un au milieu de tous les autres invités ?

— Il est vraiment beau, n'est-ce pas ? remarqua-t-il avant qu'elle ait le temps d'ouvrir la bouche.

Ah, il voulait parler peinture ? Très bien, elle aussi savait jouer à ce jeu...

— Oui. J'adore les paysages de Sisley. Les couleurs sont tellement apaisantes...

— Je suis de votre avis. Je ne connais pas ce peintre et je ne connais rien à l'art en général, mais ce tableau me plaît beaucoup.

— Tant mieux. Il appartient à la même série que ceux que je vous ai envoyés pour votre bureau.

— Ah, c'est sans doute pour ça que celui-ci m'a tout de suite attiré.

Il ne restait plus que quelques membres du club ; disparaître un instant n'était donc pas trop gênant.

— Puis-je vous parler en privé ?

— Vous allez me faire une scène ?

— C'est très possible.

— J'aime bien quand vous êtes en colère contre moi. Autant vous prévenir, avant que nous soyons seuls tous les deux.

— Je vais courir le risque. Suivez-moi, voyou !

Preston suivit Katherine vers les bureaux au fond du club. Sa main lui faisait abominablement mal, mais ce n'était pas à cela qu'il pensait en admirant le balancement de ses hanches tandis qu'elle marchait. Il avait tenu ces hanches alors qu'elle le chevauchait et qu'il plongeait en elle. Il se souvenait de la courbe de sa croupe lorsqu'elle se penchait pour enlever ses souliers. Et il n'avait pas oublié non plus la pression de ses doigts dans sa chair quand elle atteignait la jouissance.

Mais il y avait tellement plus chez elle, il s'en était aperçu, comme son sourire radieux et sa propension au rire. Elle était naturelle. Elle ne s'inquiétait pas si sa coiffure était quelque peu en désordre, et elle ne mettait aucune hâte à se couvrir dans le lit avec lui.

C'était elle qui faisait généralement l'essentiel de la conversation, mais cela ne le gênait pas. Il aimait fumer au lit en l'écoutant parler d'art et de ses voyages en Espagne. C'était une personnalité complexe qui valait la peine d'être découverte. L'homme qui épouserait cette femme intelligente aurait de la chance.

— Tu es devenu fou ? attaqua sévèrement Katherine.

— Je te présente mes excuses !

— C'est tout ? Tu n'as rien à ajouter ? fit-elle, indignée, comme il gardait le silence.

Incertain, il se demandait que dire de plus. Il ne pouvait tout de même pas lui raconter ce qui s'était passé.

— Ma conduite n'a aucune excuse. Tout ce que je peux te dire, c'est que sur le moment je me suis senti dans mon droit.

— Tu t'es senti dans ton droit de frapper un homme en plein milieu de mon vernissage, l'événement le plus important de ma vie ?

— Présenté de cette façon, non. Mais je n'étais pas en état de réfléchir correctement.

— Toi, Preston Clarke, tu n'étais pas en état de réfléchir ? Tu ne me feras jamais croire ça ! Qu'est-ce qui t'a fait réagir si violemment ?

— Je ne suis pas un ange, Kat. Je t'avais prévenue : je ne suis pas quelqu'un de respectable.

— Et tu crois que je vais m'en contenter ? Tu me dois une explication !

— L'homme que j'ai boxé est un imbécile, commença-t-il en se demandant comment se justifier sans révéler le fond de leur querelle. Je l'ai connu à Harvard, et il a toujours aimé faire des plaisanteries déplacées et des commentaires de mauvais goût. Il a dit quelque chose qui ne m'a pas plu et je lui ai mis mon poing sur la figure.

— Qu'a-t-il dit ?

— Je ne peux pas te le répéter.

— Preston, j'ai déjà entendu à peu près tous les gros mots et toutes les grossièretés possibles. Je sais que les hommes peuvent se laisser aller à des grivoiseries, et même à des obscénités, lorsqu'ils sont entre eux. De quoi s'agit-il ? De nudité ?

Si cela pouvait être le cas…

— Je ne peux pas te le répéter, Kat. N'insiste pas.

— Pourquoi ? Je ne connais pas cet homme, il ne pouvait donc pas s'agir de moi.

Preston ne put retenir une légère réaction, qui n'échappa pas à Katherine.

— Il a dit quelque chose à mon sujet ? Mais que peut-il avoir dit, alors que je ne le connais pas ?

— Je ne te le répéterai pas, mais il s'agissait d'une remarque de mauvais goût.

— Et tu as défendu mon honneur ! s'écria-t-elle, les yeux brillants, sa colère faisant place à une joie évidente.

— N'exagère pas ! Je n'ai rien fait d'héroïque. C'est simplement la seule façon que j'ai trouvée de lui montrer ma désapprobation face à ce genre de langage.

— Et combien d'hommes as-tu boxés à cause de leurs écarts de langage ? dit-elle, amusée.

— Oh, je ne les ai pas comptés.

— Menteur !

Elle avait posé la main sur sa poitrine, juste à l'endroit du cœur, et il la saisit par les hanches, maudissant les vêtements qui l'empêchaient de sentir la douceur de sa chair. Elle le regardait en souriant et il ne put se retenir d'effleurer du doigt son cou et sa joue.

— Et quel effet cela t'a fait, de le boxer ?

— Ça m'a fait du bien !

Elle éclata de rire.

— Mais enfin, qu'est-ce que je vais faire de toi ?

— Tu pourrais me réconforter. Il y a un bureau juste là...

— Oh non, pas ici ! Il faut que je m'occupe de mes derniers invités, de toute façon.

Il se pencha pour l'embrasser passionnément, et elle répondit à son ardeur.

— Pratiquement tout le monde est déjà parti et tes tableaux ne vont pas s'envoler. Viens avec moi à Jane Street, murmura-t-il en laissant ses lèvres courir sur son visage jusqu'à l'endroit si sensible derrière l'oreille.

Elle aimait qu'il l'agace du bout des dents, et c'est ce qu'il fit, la faisant frissonner de tout son être.

— Tu sais bien que je ne peux pas. Pas maintenant. Donne-moi encore une demi-heure, au moins.

— Je vais t'attendre, alors. Et ensuite…

— Mademoiselle Delafield, vous êtes là ? lança une voix dans le couloir.

— C'est vous, George ? répondit-elle en s'écartant précipitamment de Preston.

— Oui, mademoiselle. Votre père est ici et il demande à vous voir.

— Dites-lui que j'arrive tout de suite. J'ai juste quelques papiers à régler, déclara-t-elle, pâle comme un linge.

— Très bien, mademoiselle.

— Des papiers ? répéta Preston, amusé, en écoutant les pas s'éloigner dans le couloir.

— C'est tout ce que j'ai trouvé. Dépêche-toi, il faut que tu sortes par la porte de derrière !

— Pourquoi ?

— Tu n'as pas entendu ce que George a dit ? Mon père est ici. Nous ne pouvons pas retourner dans la salle ensemble, voyons ! Tout le monde s'imaginerait que nous avons fait des choses inconvenantes.

— Nous n'avons rien fait d'inconvenant, et je suis adulte. Je ne veux pas m'enfuir par la porte de derrière comme un collégien.

— Eh bien alors, sors discrètement par celle de devant. Il ne faut surtout pas qu'il nous voie ensemble !

— Entendu, mais note bien que je me moque éperdument qu'il nous voie ensemble ou non.

— Je sais, parce que tu ne m'épouseras pas, même s'il essayait de t'y obliger, lui chuchota-t-elle malicieusement à l'oreille. Tu veux tous les avantages d'une liaison et aucune conséquence. Mais il y aurait des conséquences pour moi si on nous surprenait. Maintenant, va-t'en !

— Va accueillir ton père et pendant que tu le distrairas, je sortirai par la grande porte.

— Oui, si tu veux. Mais arrange-toi pour qu'il ne te voie pas.

— Il ne me verra pas, ne t'inquiète pas. Ton exposition et ta soirée sont des réussites éclatantes, Reinette, ajouta-t-il. Tu as réalisé une présentation remarquable. Toutes mes félicitations !

— Merci, mon roi ! Je te retrouve plus tard, dit-elle, rouge de plaisir.

Avant qu'il ait le temps de lui demander quand, elle se dirigeait déjà vers la salle. Il attendit un moment avant de lui emboîter le pas en silence. Kat allait sans doute montrer à Lloyd l'exposition, mais Preston tendit tout de même l'oreille pour s'assurer qu'ils n'étaient plus dans l'entrée.

Quand leurs voix se furent éloignées, il s'aventura dans le couloir. En passant devant la salle, il ne put résister à l'envie de jeter un coup d'œil, juste pour vérifier que Lloyd ne faisait pas face à la porte.

Preston s'arrêta devant la scène qui s'offrait à lui. Lloyd n'était pas venu seul : il avait amené une dame avec lui.

Il devait s'agir de Mme Whittier, le nouvel amour de Lloyd et la meilleure amie de la défunte Mme Delafield. Preston reporta immédiatement son regard sur Katherine qui, pâle comme une morte, semblait changée en statue de sel. En fait, elle paraissait sur le point de faire une syncope.

Il hésita un moment sur la conduite à tenir. Le plus intelligent aurait été de s'en aller et de laisser Kat gérer la situation toute seule, mais cette idée le révulsait. Elle vivait visiblement un cauchemar, après la soirée la plus importante de sa vie. Comment Lloyd pouvait-il avoir la cruauté de lui infliger une épreuve pareille ?

C'était inadmissible, et Preston était à la torture en voyant Kat aussi malheureuse.

Avant de réfléchir plus avant, il entra dans la salle.

— Ah, mademoiselle ! Je vous présente toutes mes excuses d'arriver si tard. J'espère que je n'ai pas manqué le vernissage ?

Toutes les têtes s'étaient tournées dans sa direction, y compris celle de Katherine, stupéfaite.

— Bonsoir, Clarke ! Je ne m'attendais pas à vous voir ici, lança Delafield, main tendue.

Preston l'ignora et préféra s'incliner profondément devant Katherine.

— Bonsoir, mademoiselle, et merci de votre invitation.

— Bonsoir, monsieur, répondit-elle d'une voix tremblante.

— Je ne sais pas si vous connaissez Mme Whittier, Clarke, reprit Delafield.

La malheureuse, visiblement pas du tout préparée à pareille situation, semblait extrêmement mal à l'aise, et Preston se dit qu'elle n'avait pas à pâtir de l'inconséquence de Lloyd.

Il s'inclina poliment.

— Très heureux, madame.

— J'ai beaucoup entendu parler de vous, monsieur.

Il s'en doutait un peu…

— Eh bien, ne croyez rien de ce que vous avez entendu. J'espère que tout s'est bien passé, mademoiselle, ajouta-t-il en se tournant vers Katherine, qui avait repris un peu de couleurs.

— Merci d'être venu, monsieur. Vous devez avoir hâte de parfaire vos connaissances en matière d'art moderne.

— Effectivement. Je suis plus habitué à m'intéresser à l'extérieur des constructions, mais j'ai découvert il y a peu que les intérieurs peuvent renfermer de grandes beautés.

— Absolument. Voulez-vous que nous fassions un petit tour ?

— Avec plaisir ! Je vous suis.

Il n'offrit pas son bras à Katherine, mais il resta fermement à son côté tandis qu'ils se dirigeaient vers les premiers tableaux. L'atmosphère était tendue, mais elle prit la peine de s'arrêter devant chaque toile et de lui donner quelques renseignements sur ce qu'il voyait et sur l'artiste. Il la savait férue d'art et de peinture, mais l'étendue de sa culture et la passion qu'elle y mettait le surprirent. Il avait l'impression d'entendre un chirurgien lui résumer une opération difficile, ou un architecte lui décrire son projet. Il était fasciné et il se risqua même à poser quelques questions.

Quand ils arrivèrent devant le paysage de Sisley qui était son préféré, elle fit de nouveaux commentaires sur les couleurs employées et les choix de lumière, et il n'en apprécia que mieux le tableau. Kat retrouva toute sa vivacité lorsqu'ils s'arrêtèrent devant un Renoir. Il s'agissait d'un couple au bord d'une rivière, et il comprit tout l'amour qu'elle portait aux impressionnistes tandis qu'elle lui expliquait la scène, et pourquoi le style était si important pour l'art moderne à l'approche du XXe siècle.

— L'exposition est vraiment impressionnante, Katherine, intervint Lloyd. Elle a dû te demander beaucoup de travail.

— Merci, papa. Ce que tu vois mêle des tableaux de maman et d'autres prêtés par des familles de ma connaissance et des membres du club.

— Et celui-ci ? interrogea Preston en désignant le Renoir.

— Celui-ci appartient à M. Young, le père de Nellie.

Cornelius Young était plus riche que Crésus, et il était connu pour son goût des collections de toute sorte.

— L'ensemble est magnifique, mademoiselle. Vous pouvez être fière, déclara Mme Whittier, qui reçut un signe de tête pour tout remerciement.

— Katherine ! la réprimanda Lloyd.

Preston ouvrait déjà la bouche pour intervenir – et pour remettre en place Delafield –, mais Katherine fut plus rapide.

— Je vous remercie, madame. C'est très gentil de votre part, ajouta-t-elle avec un sourire de commande.

— Katherine, veux-tu venir dîner avec Rebecca et moi ? Cela vous permettrait de faire plus ample connaissance, proposa Lloyd en tapotant affectueusement la main de Mme Whittier.

— Qu'en dites-vous, mademoiselle ? intervint Preston comme Katherine gardait le silence, apparemment figée d'horreur à cette perspective.

Vous êtes peut-être trop fatiguée pour aller dîner en ville ?

— Oh oui, bien trop fatiguée ! dit Katherine, saisissant la balle au bond. Merci de ta proposition, papa.

— Ce sera pour une autre fois, alors. Je sais que cette soirée était très importante pour toi, ma chérie, et je ne voulais pas la manquer. Félicitations ! conclut-il en l'embrassant.

— Merci, papa. Je suis contente que tu sois venu.

— Nous avons réservé au Sherry, poursuivit Lloyd en reprenant le bras de Mme Whittier. Tu sors avec nous ?

— Partez tranquille, lança Preston. J'accompagnerai Mlle Delafield jusqu' à un fiacre. Ils ne sont pas toujours faciles à trouver dans ce quartier.

— Merci, Preston. Je ne veux pas qu'elle soit seule dehors la nuit tombée, c'est trop dangereux.

Une fois le couple parti, Preston interrogea Katherine du regard.

— Que puis-je faire, Reinette ?

— Emmène-moi chez toi et fais-moi tout oublier !

19

Ils commencèrent à enlever leurs vêtements dès leur entrée dans l'appartement de Jane Street. Une longue ligne d'habits parsema le sol jusqu'à la chambre. Katherine avait l'impression d'étouffer. Elle se sentait oppressée, comme si son corsage l'empêchait de respirer. Elle avait besoin de sentir sur son corps la peau nue de Preston.

À chaque fois, ils étaient pris d'une frénésie presque animale, et elle aimait cela. Elle aimait la façon qu'il avait de l'embrasser comme s'il en avait autant besoin que de l'air qu'il respirait. Elle aimait la façon dont il haletait son nom quand il atteignait l'orgasme. Et elle aimait se pelotonner contre lui ensuite. Ils parlaient beaucoup, et elle avait découvert qu'il était encore plus intelligent qu'elle ne l'avait pensé. Il avait une façon d'aller directement au cœur d'un sujet au lieu de tourner autour, d'éclaircir les questions les plus compliquées et de donner des avis précieux qui la stupéfiaient.

Cela compliquait pourtant leur relation…

Elle ne voulait pas tomber amoureuse de lui, mais comment s'en empêcher ?

Surtout après la façon dont il était venu à son secours ce soir.

Il aurait pu s'en aller, sortir du Meliora Club par la grande porte sans croiser son père. « Je ne pouvais pas te laisser toute seule », avait-il répondu lorsqu'elle lui avait posé la question.

Peut-être commençait-il à s'attacher à elle, ce qui rendrait leur relation bien plus complexe…

Elle préférait garder ces considérations pour un autre jour car, pour le moment, il était occupé à couvrir son corps de baisers, jusqu'à son sexe, et elle se tordait sous lui, tremblant de désir, trop impatiente pour supporter de longs préliminaires.

— Moi non plus, je ne peux pas attendre ! Mets-moi le préservatif.

Il aimait la façon dont elle roulait le tube de caoutchouc, sans doute parce qu'elle en profitait en général pour jouer avec son sexe. Mais cette fois-ci, elle était trop impatiente. En un instant, elle lui avait mis le préservatif. Il lui écarta les jambes et la pénétra d'une seule poussée.

Elle sursauta. Oui, c'était ce qu'elle désirait. C'était ce qu'elle désirait depuis la dernière fois qu'il avait été en elle.

Il la serra contre lui, pesant sur elle de tout son poids. Il lui donna un instant pour qu'elle se sente à l'aise, comme il le faisait toujours, jusqu'à ce qu'elle commence à soulever les hanches pour venir à sa rencontre.

— Attention, tu vas me faire jouir !

— Mais c'est le but, mon roi !

Ces paroles eurent le don de l'exciter encore plus. Haletant, il enfouit le visage au creux de son cou tandis qu'il commençait ses va-et-vient.

— Je n'en aurai jamais assez. C'est tellement bon ! Je te désire à chaque seconde de la journée.

Dieu merci, elle éprouvait exactement la même chose.

Quand ils eurent terminé, ils étaient en sueur. Katherine ne sentait plus ses membres tandis qu'ils s'abandonnaient sur le lit, laissant l'air frais de la nuit glisser par la fenêtre ouverte. Les bruits de la rue meublaient le silence. Katherine se pelotonnait au creux de l'épaule de Preston, qui lui caressait doucement la cheville du bout du pied. Ni l'un ni l'autre n'éprouvaient le besoin de se couvrir.

— Tu n'as pas honte de ton corps…

— Et c'est mal ?

— Bien sûr que non, mais c'est rare.

— Pourquoi ? Parce que je suis une femme ?

Elle s'était soulevée sur un coude pour l'observer pendant qu'il fumait tout en lui caressant le dos de sa main libre.

Il ne répondit pas, se contentant d'un grognement qui pouvait passer pour méprisant.

Katherine lui arracha la cigarette, qu'elle écrasa dans le cendrier de cristal posé sur la table de nuit.

— Mais je n'avais pas fini ! protesta-t-il.

Il ne pouvait plus lui donner le change, plus maintenant. Ils avaient passé trop de temps ensemble.

— C'est un prétexte que tu as trouvé pour ne pas être obligé de parler. Fumer te donne une excuse pour te contenter d'écouter et te dispenser de participer.

— C'est ridicule ! J'aime fumer, tout simplement.

— Je n'en doute pas, et ne me regarde pas de cet air grognon ! Tu pourras en allumer une autre quand nous aurons fini de bavarder. Maintenant, dis-moi pourquoi tu as fait la grimace quand je t'ai demandé si c'était parce que je suis une femme.

— Certaines choses mettent quelquefois les hommes mal à l'aise.

— Même toi ?

— Même moi. J'étais terrifié quand j'ai pris la direction de Clarke Holdings. J'ai emprunté de l'argent à Forrest pour rester à flot, mais je savais que cela ne me mènerait pas loin. Et je n'avais aucune véritable compétence pour bâtir une société.

— C'est un jeu de mots ?

— Tu crois que je ne suis pas sérieux ?

— Oui ! Qu'est-ce que tu veux dire en prétendant que tu n'avais aucune compétence ? Tu étais tellement jeune ! À quoi t'attendais-tu ?

— Savoir boire et courir les filles ne sont pas des compétences particulièrement utiles quand on veut diriger une société.

— C'est tout ce que tu savais faire ?

— Mon père avait veillé à ce que je sache chasser, pêcher et jouer aux cartes. Il m'a aussi appris à lancer une balle. Cela au moins m'a été utile quand je suis entré dans l'équipe de baseball de l'université.

— Je suis sûre que tu étais doué.

— J'étais très doué.

Elle n'en doutait pas.

— Peut-être ton père voulait-il que tu profites de ta jeunesse avant de te laisser le poids des responsabilités.

— Dans ce cas, il n'aurait pas dû jouer aux cartes la fortune de la famille !

— Les joueurs se rendent rarement compte qu'ils sont sur une mauvaise pente avant qu'il soit trop tard.

— Ton père le savait, ajouta-t-il au bout d'un moment.

— C'est vrai ?

Son père ne lui avait jamais rien dit. Il lui avait un jour annoncé que son association avec Henry Clarke avait pris fin, mais il ne lui avait pas expliqué pourquoi.

— Bien sûr. Henry et lui étaient très proches à cette époque, mais Lloyd s'est dépêché de se désengager quand les choses ont commencé à mal tourner. Et ensuite, il a ignoré mon père jusqu'à la fin de ses jours.

— Cela ne peut pas s'être passé comme ça. Mon père aurait certainement aidé le tien si la situation avait été aussi grave… Tu dis que mon père a délibérément refusé son aide au tien, reprit-elle comme Preston gardait le silence. Je ne peux pas le croire !

— Que tu le croies ou non n'a aucune importance. Je te raconte les faits.

— C'est pour ça que tu détestes papa… Tu lui reproches ce qui est arrivé à ta famille.

— Je ne lui reproche pas les erreurs de mon père, mais Lloyd aurait pu nous aider. Il aurait pu aider Henry, au lieu de l'abandonner quand il était au bord du gouffre.

Katherine ne savait plus quoi penser. Son père ne parlait jamais du passé et de l'époque où il était associé à Henry Clarke. Avait-il réellement abandonné le père de Preston ?

— Je suis désolé d'avoir abordé le sujet, marmonna-t-il.

— Moi, je suis contente de savoir pourquoi tu n'aimes pas mon père.

— Tu peux me croire quand je te dis qu'il y a autre chose. Bien plus, en fait. Je t'épargne les détails, malgré ton goût de la précision.

Qu'il se rappelle cette particularité la fit sourire, en dépit de tout ce qui s'était passé au cours de la soirée.

— Mon père n'est pas un méchant homme.

— Après avoir vu ton visage tout à l'heure, je me vois dans l'obligation de te contredire.

— Je ne m'attendais pas à les voir ensemble aussi rapidement. Le voir avec une autre femme m'a bouleversée.

— C'est bien compréhensible, mais peut-être voulait-il t'habituer à cette idée ?

En la prenant par surprise ? Ce soir, justement ?

— Il aurait dû me prévenir, dans ce cas. Ce n'était tout de même pas difficile de me prévenir qu'il viendrait avec elle, pour que je puisse me préparer.

— En tant que père, il se disait peut-être qu'il n'avait pas besoin de demander ta permission.

— Il n'a pas besoin de me demander la permission, mais un peu de considération ne ferait pas de mal. Je n'aime pas les secrets et les tromperies. Je nous croyais proches, lui et moi, surtout depuis la mort de ma mère, mais ce n'était apparemment pas le cas…

Preston semblait anormalement silencieux, comme s'il ne savait pas quoi dire.

— Merci d'être resté quand ils sont arrivés, en tout cas ! conclut-elle en l'embrassant.

— C'était la moindre des choses, Reinette, répondit-il en déposant un baiser sur son front.

— Tu n'es pas un mauvais homme, conclut-elle en caressant son menton râpeux.

— Tu n'as pas idée d'à quel point tu te trompes. Pendant des années, j'ai fait tout ce qu'il fallait pour remettre mon affaire à flot, et cela n'a pas été joli. Personne ne joue le jeu honnêtement, dans cette ville !

— Cela ne fait pas de toi un mauvais homme pour autant.

— Si, du moment que j'y prends plaisir et que je n'ai aucune envie de changer.

Quelques pièces venaient de s'ajouter au puzzle Preston Clarke...

— C'est pour cela que tu disais que je serais terriblement malheureuse si j'épousais un homme comme toi ? Que je devrais t'être reconnaissante de refuser de m'épouser ?

— Oui. Tu aurais honte de moi si tu savais seulement la moitié de ce que j'ai fait.

— Je ne pourrai jamais avoir honte de toi, Preston ! Quoi que tu aies fait, tu l'as fait parce que tu y étais obligé, parce que c'était le seul moyen de sauver ta famille. Ce n'est pas déshonorant.

— Encore tes lunettes roses ! C'est pour ça qu'il te faut un idéaliste, un homme intègre, un homme comme Lockwood. Tous les deux, vous pourrez voir le monde en rose et recueillir les chiens perdus.

C'était donc l'opinion qu'il avait d'elle ?

— À t'entendre, je suis une incorrigible naïve.

— Est-ce que tu espères épouser le duc ?

Elle hésita un instant. Ses relations avec Lockwood ne regardaient pas Preston. Pourquoi devrait-elle lui confier la vérité ?

— Je n'en sais rien, mentit-elle. Pourquoi ?

— Vous formez un beau couple, comme si vous étiez faits l'un pour l'autre. Il a l'air de t'apprécier. Tu veux que je lui parle ? Je pourrais le pousser à s'engager…

La gorge nouée, Katherine était incapable d'articuler un mot. Il avait donc tellement hâte de se débarrasser d'elle ?

— Non, ce n'est pas la peine.

— Tu es sûre ? insista-t-il. Si tu veux l'épouser, je peux l'aider à se déclarer.

Il ne pouvait donc pas changer de sujet ?

— Je n'ai pas besoin de ton aide pour trouver un mari, Preston !

Elle avait parlé plus sèchement qu'elle n'en avait l'intention. Tout à coup, les bruits de la rue – des rires d'ivrogne et des roulements de charrette – bourdonnaient à ses oreilles pendant qu'elle essayait de mettre un peu d'ordre dans ses idées. Preston lui proposait de s'occuper d'elle, comme il le faisait de tout et de tout le monde, finalement. Pourquoi le prenait-elle si mal ?

Il ne l'avait pas trompée et ne lui avait pas menti. Depuis sa visite à son bureau, la première fois, il s'était toujours montré très clair sur ses intentions – ou son manque d'intentions – matrimoniales, et il n'avait jamais varié d'un iota. S'était-elle attendue à ce qu'il change d'avis ?

La vérité s'imposa à elle avec une clarté aveuglante.

Oh non. Mon Dieu, non ! Elle n'était tout de même pas *vraiment* amoureuse de lui ?

Elle ne pouvait pas faire plus grosse sottise ! Cet homme n'avait pas l'intention de se marier, et même s'il changeait d'avis, ce ne serait pas avec elle, la fille d'un homme qu'il haïssait, un homme qui avait tourné le dos à la famille Clarke quand elle avait le plus besoin de lui.

Dans ce cas, comment expliquer la boule brûlante qui l'étouffait et l'envie de pleurer qui lui piquait les yeux ?

Je suis tombée amoureuse de lui !

Grand Dieu, était-elle stupide à ce point ? Cet homme l'avait ignorée pendant une année entière, il avait refusé de l'épouser. Mais elle lui avait tout de même abandonné son innocence, et maintenant son cœur !

Il ne veut pas de mon cœur...

Tant mieux, parce que Katherine allait faire tout ce qu'elle pourrait pour le récupérer. Et ce, dès le lendemain. Désormais, elle allait se rappeler son projet initial : reprendre sa vie en main, ouvrir un musée. Oublier tout projet de mariage et Preston Clarke.

— Si tu veux épouser quelqu'un d'autre, je n'y vois pas d'inconvénient, reprit-il en caressant sa hanche.

— J'ai bien compris !

— Je peux fumer, maintenant ? s'enquit-il après un long silence.

— Oui, dit-elle dans sa hâte de mettre fin à cette conversation.

— Redis-le-moi. Qu'est-ce que nous sommes venus faire ici ? questionna Kit en descendant de voiture.

— Nous sommes venus voir un terrain, rappela Preston en s'engageant dans la 159e Rue, au coin de Broadway.

La propriété de John James Audubon, vingt acres qui donnaient sur le fleuve, se trouvait légèrement au sud-ouest.

— On a dû trouver de l'or sur ce terrain, parce que je ne vois pas d'autre raison de faire tout ce chemin, reprit Kit.

— Tu n'étais pas obligé de venir.

— Ah oui ? Et c'est pour cette raison que tu n'as pas voulu t'arrêter à la 82e Rue comme je te le demandais ?

— Cesse de faire des histoires !

À vrai dire, Preston avait pratiquement enlevé Kit. Il voulait un autre avis sur le terrain qu'il pensait acheter.

Je n'ai pas besoin d'autres opinions. Je ne me suis jamais trompé.

C'était exact, mais cette fois-ci, le cas était différent. Il ne voulait pas acheter ce terrain pour lui, mais pour *elle*. Et il n'avait jamais acheté quoi que ce soit pour d'autres personnes. Lui plairait-il ?

Son faussaire avait pratiquement terminé l'acte de propriété de la parcelle de la 23e Rue, et un juge trancherait bientôt en faveur de Preston, il avait fait le nécessaire pour cela. Cela signifiait que Katherine n'avait plus d'emplacement pour son musée.

Il y avait tout de même beaucoup d'endroits libres sur l'île de Manhattan pour l'édification d'un musée. Et si celui-ci paraissait éloigné de tout pour le moment, il était entouré de beaucoup de grandes demeures, dont les riches habitants avaient voulu échapper à l'agitation de la Cinquième Avenue. Exactement le genre de gens susceptibles de fréquenter et de financer un musée d'art moderne...

Un jour, toute l'île de Manhattan serait habitée et couverte d'immeubles dotés de l'électricité, et elle serait quadrillée de tramways, d'autobus et de moyens de transport en tout genre. Personne n'y réfléchirait plus à deux fois avant de se risquer si loin au nord de la ville, et le musée de Kat attirerait les New-Yorkais de tous les milieux. L'ennui était que la plupart des investisseurs et des urbanistes ne voyaient pas plus loin que le bout de leur nez : ils ne voyaient la ville que comme elle était et se moquaient de l'avenir. Preston, lui, ne partageait pas leur myopie.

— À part quelques belles demeures, il n'y a rien ici, Preston. Pourquoi veux-tu perdre ton temps et ton argent pour construire si loin du centre ?

— Il faut voir loin. Penser à l'avenir... Ce qui compte, ce n'est pas ce qu'il y a en ce moment, mais ce qu'il pourrait y avoir dans une ou deux générations.

— Eh bien, moi, je m'en tiendrai à l'ici et maintenant, si tu n'y vois pas d'inconvénient. Il y a des gens qui aiment bien vivre à leur manière et au présent.

« Moi aussi, j'aime bien la vie que je mène », aurait voulu répliquer Preston.

Sauf que, au fond, il n'en était pas si sûr.

Pendant des années, il s'était noyé dans le travail et les liaisons passagères, et cela lui avait suffi.

Jusqu'à l'arrivée de Katherine...

Avec sa gentillesse et ses sourires, elle se frayait un chemin dans sa vie. Parler avec elle était facile, elle comprenait tout. Elle avait la tête sur les épaules – une tête bien faite sur des épaules magnifiques. Jamais il ne s'était aussi bien entendu avec une maîtresse. Quand elle n'était pas avec lui, elle lui manquait. S'il avait été du genre romantique, il aurait pu dire qu'il se languissait d'elle.

C'était tout simplement ridicule.

Au-delà de la haine qu'il nourrissait envers Lloyd, Katherine n'avait aucune envie de l'épouser – et il ne pouvait pas le lui reprocher. On en avait déjà trop fait et trop dit à ce sujet. Il avait eu grand tort de ne pas dénoncer ce projet de fiançailles dès qu'il en avait entendu parler.

S'il avait le pouvoir de revenir en arrière, il le ferait. Mais ce n'était pas possible, et elle serait bien mieux avec quelqu'un d'autre, avec un homme qui la mériterait, un homme capable de douceur et de tendresse, de tout ce dont une femme avait besoin pour être heureuse et se sentir en sécurité dans une relation. Quant à lui, cela faisait longtemps qu'il avait rejeté ce genre de sentiments.

Ils tournèrent le coin de la rue et découvrirent la parcelle. Une maison avait brûlé récemment, et les propriétaires avait préféré ne pas reconstruire. Le chemin de fer urbain n'était pas loin et l'espace était suffisamment vaste pour la construction d'un grand bâtiment. Les propriétés alentour étant de taille modeste, rien ne viendrait gâcher la perspective. C'était jouable…

— Drôle d'endroit pour un immeuble de bureaux, remarqua Kit. Quelle société irait louer des locaux dans un lieu aussi excentré ?

— Je ne pense pas à un immeuble de bureaux. Il s'agit d'un musée d'art moderne.

— Un musée d'art moderne ? Ce n'est pas un peu sophistiqué pour toi ? fit Kit, étonné, s'apercevant que Preston parlait sérieusement.

— Ce n'est pas un de mes projets. Je veux donner ce terrain à Mlle Delafield.

— Tu achètes un terrain pour Katherine Delafield ? Pour la femme que tu as refusé d'épouser mais avec qui tu as une liaison ? J'ai bien compris ?

— Le jugement sur la parcelle de la 23e Rue devrait être rendu d'un jour à l'autre, maintenant. Elle va perdre cet emplacement puisqu'il est légalement à moi. J'ai pensé que lui en acheter un autre ailleurs adoucirait la déception.

— Tu veux adoucir une déception dans une affaire immobilière ? Mais enfin, qu'est-ce qui te prend ?

— Oh, je t'en prie ! Je veux me conduire correctement, c'est tout.

— Si tu veux te conduire correctement, laisse-lui la parcelle d'origine pour compenser le fait que tu aurais dû l'épouser il y a un an. Concède-lui au moins un point, au lieu de lui enlever le rêve qu'elle nourrit et de lui donner en échange quelque chose de moindre valeur. C'est une très mauvaise idée, Preston !

— Tu te trompes. Katherine est raisonnable et pleine de bon sens. Elle comprendra que le terrain de la 23e Rue m'appartenait, pour commencer, et que son père n'avait aucun droit de le lui donner. Ce que je lui offre est bien préférable, qui plus est. Cette parcelle fait le double de l'autre.

— Je ne suis pas certain qu'elle voie les choses de cette façon, mon vieux.

Preston se rembrunit. Le terrain était très étendu. Le musée pourrait avoir une grande emprise, ce qui aiderait à développer les alentours. Il n'était peut-être pas situé en centre-ville, mais c'était la plus belle parcelle libre dans tout Manhattan. Elle n'était pas bon marché, mais il tenait à faire cela pour la jeune femme.

— Viens, allons en faire le tour !

Ils traversèrent la rue, vide de toute circulation. Preston aimait arpenter en tous sens les terrains qu'il achetait. De cette façon, il pouvait en apprécier toutes les facettes et perspectives. Et toutes les possibilités... Cela lui permettait d'imaginer à quoi ressemblerait le bâtiment une fois construit. Ensuite, il rentrait esquisser quelques croquis dont se serviraient ses architectes pour dresser les plans définitifs.

Peut-être pourrait-il faire quelques esquisses pour Katherine. Il les lui donnerait en même temps que l'acte de propriété. Il aimait bien l'idée qu'ils mènent ce projet ensemble, qu'ils regardent les plans tous les deux, décident des équipements et des ornementations, des matériaux et des coûts...

Le feu avait ravagé le terrain et n'avait laissé qu'une masse de cendres et de débris noircis.

— Je ne vais pas gâcher une paire de chaussures pour te suivre ! protesta Kit depuis le trottoir en voyant Preston repousser du pied un morceau de bois brûlé.

— Tu deviens un vrai grincheux en vieillissant.

— Va au diable ! J'ai le même âge que toi. Dépêche-toi, en tout cas. Il y a des gens que leurs épouses attendent à la maison.

Preston commença à arpenter le terrain, sans se soucier d'abîmer ses chaussures. Avant de signer le chèque, il voulait être certain que cette parcelle conviendrait parfaitement à Katherine. C'était le moment qu'il préférait dans la promotion immobilière – l'excitation des débuts, quand tout était à faire. Faire émerger la beauté de la destruction et réinventer la ville pour les siècles à venir...

Il le sentait au plus profond de son être : cet endroit était idéal pour construire un grand bâtiment avec des colonnes romaines qui s'envoleraient vers le ciel et de vastes escaliers de marbre. Il allait acheter ce terrain et l'offrir à Katherine quand il lui apprendrait la décision du tribunal. Dommage que son projet initial pour la 23e Rue ne puisse pas voir le jour, mais ce terrain ne lui avait jamais appartenu, en réalité. Elle comprendrait...

— Alors, tu es amoureux d'elle, commença Kit lorsqu'il le rejoignit.

— Ne dis pas de sottises !

— Je vois. Tu es *vraiment* amoureux d'elle.

— Je viens de te dire que je n'étais absolument pas amoureux !

— Non, tu m'as rabroué pour avoir évoqué cette possibilité. Tu sais ce que Shakespeare dit de ce genre de protestations trop énergiques, mon vieux.

— Je commence à regretter de t'avoir amené.

— Je te ferai remarquer, mon cher génie, que j'ai voulu descendre de ta voiture. Tu ne peux t'en prendre qu'à toi-même.

— Comment va ta femme ?

— On ne peut mieux, mais ne change pas de sujet, veux-tu ? Ce que je veux savoir, c'est où tu en es avec Mlle Delafield et ce que tu comptes faire au sujet de ces fiançailles. Si tu veux mon avis...

— Je ne te l'ai pas demandé.

— ... je pense que tu devrais l'épouser.

— Je ne peux pas envisager pire humiliation que d'aller voir Lloyd Delafield pour lui dire que je veux épouser sa fille. Tu imagines sa joie ? Je préférerais encore prendre une louche d'arsenic !

— Tu préfères la perdre plutôt que mettre ton orgueil dans ta poche avec un mouchoir par-dessus ? Enfin, Preston, tu ne rajeunis pas, et Katherine n'attendra pas toute l'éternité.

Kit se trompait. Katherine n'avait aucune envie de l'épouser, elle s'était montrée parfaitement claire là-dessus.

Et puis, il y avait le reste. Ce qui passait avant tout, c'était sa société et son travail, bien avant ses relations personnelles. Plus d'une cinquantaine d'employés dépendaient de lui, sans compter les actionnaires devant qui il était responsable. Il ne pouvait pas les décevoir.

— Il ne s'agit ni d'orgueil ni de Lloyd, mais de beaucoup plus. Mon entreprise n'est pas ce qu'on appelle une œuvre de bienfaisance. C'est...

— Je comprends. Des pots-de-vin, des escroqueries et du chantage... Est-ce qu'il n'est pas de notoriété publique que, pour réussir dans ce milieu, une entreprise doit frayer avec ces zones grises ? Si tu as peur qu'on te juge mal pour cela, ta société doit avoir maintenant une surface suffisante pour que tu n'aies plus besoin de recourir à ce genre d'expédients. Pour remettre l'entreprise à flot à la suite de ton père, d'accord, mais plus aujourd'hui.

— C'est un élément indispensable du jeu, et tout le monde le sait.

Si Preston ne voulait pas respecter les règles – aussi malhonnêtes soient-elles –, il pouvait aussi bien fermer boutique.

— Son père fait probablement la même chose, et elle doit être bien plus au courant des mœurs de ce milieu que tu ne le penses.

La douce, l'idéaliste Katherine serait au fait des grenouillages et de la malhonnêteté inhérents à l'activité immobilière ? Non, c'était impossible. Lloyd avait certainement eu à cœur de l'en protéger, à n'importe quel prix.

— Ça suffit, Kit. Je ne suis plus un enfant. Je sais ce que je fais.

— Très bien, mais je suis sûr que tu commets une grossière erreur.

— J'en prends bonne note, et maintenant changeons de sujet, veux-tu ?

Kit soupira.

— Comme tu voudras, mais j'attends le moment où je pourrai te dire « Je te l'avais bien dit », et ce jour viendra tôt ou tard, crois-moi.

20

— Vous me faites penser à un lapin qui s'apprête à bondir, fit remarquer le duc de Lockwood à Katherine, qui trépignait d'impatience.

— Je n'y peux rien, je suis aussi nerveuse qu'excitée. Vous croyez qu'elle acceptera le projet ?

Comme promis, le duc avait contacté Mme Phillip Mansfield, la seule femme architecte de New York, pour organiser un rendez-vous avec Katherine. Et il était venu au coin de la 23e Rue pour les présenter l'une à l'autre, ce dont Katherine lui était reconnaissante.

— Je n'en sais rien. Je pense que cela dépendra de son agenda des prochains mois. Elle vient d'avoir un autre enfant au printemps, vous savez.

— Eh bien, j'espère qu'elle trouvera du temps pour moi. Je n'ai aucune envie de travailler avec un homme pour le moment.

— C'est compréhensible. Ah, la voilà !

Lockwood se précipita à la rencontre d'une femme à la chevelure auburn, élégamment vêtue d'un ensemble vert.

— Eva ! salua-t-il en l'embrassant sur la joue.

— Bonjour, Lockwood ! C'est Mme Mansfield, maintenant.

— Je ne m'y suis pas encore habitué !

— Moi non plus, et cela fait pourtant des années. Vous devez être Mlle Delafield ? Très heureuse de faire votre connaissance, ajouta-t-elle, main tendue vers Katherine.

— Merci de vous être déplacée, madame. C'est un honneur de faire votre connaissance.

C'était vrai. Depuis que Lockwood lui avait parlé d'elle, Katherine avait fait des recherches sur Mme Mansfield. Elle n'avait pas cessé de travailler depuis son arrivée aux États-Unis cinq ans plus tôt, de grands magasins à Philadelphie jusqu'à des maisons particulières à Newport, des hôtels et des immeubles de bureaux à New York. Son style bien particulier commençait à être connu dans tout le pays.

— Le duc m'a parlé de votre projet, mais j'aimerais savoir ce que vous pouvez m'en dire.

Katherine lui expliqua ses vues pour le musée, qui exposerait des artistes célèbres aussi bien que des inconnus cherchant à percer. Il serait financé par des dotations et du mécénat, ce qui permettrait que l'accès soit gratuit pour les visiteurs.

— Et vous voulez l'édifier ici ? Dans ce pâté de maisons ? questionna Mme Mansfield en considérant les bâtiments derrière eux.

— Oui. Mon père est propriétaire du terrain et nous voulons démolir tout ce que vous voyez ici.

— C'est un emplacement unique. Un peu étroit, mais avec ce carrefour et l'accès au parc, vous aurez beaucoup de circulation piétonnière.

Était-ce trop étroit ? Katherine ne savait pas si le musée aurait suffisamment de succès pour occuper plus d'espace…

Enfin, c'était tout de même préférable à l'idée de Preston d'édifier le gratte-ciel le plus haut du monde, qui pouvait se réaliser n'importe où en ville. Le musée de Katherine avait besoin de passants, de restaurants et du chemin de fer urbain – tout ce qu'on trouvait sur la 23e Rue.

— Avez-vous réfléchi à l'aspect du bâtiment ? Lockwood m'a dit que vous aviez déjà rencontré un autre architecte mais que vous ne vous étiez pas accordés sur le style.

— Oui, j'ai vu l'architecte de mon père, M. Jennis.

— Je ne pense pas le connaître.

— Il s'est montré très…

— Mufle ?

— On peut dire cela comme ça. M. Jennis travaille exclusivement dans le style Empire. Je préfère votre style, quelque chose de plus moderne, comme l'hôtel Mansfield.

— Et il vous a probablement traitée comme si vous ne saviez pas de quoi vous parliez…

— Exactement ! confirma Katherine, étonnée que Mme Mansfield ait aussi facilement deviné. Il m'a conseillé de laisser faire les messieurs dont c'est le métier.

— Les messieurs sont extrêmement dédaigneux vis-à-vis des femmes, surtout en matière d'architecture et de construction. Si j'avais touché un dollar chaque fois qu'un homme avait voulu m'empêcher de réaliser un projet, je serais une des femmes les plus riches de la ville !

— Mais vous êtes une des femmes les plus riches de la ville, la taquina Lockwood.

— Voyez-vous, mademoiselle, il faudra vous battre bec et ongles pour obtenir ce que vous voulez.

— Je suis prête à faire tout ce qu'il faudra. Ce que je cherche, c'est quelqu'un qui aime ce projet autant que moi, un ou une partenaire qui puisse concevoir un bâtiment aussi beau et moderne que les œuvres qu'il abritera.

L'architecte soupira.

— J'étais venue avec la ferme intention de refuser. Je suis submergée de travail, sans parler de mes enfants et de mon mari.

— Mais je vous ai fait changer d'avis parce que je suis tellement charmante et adorable ? suggéra Katherine, dont le cœur s'était arrêté de battre dans l'attente de ce qui allait suivre.

— Je comprends maintenant pourquoi le duc vous aime tant ! dit Mme Mansfield en pouffant. Non, c'est votre façon de voir les choses que j'apprécie. Je pense que des bâtiments et des espaces ouverts au plus grand nombre sont ce qu'il faut dans une ville de cette importance, bien plus que des gratte-ciel et des immeubles de bureaux.

— Exactement. Oh, je vous en prie, madame ! Je suis certaine que nous ferons une équipe merveilleuse, et l'argent n'est pas un obstacle. Vous aurez ce que vous demanderez. Construisons un musée dont tout le monde parlera pendant les cent prochaines années !

— Comment résister ? fit Mme Mansfield, amusée, en se tournant vers le duc.

— Allons, ma chère, vous n'avez pas vraiment envie de vous retrouver chez vous à jouer les bonnes ménagères. Ce sera un monument dédié à l'art moderne, un bâtiment pour les siècles à venir. Voulez-vous laisser Stanford White[1] vous faire de l'ombre ? demanda le duc en souriant.

— C'est un tel mufle ! murmura Mme Mansfield. Si seulement il n'avait pas autant de talent… C'est entendu, je vais le faire, ajouta-t-elle en se tournant vers Katherine.

— Oh, c'est merveilleux ! Merci, merci, madame !

— Vous pouvez m'appeler Eva. Nous allons passer beaucoup de temps ensemble, vous savez.

— Et vous, appelez-moi Katherine, dans ce cas. Je vais envoyer des métreurs de mon père relever le terrain.

— Ce n'est pas la peine, mon équipe le fera. Ils savent ce que je veux… Pardonnez-moi cette question indiscrète, mais il faut absolument que je vous la pose. Y a-t-il un homme dans votre vie ?

— Non, répondit Katherine avec peut-être un peu trop de hâte.

— Tant mieux. Nous n'avons vraiment pas besoin qu'un fiancé ou un mari vienne s'immiscer dans notre partenariat.

— Et M. Clarke ? intervint le duc. Quelque chose me dit qu'il pourrait bien chercher à s'en mêler.

— Qu'est-ce qui vous fait dire cela ? protesta Katherine.

---

1. Stanford White (1853-1906) était un architecte américain promoteur du style Beaux-Arts. Il mourut assassiné par un mari jaloux.

N'avait-elle pas dissipé l'autre soir les soupçons de Lockwood sur tout projet d'avenir entre Preston et elle ? Avait-il encore des doutes ?

— Est-ce qu'il ne possède pas la moitié de ce terrain ?

— Non, plus maintenant. Mon père l'a racheté il y a des années. Ne vous inquiétez pas de M. Clarke.

— Vous me soulagez ! s'écria Eva. La réputation de M. Clarke n'est plus à faire. Quant à moi, je préfère que mes projets se situent du bon côté de la loi.

« Tu aurais honte de moi si tu savais seulement la moitié de ce que j'ai fait. »

Preston reconnaissait volontiers son immoralité, mais Katherine se refusait à croire qu'il soit capable de faire quelque chose d'illégal. Ce n'était pas un criminel. Il était certes compliqué et c'était un beau parleur, mais certainement pas un criminel. Il avait sauvé de la ruine l'entreprise familiale et il s'occupait de ses amis. Il avait même défendu l'honneur de Katherine à l'exposition, et il était venu à ses côtés lorsque son père était arrivé avec Mme Whittier.

Elle connaissait Preston probablement mieux que quiconque. Elle savait qu'il était un homme honorable, même s'il se refusait à le reconnaître. C'était un homme compliqué et fascinant, passionné et intransigeant. Peindre sa personnalité demanderait des heures et des jours à un artiste.

Quant à elle, elle devait cesser de penser à lui.

— Nous nous reverrons d'ici peu, Katherine. Je me réjouis de travailler avec vous, conclut Eva en lui serrant la main.

— Moi aussi ! Nous allons faire de grandes choses ensemble.

Quand leur trio se sépara, Katherine décida de rendre visite à son père. La journée avait beau être déjà bien avancée, elle préférait le voir à son bureau. Elle pourrait lui annoncer la nouvelle de sa collaboration avec Mme Mansfield.

La secrétaire de son père s'apprêtait à partir lorsque Katherine arriva.

— Bonjour, mademoiselle ! Votre père est en rendez-vous.

— Oh ! Vous croyez qu'il en a pour longtemps ? Je ne vais pas être longue, mais j'ai quelque chose d'important à lui annoncer.

— Je ne saurais vous dire. Il reçoit M. Clarke.

C'était pour le moins inattendu. Qu'était venu faire Preston ?

— Et cela fait longtemps que M. Clarke est ici ? questionna-t-elle le plus nonchalamment possible.

— Non, il vient juste d'arriver. Vous avez besoin de moi ? J'ai des billets pour le théâtre, mais je peux rester, si vous voulez.

— Mais non, je vous en prie ! Je peux très bien attendre toute seule, la rassura Katherine.

Comme ça, je saurai ce que fait Preston ici.

— Vous êtes certaine, mademoiselle ?

— Tout à fait certaine. Passez une bonne soirée !

La secrétaire se dirigea vers l'ascenseur, laissant Katherine seule… avec le vieil interphone qui reliait ce bureau à celui de son père. Et qui allait lui permettre de ne pas perdre un mot de sa conversation avec Preston.

Assis en face de Lloyd Delafield, Preston avait du mal à contenir son sentiment de triomphe tandis que son hôte examinait attentivement le nouveau titre de propriété qui, aux yeux de Preston, était absolument parfait. Pour un peu, on aurait pu le croire authentique…

Il n'éprouvait pas une once de culpabilité de ce qu'il avait fait. Quel que soit le jeu joué par Lloyd, il le battrait. À chaque partie…

— Tu ne t'imagines tout de même pas que ce chiffon fera illusion au tribunal ? questionna enfin Delafield.

— C'est déjà fait. Un juge l'a authentifié et il a été homologué au département de la construction. Vous avez perdu.

— Un juge que tu as acheté, comme tu as grassement arrosé le département de la construction !

— Je vous avais dit que ce terrain m'appartenait, rappela Preston avec un geste qui signifiait : « Nous savons tous les deux comment les choses se passent. »

— Sauf que c'est faux ! Ton père me l'a vendu avant sa mort.

— Je ne vous crois pas. Comme je vous l'ai dit, j'ai fait un inventaire de tous ses biens, à l'époque. Cet immeuble lui est revenu à la dissolution de votre association, après que vous avez cessé toute relation avec lui quand ses revers financiers ont commencé. Il ne vous a jamais appartenu.

— Tu te plais à me donner tous les torts, n'est-ce pas ? Tu ne sais vraiment rien de ton père, en fait.

— Je sais qu'il jouait, et qu'il a failli dépouiller complètement ma mère. Je sais également que vous le saviez, et c'est pour cette raison que vous avez dissous votre association et que vous avez évité Henry autant que vous le pouviez. Mais il n'avait pas tout vendu, poursuivit Preston, repoussant d'un geste ces souvenirs pénibles. Je ne sais pas pourquoi, mais il a gardé ce terrain.

Et seul le prêt que lui avait fait Forrest avait évité à Preston de le vendre.

— Écoute, mon petit...

— Ne m'appelez pas « mon petit » !

— Écoute, Preston, corrigea Lloyd, je sais que tu es amer, mais tu ne veux pas envisager la possibilité que je dise la vérité ? Ce que tu as fait est illégal. Et immoral.

— J'ai le titre de propriété original. Alors, je vous en prie, épargnez-moi vos leçons de morale. Je n'ai fait que corriger votre tentative de vol.

— Pourquoi aurais-je voulu vous escroquer, ton père ou toi ? Qu'avais-je à y gagner ? J'ai des terrains dans toute la région.

— Je n'en sais rien, mais je suppose que cela a un rapport avec votre fille et la promesse de mariage que je n'ai pas voulu honorer.

Lloyd n'avait pas perdu de temps pour donner le terrain à Katherine, et ruiner ainsi l'accord de Preston avec la compagnie d'assurances Manhattan Surety.

— Tu me crois vraiment aussi pervers ?

Il pouvait bien jouer les bons apôtres, il en fallait plus pour abuser Preston.

— Vous avez abandonné mon père et ma famille au moment où nous avions le plus besoin de vous. Vous avez enchéri sur à peu près tous les terrains que j'ai voulu acquérir pendant ma première année à la présidence de Clarke Holdings. Vous avez fait croire à votre fille qu'elle était fiancée avec moi... Alors, vous pensez bien que je sais parfaitement quel genre d'homme vous êtes !

— Tu crois que j'ai abandonné Henry, mais c'est faux ! J'ai fait tout ce que j'ai pu pour le sauver. J'ai dirigé seul notre société, et je nous ai fait gagner beaucoup d'argent à tous les deux, pendant que ton père allait immédiatement le perdre au jeu. Il arrive un moment où les gens ne veulent plus et ne peuvent plus être sauvés. J'aurais pensé que tu en savais quelque chose, vu la façon dont est mort ton ami Forrest cet été.

— Comment osez-vous parler de Forrest ? s'emporta Preston.

— Tout cela est parfaitement ridicule ! Tu as fabriqué un faux pour me voler ce terrain de la 23e Rue. Si tu t'imagines que je vais me laisser faire, tu te trompes lourdement. J'épuiserai tous les recours possibles, et tu peux dire adieu à ton projet avec Manhattan Surety !

— Votre fille peut également dire adieu à son projet de musée, dans ce cas, rétorqua Preston, les doigts serrés sur les accoudoirs de son fauteuil, comme s'il s'agissait du cou de Lloyd. À votre avis, qui vous en voudra le plus ? Manhattan Surety n'ira pas chercher midi à quatorze heures.

La porte du bureau s'ouvrit en trombe, à leur grande surprise à tous deux. Preston vit Katherine s'avancer comme une furie et se leva d'un bond. Que faisait-elle ici ?

— Je n'en crois pas mes oreilles ! siffla-t-elle, les yeux étincelants. Vous avez fait un faux ? Vous saviez que je projetais de construire mon musée à cet endroit ! Comment avez-vous le toupet de me voler ce terrain ?

Elle avait écouté aux portes ? En se demandant ce qu'elle avait réellement entendu il sentit sa gorge se nouer, mais il chassa ce malaise. Il s'agissait d'affaires, après tout, il n'y avait rien de personnel, et son affection pour elle ne changerait rien à sa décision.

— Je ne vous ai rien volé, mademoiselle. Je n'ai fait que rétablir mes droits.

— Il n'a rien volé ! s'emporta Katherine. Vous savez mieux que quiconque ce que représente pour moi ce projet. Je ne peux pas croire que vous ayez fait quelque chose d'aussi sournois et d'aussi cruel !

Il savait très bien à quel point ce musée était important pour elle. Au cours de leurs rencontres à Jane Street, elle lui avait souvent parlé de sa mère, de son amour des arts et de son désir de le faire vivre.

— Justement ! C'est pour ça que j'ai acheté un autre terrain, bien plus grand. Il est situé dans le haut de la ville, au coin de la 159e Rue et de...

— Je ne veux pas d'autre terrain, Preston ! Celui-ci est parfait pour la circulation piétonne et les équipements dont un musée a besoin.

Preston coula un regard vers Lloyd, qui observait la scène d'un air pensif, et regretta immédiatement d'avoir cette discussion devant lui.

— Pouvons-nous poursuivre cette conversation un peu plus tard, quand j'en aurai terminé ici ?

— Non ! Nous allons parler tout de suite ! Avez-vous fabriqué un faux, oui ou non ?

Il garda le silence. Il ne pouvait ni lui mentir, ni reconnaître la falsification...

Le visage de la jeune femme changea d'expression : la colère fit place à la déception et à la souffrance. Cela déchira le cœur de Preston, sans qu'il aille jusqu'à regretter ce qu'il avait fait.

— Ce terrain m'a toujours appartenu !

— Pas d'après ce que j'ai entendu. Mon Dieu, quelle imbécile je fais ! conclut-elle avec un petit rire sans joie.

Elle tourna les talons, et il fit mine de la suivre.

— Katherine, attendez...

— Ne m'adressez plus jamais la parole, Preston ! Ne vous avisez pas de m'approcher ou de me parler !

Il eut un geste pour la retenir, mais elle se dirigeait déjà vers l'ascenseur, dans lequel elle disparut. Il voulut reprendre son chapeau, mais se figea devant le visage effaré de Lloyd.

— Y a-t-il autre chose dont nous devrions parler ? questionna Delafield. Le ton de cet échange m'a semblé très familier...

— Je n'ai plus rien à discuter avec vous, ni maintenant ni jamais. Et ne vous mêlez pas de ma vie privée !

— Sans compter ta présence à l'exposition l'autre soir. Tu n'es pas arrivé si tard, n'est-ce pas ? Tu étais là depuis le début... Et M. Jennis m'a raconté que tu as interrompu son rendez-vous avec ma fille, que tu l'as poussée à le renvoyer.

— Si vous avez quelque chose à dire, dites-le tout de suite ! jappa Preston, qui ne voulait pas que Lloyd tire des conclusions erronées dont Katherine pourrait souffrir.

— As-tu compromis ma fille ?

— Non, mentit-il.

— Je ne sais pas si je dois te croire. Tu serais prêt à n'importe quoi pour arriver à tes fins, c'est évident, ajouta Lloyd en désignant l'acte. Mais je te préviens : si tu lui as fait du mal de quelque façon que ce soit, ou si tu as entaché sa réputation, tu devras rendre des comptes.

— Sinon quoi ? Je cesserai d'être invité dans le monde ? Je me fiche de la bonne société comme d'une guigne, Lloyd. Vous n'avez aucun moyen de pression sur moi. Et vous devriez vous faire du souci pour votre relation avec Katherine, avant de vous préoccuper de ses rapports avec moi !

21

Katherine quitta en trombe les bureaux de son père, impatiente de mettre autant de distance que possible entre Preston Clarke et elle.

Il avait fabriqué un faux... Il lui avait volé le terrain sous son nez...

« Je ne suis peut-être pas un homme honorable, mais je vous promets de toujours être honnête avec vous. »

Quel menteur !

La colère l'étouffait littéralement, et elle cherchait encore à retrouver sa respiration lorsqu'elle héla un fiacre. Pendant tout ce temps où il l'écoutait parler de sa mère et de son musée, pendant tous leurs moments d'intimité, voilà ce qu'il mijotait. Le misérable scélérat ! L'horrible goujat ! Le... le... criminel !

Comment avait-elle pu se croire amoureuse de lui ?

Elle devait être folle, complètement folle...

Il ne méritait pas qu'elle lui donne son cœur. Cet homme ne se souciait que de lui-même et de cette ridicule vendetta contre son père. Tout ce qui lui importait, c'était de toujours avoir ce qu'il voulait et de tout régenter autour de lui.

Qu'elle avait été bête ! Elle avait perdu un an de sa vie à s'imaginer qu'ils étaient fiancés avant de se jeter dans son lit et de lui abandonner sa confiance en même temps que son corps.

Et comment l'avait-il remerciée ? En la trahissant !

Le fiacre s'ébranlait lorsqu'il émergea de l'immeuble en regardant à droite et à gauche. Elle n'eut pas honte de se baisser pour éviter qu'il la voie. Elle n'avait pas besoin de ses explications et de ses pitoyables excuses.

Les larmes perlaient à ses paupières. Elle en avait assez de voir les hommes régenter sa vie ! C'était épuisant. Elle voulait être indépendante et décider elle-même de son avenir.

Autour du fiacre, la ville et ses bâtiments lui rappelaient l'étroitesse de leur petit monde et toutes les contraintes qui allaient avec. Elle s'essuya rageusement les yeux, refoulant ses larmes. Elle avait envie de tout quitter, de partir vivre dans les bois comme Thoreau[1], de mener une existence de simplicité et de pureté, où chaque jour n'appartiendrait qu'à elle.

Rien ne changerait, c'était évident. Malgré ses fanfaronnades, elle en était au même point qu'un an plus tôt. Tout avait empiré, en fait. Elle était tombée amoureuse d'un voyou, d'un criminel en costume trois-pièces qui ne reculait devant

1. Henry David Thoreau (1817-1862), philosophe, poète et naturaliste américain, adepte de la désobéissance civile et d'une vie simple dans les bois.

aucun mensonge ni aucune tricherie pour arriver à ses fins.

Dieu qu'elle était bête !

Une fois chez elle, elle se figea devant la porte du salon.

Mme Whittier était là, qui prenait le thé avec tante Dahlia...

Elle se raidit tandis que son esprit travaillait à toute vitesse. Que faisait ici, chez eux, l'amie de son père ? Et pourquoi tante Dahlia riait-elle et plaisantait-elle avec elle ?

Elle avait dû faire du bruit, car les deux femmes se tournèrent vers la porte.

— Katherine ! appela sa tante. Viens vite ! Tu te souviens de Mme Whittier ?

— Bonjour, articula péniblement la jeune femme, faisant de son mieux pour sourire poliment. Je regrette de ne pouvoir me joindre à vous, mais...

— Allons, allons ! Prends un biscuit et assieds-toi un moment. Nous allons fêter ensemble la bonne nouvelle !

Quelle bonne nouvelle ? Elles ne pouvaient pas savoir que Mme Mansfield avait accepté de construire son musée d'art moderne. Ce n'était plus d'actualité, d'ailleurs, puisque Katherine devait mettre son projet en sommeil en attendant de trouver un nouveau lieu.

« C'est pour ça que j'ai acheté un autre terrain, bien plus grand. »

Elle ne voulait rien de Preston Clarke. Jamais !

— Et que fêtons-nous ? questionna-t-elle en s'efforçant d'adopter un ton léger.

— Mais... ton père a dû te le dire ! s'exclama tante Dahlia, dont le sourire s'était évanoui. Il nous a prévenues que tu venais de quitter son bureau.

— Me dire quoi ?

— Ses fiançailles, voyons ! Ses fiançailles avec Rebecca, ajouta-t-elle en désignant Mme Whittier.

Ses fiançailles ?

La douleur fut si vive que Katherine chancela et dut faire un pas en arrière, les jambes flageolantes. Non, ce n'était pas possible ! Son père avait demandé à Mme Whittier de l'épouser ? Sans la prévenir ?

Dans sa détresse, elle se tourna vers la meilleure amie de sa défunte mère qui, à en juger par sa pâleur, était bouleversée.

— Katherine, je… je ne savais pas que vous l'ignoriez. Je suis vraiment désolée de vous l'apprendre. Lloyd…

Entendre cette femme appeler son père par son prénom acheva Katherine. La voix de sa mère l'appelant ainsi résonnait encore à ses oreilles, comme son rire à la table familiale quand il avait fait une plaisanterie particulièrement drôle. Elle n'était pas prête à entendre cette femme utiliser ce prénom à son tour.

— Je ne peux pas y croire ! s'écria-t-elle enfin. Papa ne ferait pas une chose pareille sans m'en parler. C'est impossible ! Mais enfin, qu'est-ce qui se passe ici ?

— Calme-toi, Katherine, implora tante Dahlia en se levant. Tu n'as aucune raison de te mettre dans un état pareil, surtout devant Rebecca. C'est une heureuse nouvelle, voyons !

— Ah oui ? Si c'est une bonne nouvelle, pourquoi ne m'a-t-il rien dit ? Pourquoi ne l'a-t-il pas évoqué quand je l'ai vu tout à l'heure ? Pourquoi ne m'a-t-il pas prévenue ? Pourquoi ne me dit-on jamais rien ?

Elle ne lui avait sans doute pas donné beaucoup d'occasions de lui parler pendant son altercation avec Preston, mais il aurait pu lui demander de rester, ou la suivre.

— Katherine, intervint Mme Whittier, ce n'est peut-être pas le meilleur moment pour vous le dire, mais j'aime votre père. Je voudrais...

— Il ne s'est pas demandé une seconde ce que je ressentais ! Pourquoi se serait-il donné ce mal, d'ailleurs ? Je n'ai pas mon mot à dire, visiblement. Toutes ces décisions sont prises sans le moindre souci de mes sentiments.

La promesse de mariage, le don et la perte du terrain pour le musée, les fiançailles de son père, et même ce terrain que Preston avait acheté pour elle : elle n'avait prise sur aucune des décisions qui avaient des conséquences primordiales sur sa vie.

— Katherine, tu es très impolie ! gronda tante Dahlia. Et je n'arrive pas à croire que tu prennes mal le bonheur de ton père.

C'en était trop. Ce jour entre tous les autres, apprendre que son père commençait une nouvelle vie était plus qu'elle n'en pouvait supporter. Elle serait obligée de voir tous les jours Mme Whittier, partout. À la place de sa mère à la table du petit déjeuner, dans le jardin de sa mère...

Dans la chambre de sa mère...

Katherine se pencha, les mains pressées sur la poitrine, comme si elle cherchait sa respiration. Qu'on la trouve grossière ou puérile lui était complètement indifférent. Ce qui arrivait l'accablait, et faire semblant de s'en réjouir était au-dessus de ses forces.

Sans un mot de plus, elle fit demi-tour et se rua dans l'escalier.

Les larmes lui obscurcissaient la vue lorsqu'elle entra dans sa chambre. Elle tremblait de fureur. Se jeter sur son lit et faire une crise de larmes ne la réconforterait pas. Comment retrouver la paix dans cette maison hantée par l'ombre de sa mère et la menace de la nouvelle vie de son père ? Elle n'avait pas non plus envie de rester dans cette ville, où elle retrouverait le souvenir de Preston à chaque coin de rue.

Non, décidément, elle ne pouvait pas rester ici.

Elle avait l'impression d'être sur le point de tomber en mille morceaux, comme si son corps ne pouvait pas contenir tous les sentiments contradictoires qu'elle éprouvait. Elle avait besoin de calme et de solitude, à l'écart de tous ceux qu'elle connaissait, dans un endroit où elle n'aurait à s'occuper que d'elle-même. Quelque part au loin, comme en Espagne.

Pouvait-elle prendre le bateau et s'en aller ?

Elle prit un sac de voyage dans son placard et le jeta sur le lit. Elle rassemblait quelques vêtements lorsque la porte s'ouvrit.

— Katherine, je suis vraiment désolée ! s'écria tante Dahlia, visiblement pleine de remords. Je n'aurais pas dû te l'annoncer de cette façon. J'aurais dû laisser ton père le faire, mais je... Enfin, cela n'a plus d'importance, maintenant. Tu vas bien ?

— Non ! fit Katherine en essuyant ses larmes. Je ne vais pas bien du tout !

— Oh, ma pauvre chérie ! Mais que fais-tu ? demanda-t-elle en remarquant les vêtements sur le lit.

— Je m'en vais. J'ai besoin d'être seule, loin de New York. Loin de cette maison…

— C'est un peu exagéré, Katherine. Tu ne peux pas t'enfuir comme cela. Il te faut un chaperon et…

Katherine ricana.

— Tu te préoccupes de ma vertu dans un moment pareil ? C'est une plaisanterie !

— Depuis deux ans, ta vertu et ta réputation ont constitué mon principal souci. Alors oui, je m'en préoccupe.

Que dirait sa tante si elle apprenait que, grâce à Preston Clarke, elle n'avait plus de souci à se faire à ce sujet ?

— Je ne m'enfuis pas, et je me moque que ce soit exagéré ou non. Je ne peux plus rester ici !

— Est-ce qu'il s'est passé autre chose ? À part les fiançailles de ton père ?

Le nœud qui enserrait la poitrine de Katherine se resserra.

« Je ne vous ai rien volé, mademoiselle. Je n'ai fait que rétablir mes droits. »

— Cela n'a pas d'importance, répondit-elle dans un sanglot.

— Cela en a beaucoup pour moi. Dis-moi ce qui t'a bouleversée.

C'était impossible de parler sans révéler la sottise qu'elle avait faite en tombant amoureuse de Preston.

— Je n'ai pas envie d'en parler, pas maintenant. Je vais retourner en Espagne.

— Il faudra d'abord que tu me passes sur le corps ! Il n'est pas question que tu traverses l'océan et que tu ailles dans un pays étranger sans chaperon. Tu vas déjà seule au Meliora Club.

Malheureusement, sa tante avait de nombreux moyens d'empêcher Katherine de quitter la maison. La famille possédait cependant d'autres propriétés où elle pouvait se rendre seule.

— Très bien, je vais aller à Newport, dans ce cas.

— La maison est fermée pour la saison. Seul le chalet des Adirondacks est ouvert.

— Eh bien, je vais aller là-bas.

— Tu veux aller t'enterrer toute seule dans ce chalet humide au milieu des bois ?

Pendant quelques jours, loin de ses souvenirs et de tous ces gens ? Cela semblait idyllique...

— Oui, c'est exactement ce que je veux. Tu vas m'aider ? Je ne peux pas rester ici. Je ne peux pas, c'est tout. Je t'en prie, tante Dahlia !

— Oh, tu sais que je n'ai jamais pu te refuser quoi que ce soit quand tu pleures. Je n'ai jamais eu d'enfant, mais tu es une fille pour moi. Mais si je te laisse partir là-bas, comment vas-tu faire sans cuisinière ni femme de chambre ?

— Oh, je m'arrangerai très bien ! Je vais emporter des provisions et des vêtements de rechange. Je ne resterai pas longtemps de toute façon, quelques jours à peine.

Elle n'était pas certaine de dire vrai, mais cela rassurerait sa tante.

— Et si je venais avec toi ?

Katherine savait ce que cette offre coûtait à sa tante. Dahlia détestait le chalet et la forêt. Elle proclamait qu'il était impossible à une personne civilisée de vivre autre part qu'en ville. Dans les Adirondacks, elle sursautait au moindre bruit, convaincue qu'un ours féroce était embusqué derrière chaque buisson.

— Ce ne serait du repos ni pour toi ni pour moi. Et tu as bien vu, pendant les voyages que nous avons faits ensemble, que je suis parfaitement capable de me débrouiller.

— Ton père ne voudra pas que tu prennes le train toute seule.

— Je vais demander à Nellie d'emprunter le wagon privé de sa famille, proposa Katherine qui, pour le moment, se moquait éperdument de l'opinion de son père, mais ne voulait pas augmenter l'inquiétude de sa tante.

— Bien, soupira Dahlia, plus découragée que convaincue. Mais si jamais il t'arrive quelque chose...

— Il ne m'arrivera rien. Je vais prendre le train et je resterai tout le temps au chalet. Personne ne devinera même ma présence.

Cela faisait trois jours que Katherine ne répondait pas à ses billets.

Il aurait dû la suivre immédiatement, mais il l'avait perdue dans la foule quand elle avait quitté l'immeuble de son père. Et lorsqu'il était arrivé chez elle, il s'était entendu répondre que Mademoiselle ne recevait pas. Il avait donc décidé de lui donner un peu d'air. Katherine était une femme rationnelle, elle avait la tête sur les épaules. Quand elle se serait calmée, elle verrait bien qu'il n'avait rien fait de mal. Il l'avait même prévenue de ne pas compter construire son musée sur ce terrain...

Comme il n'avait toujours pas de nouvelles le lendemain, il avait commencé à lui écrire. Deux fois par jour, à chaque fois pour la supplier de le laisser s'expliquer. Mais elle avait apparemment décidé de l'ignorer.

Et il n'aimait pas cela.

Qu'elle se mette en colère, au moins. Ensuite, ils pourraient discuter et tout redeviendrait comme avant. Il l'emmènerait à la 159e Rue et lui montrerait le terrain qu'il avait acheté. Ensuite, ils redescendraient en ville et feraient l'amour comme des fauves en rut.

Il avait donc décidé de retourner chez les Delafield, en espérant qu'elle accepterait de le voir. Lloyd en tirerait la conclusion qu'il voudrait, c'était à Katherine que Preston devait une explication, pas à son père.

On accepta bien de le recevoir, mais ce ne fut pas Katherine. Sa tante l'informa gentiment que sa nièce n'était pas en ville en ce moment et, alors que Preston réfléchissait à ce que cela pouvait signifier, elle lui demanda instamment de laisser Katherine tranquille.

— Je ne rapporterai pas votre visite à son père, mais je vous demande de ne plus lui écrire et de ne plus essayer de la voir. Je ne sais pas ce qui s'est passé exactement entre vous, mais je présume que cela n'avait rien de convenable. Je vous avertis : mon frère ne tolérerait aucune tache sur sa réputation.

Preston se garda bien de lui dire ce qu'il pensait des menaces de Lloyd, mais il avait besoin de voir Katherine. Était-elle vraiment partie ? Et si oui, où ?

Une personne au moins devait le savoir – mais il n'était pas certain qu'elle soit disposée à lui répondre.

Enfin, cela valait la peine d'essayer.

Construite dans le style Napoléon III, la maison des Young était un des plus vastes hôtels particuliers de la Cinquième Avenue – et même de la ville entière. Sa façade monumentale était ornée de corniches et de balustres, et son toit de lourdes ferronneries. N'importe quel autre jour, il aurait admiré les toits à la Mansart et les ornements des fenêtres, mais l'état d'affolement dans lequel il se trouvait ne lui en laissa pas le temps.

— M. Preston Clarke, pour Mlle Young, annonça-t-il au majordome en présentant sa carte.

Le domestique le fit entrer et Preston eut tout loisir d'admirer les tableaux qui ornaient le vestibule. Ils auraient certainement plu à Katherine, avec leurs teintes pastel et leurs paysages romantiques qui lui rappelaient les œuvres de son exposition.

Comme il aurait aimé l'avoir à ses côtés pour qu'elle lui explique qui étaient les artistes et ce qui les avait inspirés ! Où diable pouvait-elle se trouver ?

— Monsieur Clarke, Mlle Young va vous recevoir dans la salle de bal, annonça le majordome dont les pas ne faisaient aucun bruit sur les dalles de marbre.

Pourquoi la salle de bal ?

Il laissa son manteau et suivit le domestique dans l'escalier. Un cliquetis – d'épées ? – éveilla sa perplexité.

— *Allez* ! Non**, vous êtes trop lente ! criait une voix masculine à l'accent prononcé. Plus vite, *mon petit chou**.

Preston entra pour se trouver au beau milieu d'une leçon d'escrime, deux silhouettes en combinaison blanche ferraillant avec ardeur. Qui était donc… ?

L'une des deux était visiblement une femme. S'agissait-il de Nellie ? Grand Dieu !

Les deux bretteurs ne s'arrêtèrent pas à son entrée, et Preston ne put s'empêcher d'être impressionné. Il ne connaissait pas grand-chose à l'escrime, mais Nellie paraissait tenir son rang. Ce qui lui manquait de force, elle le compensait par la rapidité.

— Riposte ! ordonna le professeur. Repoussez-moi.

Elle se fendit, mais trop tard. Son adversaire s'était repris et il marqua une touche. Ils s'arrêtèrent, à bout de souffle, et enlevèrent leurs masques.

— Vous faites de grands progrès, *chérie**, dit l'homme. Nous reprendrons après votre rendez-vous, voulez-vous ?

— *Merci**, Adrian. Je n'en ai que pour un instant.

Ces deux-là étaient visiblement intimes, mais cela ne regardait pas Preston. Il était venu chercher des réponses, pas jouer les pères la vertu.

Le professeur les laissa seuls dans la salle de bal tandis que Nellie posait son épée et enlevait ses gants.

— Je suis surprise de vous voir, Preston. Que puis-je pour vous ?

— Où est-elle ?

— Je ne vois pas ce que vous voulez dire.

— Il n'y a qu'une seule personne à qui elle le dirait, et c'est vous. Où est-elle allée ?

— Elle ne vous a pas laissé un mot ?

Comme si cela ne se voyait pas ! Si Katherine lui avait écrit, il n'aurait pas eu besoin de venir ici...

— Nellie, je vous en prie ! Je dois absolument la voir. Il faut que je lui explique...

— Je suis certaine que si elle avait envie d'entendre vos explications, elle vous aurait dit où elle allait.

— Il faut que je lui parle !

— Écrivez-lui. Si je la vois, je lui donnerai votre lettre.

Quelque chose lui disait que s'il écrivait à Katherine, sa lettre finirait dans la cheminée.

— Elle est ici ?

— Chez moi, ou en ville ?

— L'un ou l'autre.

— Non.

— Non à quoi ? Chez vous ou en ville ?

— Elle n'est pas chez moi. C'est tout ce que je veux bien vous dire.

— Je n'en crois pas mes oreilles ! Vous l'empêchez de me voir.

— Non, Preston. C'est vous qui êtes parvenu à ce résultat tout seul.

— Qu'est-ce que vous voulez dire ?

— Je veux dire que vous avez tout gâché. Vous avez fait du mal à mon amie, et si vous vous imaginez une seconde que je vais vous aider à la retrouver pour que vous puissiez lui faire encore plus de mal, vous vous trompez lourdement !

— Je ne veux pas lui faire de mal ! Je veux simplement m'expliquer !

— Peut-être n'a-t-elle pas envie d'écouter vos explications... Si vous pensez que vous lui faites du bien, vous vous faites des illusions.

— Que vous a-t-elle dit ? Elle vous a dit ce qui s'était passé ?

Visiblement, Nellie en savait plus qu'il ne l'avait imaginé.

— Je ne veux pas trahir sa confiance, Preston. Si elle m'avait dit quelque chose, je ne le répéterais à personne – à vous encore moins qu'à quiconque.

— Je ne sais pas ce que vous avez contre moi, mais je tiens à elle ! protesta-t-il en faisant les cent pas, incapable de contenir plus longtemps son irritation. Beaucoup ! J'ai fait quelque chose qui l'a bouleversée. Elle l'a mal pris, mais il suffirait que je lui explique tout...

— Vous vous prenez visiblement pour le centre du monde, mais il se peut que quelque chose soit arrivé, quelque chose qui n'a aucun rapport avec vous.

— Quoi donc ?

— Encore une fois, me montrer digne de sa confiance est plus important pour moi que satisfaire votre curiosité.

Preston serra les poings. Depuis qu'il avait vu Katherine se ruer hors du bureau de son père, il était pris de panique. Il ne pouvait pas supporter l'idée de l'avoir blessée, même involontairement. Cela l'empêchait de se concentrer sur les tâches les plus simples, et Mme Cohen menaçait de le quitter s'il ne se reprenait pas.

Il fallait absolument que Katherine revienne en ville, qu'elle le fasse rire de nouveau et qu'elle le retrouve à l'appartement de Jane Street ! Or Nellie voulait l'en empêcher...

— Très bien, gardez vos secrets ! Je vais engager un détective – deux, même ! Ils vont la retrouver dans la journée, vous verrez !

Après tout, il avait bien engagé des détectives pour retrouver Forrest, et il en avait été satisfait.

— Très bien. Je suis heureuse de voir que vous n'êtes pas complètement insensible, finalement. Vous n'êtes peut-être pas un cas si désespéré.

— Ça veut dire que vous allez m'aider ?

— Non.

— Mais pourquoi ? Je ne lui veux que du bien !

— Ça, je n'en suis pas certaine ! Et même si je vous croyais, elle est partie et ne veut pas qu'on vienne l'ennuyer. Quand elle aura envie de vous parler – si elle en a envie un jour –, elle vous donnera de ses nouvelles.

— Mais ça ne me suffit pas !

— Je suis désolée, c'est tout ce que vous obtiendrez de moi, dit-elle avec un sourire, se délectant de son pouvoir.

— Je perds mon temps, visiblement !

Il allait contacter Pinkerton dès qu'il sortirait d'ici...

— Demandez-vous plutôt la raison de votre détermination à la retrouver ! lui cria Nellie comme il passait la porte. Et ce qui va se passer ensuite... Ce n'est pas une de vos maîtresses habituelles, Preston !

Il le savait bien. Mais Katherine était loin de lui, remâchant sa colère et son amertume, et il fallait absolument qu'il mette les choses au point avec elle.

22

Katherine emporta sa tasse de café sur la terrasse du chalet. Il était tôt, mais le soleil dardait déjà ses rayons dorés sur les eaux tranquilles du lac George et sur le somptueux panorama des forêts teintées de jaune, de rouge et d'orangé. Cette partie de l'État, d'une rustique simplicité, était bien différente du tapage et de l'agitation de la ville. Elle comprenait pourquoi tant de riches familles faisaient construire des maisons ici.

À part quelques courtes visites à l'hôtel Sagamore, elle n'avait pas vu âme qui vive depuis quatre jours. Puisque tante Dahlia avait exigé une preuve quotidienne que sa nièce n'avait pas été dévorée par un ours, elle se rendait à l'hôtel tous les après-midi pour envoyer chez elle un télégramme et acheter un frugal dîner avant de rentrer au chalet. Elle avait pris la décision de venir ici sur un coup de tête, mais elle s'était rapidement aperçue que ce séjour constituait l'évasion idéale.

Elle n'avait donc aucune intention d'en partir à brève échéance...

Si elle rentrait à New York, elle retrouverait son père fiancé à la meilleure amie de sa défunte mère, et Preston occupé à conquérir la ville sans se soucier du mal qu'il pouvait faire et à qui.

Pourquoi la douleur sourde qui la taraudait ne la laissait-elle pas en paix ? En principe, elle aurait dû s'atténuer un petit peu chaque jour...

Au cours des semaines passées, elle s'était efforcée de découvrir qui elle était. Elle avait cru qu'imiter Nellie, avoir des liaisons et faire fi de toute précaution constituerait une bonne solution, mais le retour de bâton avait été sévère. Maintenant, il ne lui restait plus qu'un cœur brisé.

Elle ne ressemblait apparemment pas à Nellie, qui pouvait tenir ses sentiments à distance. Katherine était trop sensible pour en faire autant. Elle avait fait un mauvais choix, qui plus est. Tout ce qui intéressait Preston Clarke, c'étaient sa société et ses immeubles, dans cet ordre. Il n'y avait de place pour rien d'autre – ni pour personne.

Pauvre, pauvre idiote !

Qui était-elle donc ? Pour le moment, elle était une jeune femme célibataire sans perspective, une femme organisée dotée d'un père qui allait commencer une nouvelle vie. C'était tellement déprimant...

Elle n'avait pas perdu sa réputation, cependant. Elle n'avait peut-être plus sa virginité, mais elle n'était pas déshonorée pour autant. Et un jour, elle deviendrait la première aux yeux d'un homme.

Des feuilles bruissèrent tout près et elle se figea. S'agissait-il d'un ours ? Mais non, c'était ridicule. Les craintes de tante Dahlia la rendaient peureuse à son tour. Elle se rapprocha cependant prudemment de la porte, prête à se ruer à l'intérieur au premier soupçon de fourrure brune ou de dents menaçantes.

Un visiteur indésirable sortit des buissons, mais certainement pas celui auquel elle s'attendait.

Preston !

— Que fais-tu ici ? s'écria-t-elle en reculant comme s'il s'agissait vraiment d'un ours.

— Je suis venu te voir. Je t'en prie, ne me fuis pas encore une fois, Kat !

— Comment m'as-tu retrouvée ? C'est ma tante qui... ?

Jamais elle ne pardonnerait à tante Dahlia !

— Non, ce sont les détectives de Pinkerton qui t'ont retrouvée.

Il avait engagé les célèbres détectives pour la retrouver ? Cela la flattait et l'ennuyait à parts égales. Cela l'ennuyait surtout, en fait.

— Et il ne t'est pas venu à l'idée que je n'avais pas envie qu'on me retrouve ?

— Si, mais il fallait que je te parle, rétorqua-t-il d'un ton dégagé, comme si ce qu'elle souhaitait n'entrait pas le moins du monde en ligne de compte.

— Où loges-tu ?

Il n'était bien évidemment pas question qu'il vienne habiter avec elle...

— Chez moi. Là-bas, expliqua-t-il en montrant une vaste maison en bois dominant le lac. Est-ce que nous pouvons...

Katherine n'écouta pas la suite. Elle rentra, claqua la porte et la referma à double tour.

Elle posa sa tasse de café en s'efforçant au calme. Comment osait-il ? Au lieu de la laisser tranquille et de respecter son intimité, il arrivait ici sans crier gare, bien décidé à ce qu'elle l'écoute...

— Kat, s'il te plaît ! Il faut que je t'explique ! supplia-t-il, collé à la porte.

— Va-t'en ! Je ne veux pas te voir !

— Je comprends que tu sois en colère, mais tu sais que ce terrain n'a jamais été à toi, en fait.

Le terrain, toujours le terrain ! C'était tout ce qui l'intéressait...

Comment un homme réputé intelligent pouvait-il se montrer aussi stupide ? se demanda-t-elle tandis que sa souffrance se réveillait.

— Ce n'est pas d'avoir perdu le terrain qui me met en colère. Oui, l'endroit aurait été parfait pour le musée, mais ce qui me met hors de moi, c'est que tu aies triché et que tu ne m'aies pas dit ce que tu méditais !

Que tu ne m'aies pas donné la préférence, en fait.

— Mais je te l'ai dit !

— Non, tu ne m'as rien dit ! Tu m'as dit que le terrain t'appartenait, mais tu ne m'as jamais dit à quelles extrémités tu étais prêt à aller pour le démontrer.

— Qu'est-ce que ça peut faire ?

— Tu savais que cela me ferait souffrir, que je voulais construire ce musée pour honorer la mémoire de ma mère. Tu savais que je ne te le pardonnerais pas, mais cela ne t'a pas empêché de faire un faux et de le faire homologuer. Après tout ce qui s'est passé entre nous, tu as délibérément choisi de me faire du mal !

— Kat, je regrette ! Crois-moi, je t'en prie ! Je n'ai jamais eu l'intention de te faire du mal !

— Pourquoi as-tu acheté l'autre terrain, dans ce cas ? Tu essayais d'atténuer la blessure. Tu savais parfaitement que perdre la 23e Rue me blesserait et tu t'es dit qu'un autre terrain pourrait arranger les choses.

— Tu as droit à ton musée. J'ai acheté ce terrain parce que je voulais t'aider.

— Parce que tu te sentais coupable, surtout !

— Mais bon Dieu, la 23e Rue n'a rien à voir avec toi, Katherine ! C'est une affaire entre ton père et moi.

— Tu le penses vraiment, en toute honnêteté ?

Elle l'entendit soupirer, et elle imagina parfaitement son visage crispé par l'irritation. Il détestait que les choses ne se passent pas comme il voulait, il cherchait toujours à tout contrôler...

Eh bien, c'était regrettable, mais Katherine en avait assez de le laisser tout régenter. Quoi qu'il arrive dans sa vie à l'avenir, ce serait son choix à elle.

— S'il te plaît, Kat, laisse-moi entrer !

Est-ce qu'ils ne s'étaient pas tout dit ? Preston n'était pas prêt à entendre son point de vue, parce qu'il était incapable de se mettre à la place de qui que ce soit. Surtout, il était évident qu'il ne partageait pas ses sentiments. Il éprouvait du désir pour elle, sans nul doute, mais il ne ressentait aucun amour et aucun respect pour la personne qu'elle était.

Poursuivre une liaison avec lui ne ferait qu'empirer les choses et la rendre encore plus amoureuse...

C'était à elle qu'elle devait penser avant tout. *Prends conscience de ta valeur.* Comment avait-elle pu l'oublier ?

— Non ! intima-t-elle, même si sa voix n'était pas très assurée.

— Kat, ma chérie, *mon chaton**, tu vas me faire mourir ! J'ai un poids sur la poitrine, je ne peux rien manger, je ne dors pas... Je ne peux même pas travailler ! J'ai peur d'avoir tout gâché entre nous et que tu ne veuilles plus jamais me parler. Laisse-moi au moins entrer !

Touchée par l'émotion qui faisait trembler la voix de Preston, elle fit un pas vers la porte, mais se reprit bien vite. Qu'allait-elle faire ? Se précipiter pour le réconforter ? C'était à lui de faire amende honorable !

Elle brûlait de lui dire ce qu'elle avait sur le cœur, de lui crier à quel point il l'avait blessée, de lui jeter à la figure la souffrance qu'elle ravalait par habitude. C'était peut-être justement ce qu'il leur fallait à tous les deux : un moment de complète honnêteté. Cela l'effraierait certainement et le ferait prendre ses jambes à son cou pour rentrer en ville et courir retrouver sa vie bien réglée entre son travail et ses maîtresses.

Et il la laisserait enfin tranquille...

— Tu as tout gâché entre nous, énonça-t-elle posément. Tu m'as brisé le cœur, Preston, et ce ne sont pas quelques excuses et quelques mots affectueux qui pourront y changer quoi que ce soit. J'étais amoureuse de toi, et tu m'as brisé le cœur. Tu ne pourras pas le réparer.

Le silence de l'autre côté de la porte constituait une réponse suffisamment éloquente.

Elle l'avait visiblement ébranlé. Elle l'avait peut-être terrifié. Il devait être en train de consulter l'horaire des chemins de fer pour sauter dans le prochain train pour New York.

Voilà, c'était fait. Au moins n'aurait-elle plus à craindre que Preston vienne l'ennuyer…

Pourquoi avait-elle tellement mal, alors ?

Elle aurait dû se sentir soulagée. Mais en entendant ses pas s'éloigner sur la terrasse et dans l'escalier, elle fondit en larmes. Elle ne se sentait absolument pas soulagée…

*

Le lendemain, les présents commencèrent à arriver devant sa porte.

Il ne s'agissait pas de cadeaux conventionnels, comme ceux qu'on offre ordinairement en société. Il ne s'agissait pas de bracelets de chez Tiffany ou de diamants de chez Cartier, d'extraordinaires bouquets de fleurs ou de dispendieuses robes de chez Worth…

Non, il s'agissait des simples offrandes d'un homme qui n'avait visiblement pas la moindre idée de la façon dont il pouvait réparer ce qu'il avait brisé, mais qui était bien décidé à essayer quand même.

Dans l'après-midi, Katherine trouva devant sa porte un panier de pommes fraîchement cueillies. Le lendemain matin, ce fut un gâteau à la cannelle et, pour le dîner, un poisson en sauce citronnée.

Elle ne savait pas comment prendre ces cadeaux. Les révélations qu'elle lui avait faites ne l'avaient donc pas horrifié ? Que l'une de ses maîtresses – la fille d'un homme qu'il haïssait – éprouve des sentiments pour lui, cela ne l'avait-il pas épouvanté ? Elle ne comprenait pas pourquoi il n'était pas encore rentré précipitamment en ville, pourquoi il n'avait pas rejoint le havre de son bureau bien-aimé et ses chers projets immobiliers.

Pourquoi était-il resté ?

Elle fit de son mieux pour ne pas s'en soucier ni penser à lui, mais comment faire alors qu'il passait tous les jours lui laisser un présent devant la porte ? Contre toute raison, elle commença à guetter son pas sur la terrasse et à s'y ruer après son départ pour voir ce qu'il avait laissé.

Son cadeau préféré avait été la petite figurine qu'il avait taillée dans un morceau de bois. Elle était loin d'être parfaite, mais elle appréciait l'effort qu'il avait fait pour la sculpter. Elle l'avait placée sur sa table de nuit et la contemplait chaque soir dans la pénombre.

Pouvait-elle lui pardonner ?

Elle n'en était pas certaine.

L'apparition de Preston avait eu l'avantage de la distraire des fiançailles de son père avec Mme Whittier. Savoir que Lloyd allait commencer une nouvelle vie lui faisait toujours mal, mais la blessure était moins vive. Oui, elle reconnaissait qu'elle n'avait pas le droit d'exiger de son père qu'il passe seul le restant de ses jours. Elle n'avait simplement pas imaginé que cela arriverait si rapidement, ni qu'il le lui cacherait.

Elle avait toujours pensé que le jour où son père déciderait de prendre une nouvelle épouse, elle-même serait heureusement mariée et en train de bâtir sa propre famille. C'était sans doute égoïste de sa part, et mesquin. Sa réaction à la nouvelle de ce remariage avait peut-être un rapport avec les incertitudes de son existence, finalement...

Elle reprit une bouchée de biscuit aux myrtilles – son cadeau du matin – en regardant le lac. Le chalet de Preston était juste de l'autre côté, et elle se demanda ce qu'il faisait de ses journées. Il travaillait, probablement. Elle imaginait parfaitement Mme Cohen faire la navette entre ici et la ville, avec des montagnes de dossiers sur les bras – la malheureuse.

Qu'est-ce que cela coûterait d'aller jusque là-bas le voir pendant quelques minutes ?

Peut-être alors comprendrait-il qu'elle pensait ce qu'elle avait dit l'autre jour. Peut-être comprendrait-il qu'il lui avait vraiment brisé le cœur et qu'il n'y avait rien à faire. Ainsi, il retournerait en ville.

Oui, c'était ce qu'elle allait faire. Elle irait le trouver à son chalet, lui demanderait ce qu'il avait contre son père, puis lui dirait qu'il perdait son temps et qu'il devait retourner en ville.

Armée d'un long bâton en cas d'attaque d'un ours, elle se mit en route. Le chemin était plus long qu'elle ne le pensait, mais agréable. De temps en temps, elle entrevoyait un écureuil ou un tamia traverser le sentier. Elle aperçut même une famille de castors.

Elle était presque arrivée lorsque le ciel s'obscurcit, et tout à coup un violent orage éclata.

Elle se mit à courir le plus vite possible vers le chalet, mais elle devait lutter contre ses jupes dégoulinantes et ses souliers trempés qui entravaient sa marche, surtout lorsque le sentier devint glissant. Par deux fois, elle perdit l'équilibre. Elle était maintenant couverte de boue et grelottait.

Cela devrait achever de rebuter Preston.

Elle arriva enfin en vue du grand chalet. À bout de souffle, elle gravit les marches aussi vite que possible. Les fenêtres étaient éclairées, de la fumée s'élevait des nombreuses cheminées. Même si le diable l'avait attendue à l'intérieur, elle aurait été prête à vendre son âme pour s'asseoir près de l'un de ces bons feux.

Tremblante de froid, elle s'abattit pratiquement contre la porte.

— Mon Dieu, Katherine ! Entre vite ! s'écria Preston en ouvrant, avant de la tirer à l'intérieur.

Ses vêtements dégoulinaient sur le plancher.

— M-M-Merci, fit-elle. Est-ce que tu as un...

Preston la souleva dans ses bras et la porta plus avant. Elle le trempait et mouillait le sol tout autour d'elle.

— P-P-Pose-moi !

— Il n'en est pas question. Tu as les lèvres toutes bleues, Kat !

Elle cessa de discuter et, toute honte bue, enfouit le visage au creux du cou de Preston. Il était tout chaud. Et si elle humait son odeur une fois ou deux, cela ne regardait qu'elle, après tout.

Ils entrèrent dans une salle de bains aussi vaste que sa chambre à New York. Elle comportait une grande baignoire, une douche, un lavabo et une fenêtre dans le toit.

— Laisse-moi te faire couler un bain chaud, veux-tu ?

Elle avait dû hocher la tête, mais elle tremblait tellement : pouvait-il seulement s'en apercevoir ?

Il ouvrit les robinets, ajusta la température et revint vers elle. Il ne portait qu'une chemise blanche sans cravate ni col et un pantalon bleu marine. Il avait relevé les manches de sa chemise sur ses bras musclés couverts de duvet. Elle se souvenait de ce duvet sous sa paume lorsqu'elle le caressait.

— Je vais t'aider à enlever ces vêtements et à entrer dans la baignoire.

— Je p-p-peux le faire toute seule !

— Tu es sûre ? J'en doute, et je préférerais que tu sois dans l'eau chaude le plus vite possible. Si je te laisse ta chemise, tu pourras faire le reste. Qu'en penses-tu ?

— En-en-entendu.

Preston la déshabilla avec une rapidité impressionnante. Il lui enleva ses vêtements trempés avec dextérité. La chemise de Katherine ne lui offrait qu'une bien modeste protection pendant qu'il lui ôtait sa culotte et ses bas. À part le mince sous-vêtement, elle était maintenant complètement nue. Il l'aida à entrer dans la baignoire avant de lâcher son coude. Son regard fébrile parcourut le corps de Katherine qui frémit sous ce regard brûlant. Elle avait oublié son pouvoir…

— Je vais mettre tes vêtements à sécher près du feu. Ils seront secs dans quelques heures. En attendant, je vais te laisser d'autres vêtements devant la porte. Tu n'as qu'à appeler si tu as besoin de quelque chose. Je ne serai pas loin.

Elle enleva sa chemise et la jeta sur le carrelage. La chaleur de l'eau sur sa chair glacée la fit trembler. La vapeur emplissait la pièce. Elle ferma les yeux en remuant ses doigts gourds, heureuse de les sentir revenir à la vie.

La salle de bains de Preston...

Elle regarda autour d'elle, cherchant des objets personnels, mais à part des ustensiles de rasage sur le lavabo, elle n'en trouva aucun. Le décor était totalement impersonnel, parfaitement fonctionnel, selon l'habitude de Preston. Des tableaux ou des gravures auraient pu...

Allons bon ! Elle n'allait tout de même pas se mettre à redécorer la maison de cet homme pour lui rendre la vie plus agréable ! Il n'en avait visiblement aucune envie – et il ne le méritait pas.

Elle ajouta de l'eau chaude pour prolonger le plaisir de ce bain jusqu'à en avoir la peau fripée. Elle ne pouvait tout de même pas y passer la journée, à ruminer ses pensées. Elle décida donc d'aller lui parler.

Une fois séchée, elle passa prudemment le nez dehors pour voir les vêtements qu'il lui avait laissés, un caleçon long et une chemise. Porter des vêtements d'homme était curieux, mais pas déplaisant. Ces habits étaient faciles à enfiler et très chauds. Et ils sentaient le parfum de Preston, ce qui était quelque peu troublant. Comme si elle l'avait près d'elle tout le temps...

Quand elle s'aventura en bas, elle eut la surprise de le trouver dans la cuisine, un torchon jeté sur l'épaule, devant des poissons disposés sur une table de marbre.

— Ah, te voilà !

Était-ce son imagination ou son regard s'attardait-il sur ses jambes ?

— Merci pour les vêtements. J'ai dû rouler le bas du pantalon...

— Bien entendu. Tu te sens mieux ?

— Oui. Je suis désolée d'être arrivée ici trempée comme une éponge.

— J'ai été surpris, je te l'avoue, mais c'était une surprise agréable. Je suis content de ta visite. Mais tu ne savais pas qu'un orage menaçait ?

— Non. Comment l'aurais-je su ?

— Je sais que tu vas à l'hôtel tous les jours. Quelqu'un aurait pu te prévenir là-bas.

Quand elle se rendait à l'hôtel, elle ne s'attardait pas à bavarder. Nouer des relations l'aurait obligée à expliquer qu'elle était seule, ce qui pouvait se révéler risqué pour une jeune femme de la ville.

— Que fais-tu avec ce poisson ?

— Je le nettoie pour le dîner. Tu veux m'aider ? proposa-t-il en plongeant son couteau dans le ventre du poisson avant de le vider.

— Oh non ! C'est dégoûtant !

— Mais tu aimes le poisson ?

— Oui, bien sûr. Je veux bien t'aider si tu en as besoin, ajouta-t-elle, mais tu m'as l'air de très bien te débrouiller tout seul.

En le voyant rincer le poisson dans l'évier, elle se rappela ce qu'elle avait mangé la veille pour son dîner.

— Attends ! C'est toi qui as pêché et cuisiné les poissons que tu m'as apportés ?

— Oui, bien sûr. Qui d'autre faisait tes dîners, à ton avis ?

— Je n'en savais rien. Je pensais que tu les achetais à l'hôtel.

— Ils ne t'ont pas plu ?

— Oh si ! Ils étaient délicieux. Tous !

— Tant mieux. Je ne suis pas aussi bon cuisinier qu'Alice, mais je suis capable de préparer un repas convenable de temps en temps.

Il se sous-estimait, pour une fois. Katherine avait dîné dans suffisamment de grands restaurants pour reconnaître que les poissons de Preston étaient succulents, parfaitement assaisonnés de fines herbes et de sauces.

— Où as-tu appris à cuisiner ?

— C'est mon père qui m'a appris. Il aimait beaucoup les Adirondacks, expliqua-t-il tandis que son visage s'assombrissait fugitivement, comme si un mauvais souvenir avait surgi.

— Je comprends pourquoi. Ce chalet est magnifique.

— Oh, j'ai vendu le chalet de famille il y a des années. Ce sont les Van Allen qui l'ont acheté. J'ai fait construire celui-ci il y a trois ans. Il est beaucoup plus grand et bien mieux situé que l'ancien.

Elle n'en doutait pas. Preston était sans aucun doute l'homme le plus déterminé et le plus capable qu'elle ait jamais rencontré, ce qui l'amena à poser la question qui était l'objet de sa visite.

— Pourquoi es-tu encore ici, Preston ?

— Mais parce que tu y es, bien sûr !

23

Preston remarqua la perplexité de Katherine, mais il préféra revenir à ses poissons. Il avait lui-même du mal à comprendre ses motivations, à vrai dire.

Quand les détectives de Pinkerton l'avaient informé des fiançailles de Lloyd, il avait compris que la perte du terrain de la 23e Rue n'était pas la seule raison de la fuite de Katherine. Il était donc accouru en s'attendant à ce qu'elle accepte ses excuses et se laisse consoler. Tout allait redevenir comme avant, il en était convaincu.

Seulement, elle avait refusé de le voir.

« J'étais amoureuse de toi, et tu m'as brisé le cœur. Tu ne pourras pas le réparer. »

Elle avait dit « J'étais », à l'imparfait.

Ces mots l'avaient déchiré avec une cruauté à laquelle il n'était pas préparé. Cette révélation s'était imposée à lui comme des milliers de petites brûlures, et il avait compris qu'il devait agir sans attendre. Il ne pouvait pas vivre dans un monde où Katherine souffrait de quelque manière que ce soit, surtout s'il en était partiellement responsable.

C'est pour cette raison qu'en dépit des mauvais souvenirs laissés par son séjour ici avec Forrest, il avait décidé de rester et de faire son possible pour réparer ses torts envers Katherine, quoi qu'il lui en coûte. Il ne pouvait pas faire grand-chose dans un premier temps, mais il comptait s'attarder dans les parages jusqu'à ce qu'elle soit prête à discuter avec lui.

— Je ne comprends pas, reprit-elle. Tu dois avoir une montagne d'affaires en cours qui t'attendent au bureau. À moins que Mme Cohen ne soit ici ?

Il avait effectivement une montagne de dossiers à traiter, et les télégrammes de Mme Cohen devenaient de plus en plus alarmistes. Il refusait d'y penser pour le moment, alors que Katherine était assise en face de lui dans sa cuisine sans personne d'autre dans la maison.

— Il n'est pas question que je te laisse seule dans ton chalet, déclara-t-il en posant son couteau. Tu ne vas pas bien, et c'est en grande partie ma faute. J'en suis vraiment désolé, Kat. Si c'était à refaire, j'agirais autrement, mais on ne peut pas défaire ce qui a été fait.

— Pourquoi l'as-tu fait, alors ?

Lui répondre n'était pas facile. Comment expliquer la brûlure qui le consumait, l'ambition effrénée et la peur incessante qui le poussaient ? Il avait lui-même du mal à les comprendre.

— Parce qu'il s'agissait de ton père. À cause de tout ce qui s'est passé entre lui et le mien. Parce que je ne supporte pas de perdre.

— Même quand cela veut dire faire du mal à quelqu'un ?

— Je n'avais jamais eu besoin de m'en préoccuper avant, avoua-t-il avec honnêteté, probablement parce que je ne me suis jamais attaché à qui que ce soit comme à toi. Malheureusement, quand je m'en suis aperçu, il était trop tard.

— Tu obtiens tout ce que tu veux, ensuite tu t'aperçois que tu m'as fait du mal et tu viens demander pardon... C'est un peu facile !

— Je n'obtiens pas tout ce que je veux, il s'en faut de beaucoup, répliqua-t-il après un long silence sans la quitter des yeux.

« J'étais amoureuse de toi. »

Il voulait que tout redevienne comme avant. Il voulait ses sourires et son rire, il voulait sa façon de le caresser et de lui faire oublier tout ce qu'il avait fait de mal. Il voulait entendre sa respiration se faire plus hachée lorsqu'il entrait en elle, comme si elle avait du mal à croire à quel point c'était bon.

Il avait besoin d'elle pour lui acheter des tableaux, pour le taquiner et pour lui faire la liste de tout ce qu'elle avait dans la tête...

— Bien ! Tu me désires, corrigea-t-elle, visiblement peu satisfaite de sa réponse. Tu me veux comme amante ou maîtresse, appelle comme tu voudras ce que nous faisions ensemble.

— Je ne le regrette pas. J'ai pris beaucoup de plaisir aux moments que nous avons partagés, et toi aussi, il me semble. Ce serait dommage d'y mettre fin prématurément à cause de la 23e Rue.

— Ce n'est pas seulement à cause de la 23e Rue.

— Qu'y a-t-il d'autre, alors ?

— Je pense que j'ai compris à quel point je te connaissais peu, et surtout j'ai réalisé à quel point je compte peu pour toi.

— C'est faux ! Tu me connais mieux que quiconque ! Je t'ai confié des choses que personne ne sait sur moi. Et tu comptes pour moi, Kat. Tu comptes beaucoup ! Tu comptes énormément pour moi.

Il avait du mal à prononcer ces paroles, mais il pensait vraiment ce qu'il disait.

— Je ne crois pas que je pourrai jamais te pardonner, Preston.

Qu'ils ne reprennent pas leur relation, c'était bien ce qu'il craignait par-dessus tout.

Mais que pouvait-il ajouter ? Il s'était excusé, il avait dit que, s'il l'avait pu, il aurait agi autrement. Il lui avait dit ce qu'il éprouvait pour elle. Si elle espérait une déclaration d'amour ou une demande en mariage, leur relation était condamnée. Même s'il acceptait de partager sa vie avec elle, son père ne donnerait jamais son consentement à leur union.

Katherine méritait un mari qui l'emmène en voyage, qui lui consacre du temps et de l'attention. Un homme comme il faut, un homme honorable, un homme qui ne trempe pas tous les jours dans des affaires louches avec des fripouilles. Il avait beau avoir rebâti un empire, Preston n'était pas du bois qui fait les bons époux.

Était-il disposé à renoncer à elle pour autant ? Il connaissait déjà la réponse. C'était ce qui l'avait amené jusqu'ici. C'était ce qui lui faisait attendre ne serait-ce qu'une miette d'affection.

Il était absolument fou d'elle...

Il reporta son attention sur son poisson. Du moins était-elle à ses côtés en ce moment. Il avait la possibilité de lui faire à dîner et de tenter de la convaincre de rentrer en ville. Rester seule dans cet endroit isolé n'était pas raisonnable, et il ne pouvait passer son temps à veiller sur elle.

— J'aime bien ton chalet. Combien as-tu de pièces ?

— Dix-huit, avec cinq chambres. Il y a un pavillon de thé chinois au bord du lac, si tu as envie de le voir demain matin.

— Je ne savais pas que tu aimais le thé.

— Je l'ai fait construire pour ma mère.

Elle venait rarement ici, en fait. Elle disait toujours qu'elle n'aimait pas s'y trouver seule, et Preston n'avait guère le temps de l'accompagner.

— C'est la première fois que je t'entends parler de ta mère, je crois.

— Ce n'est pas parce que je ne l'aime pas, tu peux me croire ! Je devrais lui rendre visite plus souvent, en fait. Nous ne nous voyons pas aussi fréquemment que je le voudrais, et c'est entièrement ma faute.

— Parce que tu travailles trop…

Oui, il travaillait dur, mais avait-il le choix ? L'empire des Clarke et la renommée de la famille reposaient sur ses seules épaules, et il avait hérité d'une pile d'ennuis dès sa sortie de l'université.

— Elle le comprend très bien. Elle a connu le pire avec mon père, après tout.

— Je suis désolée, dit Katherine. Je n'aurais pas dû émettre de jugement.

— Ça ne fait rien. Et tu n'as pas tort : je devrais lui consacrer plus de temps, maintenant que je n'habite plus avec elle. Elle aime bien me rappeler de temps en temps que je ne suis pas obligé de sauver le monde chaque jour que Dieu fait.

— Tu sais que je n'ai pas la moindre idée de l'endroit où tu habites ?

— J'ai une maison dans la 74e Rue est. Oh, rien de luxueux. Je n'y suis pratiquement jamais.

Il n'avait pas fini de la meubler, en fait. Il avait bien envisagé d'engager un décorateur – il en connaissait plusieurs –, mais cela lui avait semblé une perte de temps. Il y dormait, et c'était tout. Il dînait dehors pratiquement tous les soirs et il utilisait l'appartement de Jane Street ou des hôtels discrets pour ses liaisons.

— Laisse-moi deviner... Les murs sont complètement nus...

— À vrai dire, je n'en sais rien. Je suppose que oui, mais je n'y ai jamais vraiment fait attention.

— Tu es une véritable caricature ! Mon père s'est fiancé, reprit-elle après un silence.

— Oui, je sais.

Elle pâlit.

— La nouvelle est devenue publique, maintenant ?

— Non, non. Ce sont les détectives de Pinkerton qui me l'ont appris.

— Ah ! La nouvelle ne va pas tarder à se répandre, alors. Tu crois...

Il s'obligea à attendre qu'elle soit prête à continuer. C'était contre sa nature, mais il sentait bien que Katherine avait besoin de lui poser une question qui lui coûtait, et qu'elle avait besoin de le faire à sa façon. Il continua donc à travailler ses poissons.

— C'est difficile à dire, parce que cela paraît absurde, mais est-ce que tu crois que la relation de mon père avec Mme Whittier m'est si pénible à cause de mon échec matrimonial ?

— Je ne trouve pas cela absurde du tout, rétorqua-t-il, étouffant le sentiment de culpabilité qui l'étreignait. Je pense qu'il est tout à fait naturel d'envier une autre personne qui a quelque chose qu'on désire soi-même.

— Tu as déjà ressenti la même chose ?

— Bien sûr ! Quand je me battais pour reconstruire Clarke Holdings, je détestais tous les promoteurs de la ville. Ils faisaient paraître notre métier tellement facile, alors que je me noyais sous une montagne de papiers et sous des réglementations que je comprenais à peine.

— Y compris mon père ?

— Surtout ton père ! Mais j'avais d'autres raisons de lui en vouloir, parce qu'il avait abandonné ma famille au moment où nous avions le plus besoin de lui, ajouta-t-il en posant le dernier poisson pour aller se laver les mains.

— Et comment as-tu fait pour dépasser cette rancune ?

— Avec ton père, je ne l'ai pas dépassée, et je ne la dépasserai probablement jamais. Avec les autres, je ne sais pas. C'est simplement passé avec le temps. J'étais trop occupé, j'avais remporté des succès et j'avais mes biens à gérer. J'ai cessé de me préoccuper de ce que faisaient les autres pour me concentrer sur mes affaires et sur moi.

— C'est ce que je comptais faire quand la promesse de mariage a été rompue. Je me suis dit que j'avais une foule de choses à faire, et d'abord construire mon musée et ne plus jamais me soucier de mariage ou de mari.

— Kat, tu n'es pas Nellie ! dit-il en souriant, convaincu qu'elle n'y parviendrait jamais. Tu n'es pas non plus Alice ou Maddie, qui se sont toutes deux précipitées dans le mariage. Tu es toi, et c'est suffisant. Tu as un cœur d'or, un charme naturel et une personnalité si chaleureuse qu'il est impossible de te refuser quoi que ce soit. Alors, fais ce qui te rend heureuse et non ce que tu penses devoir faire !

Les secondes s'éternisaient tandis que la pluie continuait de battre les vitres. Ils savouraient leur intimité, les yeux dans les yeux, comme s'ils étaient seuls au monde, un îlot au milieu de nulle part. Il était citadin dans l'âme, il aimait la ville, ses grands immeubles et ses pavés, mais en ce moment précis, pour rien au monde il n'aurait voulu être ailleurs que dans ce chalet isolé avec cette femme.

Elle entrouvrit les lèvres, et cette simple esquisse de geste suffit à éveiller en lui une vague brûlante. Tout ce qu'elle faisait était excitant...

Quand elle contourna le plan de travail, le cœur de Preston battit la chamade tandis qu'un fol espoir se levait en lui. Elle s'arrêta juste hors de portée de sa main, pour l'observer avec dans les yeux une lueur familière.

— Tu veux savoir ce qui me ferait plaisir là tout de suite ?

Les différentes hypothèses qui lui vinrent à l'esprit lui firent tourner la tête.

— De toutes mes forces !

— Je voudrais que... que tu m'apprennes à cuisiner ces poissons.

— Va te laver les mains, Reinette, intima-t-il. Et viens m'aider à préparer le dîner.

Ils mangèrent les poissons et burent du champagne en bavardant amicalement, et ce fut très agréable. Ils n'avaient encore jamais partagé un repas, et Katherine fut surprise de découvrir à quel point Preston pouvait se révéler un compagnon drôle et plein de charme en dehors de la chambre à coucher. Ils n'avaient pratiquement jamais rien fait d'autre que s'embrasser au cours du mois écoulé, sans jamais réellement parler, et ce nouveau côté de sa personnalité lui plaisait.

« Tu es toi, et c'est suffisant. »

Au souvenir de ces paroles, et de tout ce qu'il lui avait dit d'autre, elle se sentit profondément remuée. Était-ce vraiment ainsi qu'il la voyait ?

Tout était tellement confus... Trois heures plus tôt, elle était bien décidée à ne jamais lui pardonner et à ne plus le revoir. Mais il était allé à la pêche et lui avait cuisiné les poissons du lac, il avait eu des paroles extrêmement gentilles envers elle, et elle sentait vaciller toutes ses belles résolutions. Était-elle donc tellement superficielle ?

Elle s'était bien amusée à le taquiner, tout à l'heure. Lui laisser croire qu'elle allait lui faire une proposition coquine était sans doute cruel, mais il méritait bien de souffrir un peu après ce qu'il avait fait.

L'aguicher n'avait pas été un simple jeu, à vrai dire. Elle vibrait de désir depuis qu'elle était sortie du bain et l'avait trouvé dans la cuisine. Preston Clarke, domestiqué... Qui l'aurait cru ? C'était tout simplement fascinant.

— Tu as fini ?

— Oui, merci.

— Je ferai la vaisselle tout à l'heure. Veux-tu un café ?

— Tu sais faire le café ?

— Bien entendu ! Je n'ai pas de personnel à demeure au chalet, mais des aides qui viennent faire le ménage une fois par semaine. Quand je suis ici, je me débrouille tout seul, en général.

Aussi étrange que cela puisse paraître, il n'était pas venu à l'esprit de Katherine qu'ils étaient complètement seuls. Cela lui était égal, de toute façon. Et vu ce qu'elle avait sur le dos, c'était préférable.

La pluie n'avait toujours pas cessé et le ciel s'était encore assombri. D'ici une heure, il ferait nuit noire. Devait-elle essayer de rentrer à son chalet ? Après deux coupes de champagne, ce n'était peut-être pas très raisonnable.

Sans parler des ours…

Elle observa Preston à la dérobée. Bien entendu, il existait ici une autre sorte de danger mais celui-ci, elle le connaissait.

— Tu as une expression étrange. Tu as quelque chose en tête ?

— Je regardais l'heure et je me demandais s'il était prudent de m'en retourner chez moi.

— Il pleut toujours des cordes. Mais si tu y tiens absolument, je nous trouverai des imperméables et des bottes de caoutchouc. Et je te raccompagnerai jusqu'à ton chalet.

— Tu ferais ça pour moi ?

— Tu n'as pas encore compris jusqu'où je serais prêt à aller pour toi ?

Oui, parce qu'il voulait coucher avec elle... C'était sa seule raison d'implorer son pardon et de vouloir que tout redevienne comme avant.

Mais trop de choses avaient changé...

Rien ne serait plus comme avant. Il avait démontré à quel point elle comptait peu pour lui. Il ne l'aimerait jamais d'amour, elle ne compterait jamais pour lui plus que sa société et ses immeubles. C'était ce qui lui faisait tellement mal. Ce qu'elle voulait, c'était être plus pour lui qu'une liaison passagère. En fait, elle voulait être tout pour lui !

Dieu qu'elle était bête...

Dans sa recherche désespérée de sensations fortes, elle s'était lancée dans une aventure qu'elle pensait sans lendemain et elle s'était retrouvée déchirée. Et quelque part en chemin, entre leurs jeux et ses petites attentions, elle avait perdu conscience de sa valeur. Elle s'était perdue, mais elle ne le laisserait plus jamais lui faire de mal. Il était temps qu'elle retrouve sa dignité et l'estime d'elle-même.

Peut-être après un ultime moment ensemble – juste un ?

Ce soir, ils étaient coincés ici. Pourquoi ne pas s'offrir une dernière petite partie de plaisir ? C'était ce qu'il faisait de mieux, après tout. Elle ferait en sorte de garder fermement son cœur dans sa poitrine, bien à l'abri, pendant toute la durée de l'expérience. C'était ce que faisaient les hommes tous les jours, après tout. Ce ne devait pas être si difficile.

Je cherche des prétextes rationnels pour coucher avec lui encore une fois.

— Katherine ? insista-t-il comme elle ne répondait pas. À quoi penses-tu ?

Si seulement elle l'avait su clairement...

— Pourquoi m'attires-tu tellement ? fit-elle en s'approchant de lui.

Le visage de Preston se tendit au fur et à mesure qu'elle avançait, et une vague de désir enflamma tout son corps.

— Ce sont les effets du champagne ? répliqua-t-il sans bouger.

— J'aimerais bien. Mettre cela sur le compte de l'alcool serait commode.

— Je ne te forcerai jamais.

— Je sais bien, admit-elle en laissant ses doigts errer dans l'échancrure de sa chemise, juste à la base de son cou, pour sentir la chaleur et la douceur de sa chair, avant de commencer à défaire les boutons.

— Si tu n'en as pas envie, pourquoi...

— Mais j'en ai envie !

Elle fit glisser ses bretelles, sortit les pans de sa chemise et la lui ôta, découvrant son torse athlétique maintenant uniquement couvert d'un sous-vêtement sans manches. Elle avait hâte de voir le reste...

— Tu es abominablement beau, c'en est agaçant ! murmura-t-elle en commençant à déboutonner son pantalon.

— Cela t'agace ?

— Beaucoup !

— Tu tiens vraiment à faire ça ici ? Le plan de travail est à la bonne hauteur, mais la pierre risque de ne pas être très confortable.

— Là où tu as préparé le poisson ? se récria-t-elle, horrifiée.

Il sourit.

— Viens, nous allons trouver un bon lit ! dit-il en la soulevant et en l'incitant à mettre les jambes autour de sa taille. Je veux prendre tout mon temps et je n'ai pas envie que tu penses aux truites pendant ce temps-là.

— Je veux voir où tu dors...

Elle ne connaissait que la garçonnière qu'il réservait à ses aventures, pas la maison où il vivait. Elle était curieuse de voir un endroit où il baissait la garde et se laissait aller.

— Oh, il n'y a pas grand-chose à voir. Tu vas être déçue !

— Mais enfin, qu'est-ce que tu as contre les œuvres d'art pour décorer les murs ? Le Sisley que tu admirais tant à l'exposition serait parfait ici. Ou un Turner ou un Cole, peut-être...

— Fais-moi une liste et je les achèterai.

Elle était flattée, certes, mais elle savait bien qu'elle ne serait plus là pour voir ce qu'il aurait fait de sa liste. Après cette nuit, elle rentrerait en ville et oublierait Preston Clarke à tout jamais. Avec le temps, son cœur brisé finirait bien par se réparer et petit à petit, jour après jour, elle redeviendrait elle-même.

Ils pénétrèrent dans une grande chambre à coucher qui lui parut à la fois impersonnelle et typique de Preston. Le vaste lit de bois était impeccablement fait, comme si personne n'y avait dormi. Des murs nus – on était bien dans la chambre de Preston –, un mobilier rustique assorti au style du chalet, des rideaux et un dessus-de-lit bleu nuit constituaient toute la décoration, sans oublier une masse de papiers sur l'unique table de nuit, ainsi qu'une paire de lunettes.

Il la déposa sur le lit et s'allongea immédiatement sur elle. La finesse de leurs vêtements lui permettait de sentir chaque parcelle de son torse puissant, et le poids de ce grand corps sur le sien allumait tous ses sens.

— Dis-moi ce que tu veux, mon cœur, murmura-t-il en lui caressant la joue d'une main avec une si évidente tendresse qu'elle se sentit fondre.

— C'est toi que je veux. Toi… Ce soir.

— Tu ne vas pas disparaître de nouveau ensuite ?

— Non, mentit-elle. Mais nous ne pouvons tout de même pas rester éternellement ici.

— Peut-être que si. Je pourrais te garder ici et ne jamais te laisser partir, chuchota-t-il tandis que ses lèvres parcouraient fiévreusement le cou et la gorge de Katherine.

— Mais qui irait conquérir New York, dans ce cas ?

— Tout ce qui m'intéresse, c'est de te conquérir, toi !

C'était faux, tous deux le savaient parfaitement, et elle en avait assez de ses mensonges. Malgré sa promesse de toujours lui dire la vérité, il avait comploté derrière son dos pour mettre la main sur le terrain de la 23e Rue. Elle devait donc s'en tenir au registre léger, à ce lit et à leur plaisir.

— Cesse de jacasser et passe à l'action, Preston !

— J'aime bien ce côté Madame J'ordonne, chez toi.

Il la débarrassa de sa chemise avant de s'attaquer au sous-vêtement qu'il lui avait prêté, trop lentement au goût de Katherine.

Elle déboutonna son pantalon et ils se débarrassèrent de leurs derniers vêtements. Ils étaient maintenant nus tous les deux, et elle n'avait que cette nuit pour explorer le grand corps athlétique de Preston.

Elle le poussa sur les épaules pour l'étendre sur le lit et contempler son membre dressé. Elle ne l'avait pris dans sa bouche qu'à une ou deux reprises, mais elle avait aimé sa façon de réagir, avec une surprise mêlée de sauvagerie, comme s'il ne pouvait pas croire qu'elle le suçait, comme s'il allait mourir si elle s'arrêtait.

Elle détacha le simple ruban qui retenait ses cheveux et laissa les longues boucles couler sur ses épaules, avant de se pencher pour couvrir de baisers la poitrine de Preston tandis qu'il plongeait les doigts dans la chevelure défaite.

— Tu es tellement belle, Kat !

Sa chair était tiède sous ses doigts et la courte toison qui bouclait sur son ventre lui chatouillait le nez. Elle atteignit enfin son érection. Sur le gland gonflé perlait une goutte qu'elle attrapa d'un coup de langue.

— Bon Dieu ! Recommence, gémit-il.

Elle le lécha encore une fois, de façon plus insistante, et il tressaillit comme un poisson hors de l'eau.

— Tout, Reinette, prends-le tout entier dans ta bouche !

Il avait des exigences, mais cela lui plaisait. Elle n'avait pas besoin de tâtonner ou de deviner, et elle aimait le rendre fou. Elle captura le gland entre ses lèvres et l'enveloppa de sa langue pour lui en faire sentir la douceur. Il souleva imperceptiblement les hanches, comme malgré lui, et elle enfonça un peu plus le membre dans sa bouche.

— Oh, c'est tellement bon… Continue !

De nouveau, elle éprouva l'envie de le taquiner, et elle le lâcha. Comme il grognait de frustration, elle prit entre ses lèvres la base de son sexe pour le lécher longuement.

— Un peu de patience, mon roi.

Elle prit tout son temps, passant la langue sur chaque centimètre de chair, l'agaçant longuement pour mieux s'en souvenir plus tard. Puisqu'il s'agissait de leur dernière rencontre, elle allait se fabriquer des souvenirs pour les années à venir. Elle l'explora afin de dresser la carte de son corps, jusqu'à lécher les bourses gonflées. Quand elle reprit son membre dans sa bouche, les jambes de Preston tremblaient.

Il lui saisit la tête pour l'inciter à aller plus vite avant de se dégager de façon inattendue. Étonnée, elle leva les yeux vers lui. Son regard brillait de désir.

— Couche-toi. J'ai besoin de toi. Tout de suite.

24

Ce soir, quelque chose venait de changer entre eux.

Preston ressentait une ardeur désespérée, bien différente de la passion de leurs précédentes rencontres. Et Katherine ne lui avait pas souri une seule fois... D'ordinaire elle aimait jouer, elle réagissait immédiatement, mais cette fois-ci elle était étrangement sérieuse. Elle s'absorbait dans ses gestes comme si elle devait être notée pour sa prestation.

Alors qu'elle s'allongeait sur le dos, il fit de son mieux pour calmer son impatience. Quand elle avait eu son sexe dans la bouche, il avait été dangereusement près de jouir, et il ne voulait rien précipiter. Il voulait prendre tout son temps et la couvrir d'attentions, savourer chacun de ses soupirs et de ses gémissements. Il voulait l'adorer pendant des heures, comme une pénitence dont ils jouiraient tous les deux.

— Tu m'as pardonné ? questionna-t-il en lui caressant les seins.

— Je te veux, Preston ! gronda-t-elle, ignorant sa question et capturant sa verge pour une longue caresse.

Une onde de plaisir fit vibrer son sexe, ses bourses et tout son entrejambe.

— Bon Dieu, Kat... si tu continues, tu vas me faire jouir tout de suite !

Il se pencha pour aspirer dans sa bouche le bout de ses seins, qu'il suça l'un après l'autre jusqu'à ce qu'ils soient gonflés et qu'elle se cabre sous lui. Ses lèvres remontèrent alors le long de son cou jusqu'à sa bouche, tandis qu'elle continuait à caresser son érection d'une main distraite, ce qui constituait un soulagement autant qu'une frustration.

— Écarte les jambes, chuchota-t-il. Laisse-moi te caresser.

Elle s'exécuta, et il plongea les doigts dans la fente humide. Le parfum de son sexe parvenait à ses narines et le désir monta en lui comme une vague furieuse.

— Tu sens comme tu es mouillée, mon cœur ?

Elle se dressa pour plaquer sa bouche sur celle de Preston. Ce baiser l'enivra ; il ne pourrait jamais s'en lasser. Tout en agaçant son clitoris, il lui rendit son baiser avec une ferveur sans cesse renouvelée tandis que leurs langues se mêlaient.

Les ongles de Katherine s'enfonçaient dans sa chair. Ses hanches se soulevaient pour venir à la rencontre de sa main.

— Maintenant ! Je t'en prie, maintenant ! gémit-elle en se dégageant.

Lui non plus ne pouvait attendre davantage.

Il plaça son sexe devant le fourreau et, sans la quitter des yeux, s'introduisit en elle. Jamais Katherine n'avait été plus belle, avec ses joues en feu et ses lèvres gonflées. Il aimait ce commencement, lorsqu'il se glissait dans la tiédeur de sa fente et que ses yeux chaviraient comme si elle succombait à un plaisir trop intense.

Il se figea tout à coup.

— Kat, je n'ai pas de préservatif ! Je n'en ai jamais eu ici, et...

— Ça ne fait rien. Retire-toi avant de jouir. Surtout, ne t'arrête pas !

Dieu qu'il était bête ! Il n'avait jamais fait l'amour sans préservatif... Voilà l'effet que lui faisait Katherine. Elle l'obligeait à modifier ses projets, elle le mettait dans tous ses états. Elle lui faisait perdre l'esprit.

Il voulait savourer ce moment et la pénétrer avec lenteur, mais le nid qui abritait son sexe dans sa moiteur tiède enflammait sa chair. Il était en sueur. C'était la plus douce des tortures. Tout son corps exigeait qu'il aille plus loin et qu'il prenne son plaisir, mais il se retint, les dents serrées dans un délicieux supplice.

Elle leva les genoux pour mieux s'ouvrir et il plongea en elle, haletant.

— Tu me rends fou, gémit-il.

— Tant mieux ! Oublie toutes ces précautions, tu ne peux pas tout contrôler.

— Tu crois ? questionna-t-il en frottant son bas-ventre sur son clitoris. Tu en es vraiment sûre ?

En gémissant, elle renversa la tête en arrière, les yeux clos. Il enfouit le visage dans son cou, qu'il mordilla et lécha, et elle se crispa autour de son sexe.

— Recommence !

Elle resserra les muscles autour de lui, l'entraînant plus loin en elle, et une exquise douleur enflamma ses bourses. Il était perdu. La douceur et les jeux de cette fille diabolique le rendaient fou.

— Garde les genoux levés, et tu vas voir ce que je peux faire sans précautions !

Elle attrapa ses genoux pour les tenir bien haut et il plongea en elle avec tant de vigueur que le lit heurta le mur. L'espace d'une demi-seconde, il craignit d'être trop brutal, mais lorsqu'il sentit les dents de Katherine s'enfoncer dans son épaule, il céda à ses élans. Il s'enfonça en elle avec une vigueur renouvelée et ses assauts redoublèrent d'ardeur.

Il ne s'arrêta pas, même lorsque les gémissements de Katherine devinrent des plaintes et qu'elle se cabra sous lui.

— Continue, implora-t-elle, c'est si bon !

Il ferma les yeux et accéléra la danse pour lui donner le plus de plaisir possible, mais il n'était pas certain de pouvoir se retenir bien longtemps. Jamais il n'avait éprouvé des sensations aussi intenses.

— Sers-toi de tes doigts. Vite, je t'en supplie ! Continue, ma chérie, insista-t-il en priant pour ne pas jouir trop vite.

— Oh, mon Dieu ! s'écria-t-elle en se cabrant.

Il se redressa sur les coudes pour continuer ses va-et-vient. Avec ses lèvres entrouvertes et sa chevelure répandue autour d'elle, elle était la plus belle femme qu'il ait jamais contemplée. Il s'immobilisa tout à coup et il vit la jouissance s'emparer d'elle. Il remarqua chaque changement, chaque spasme. Ce spectacle lui apportait une satisfaction plus grande que n'importe quel projet immobilier ou n'importe quelle affaire qu'il ait jamais conclue.

Il serra les dents lorsque les parois de son fourreau se resserrèrent sur lui. La chaleur et la force de cette étreinte étaient trop délicieuses.

Avant que les spasmes de sa compagne se calment, il se retira alors qu'il commençait déjà à éjaculer. Les giclées de liquide blanchâtre se répandirent sur ses cuisses et son sexe. Un cri s'échappa de sa gorge, son regard vacilla, et il se retint de ne pas s'écrouler sur elle tandis qu'elle continuait à jouir.

— C'est tellement bon, gémit-il. Bon Dieu, c'est meilleur à chaque fois !

Quand il revint à lui, il se sentait vidé et pleinement heureux, comme si tout était redevenu comme avant. Katherine ne lui en voulait plus, et elle était revenue à sa place dans son lit.

— Tu m'as dévasté, lâcha-t-il en se laissant tomber sur le lit à côté d'elle et en l'embrassant sur le front.

Elle sourit.

— Toi aussi ! dit-elle en désignant son ventre et ses cuisses couverts de sperme.

— Donne-moi un moment pour récupérer, fit-il en bâillant. Je vais te nettoyer, même si j'aime bien voir le désordre dont je suis responsable.

— Je me demande pourquoi cela ne me surprend pas...

— Parce que tu me connais trop bien, soupira-t-il en l'attirant contre lui.

— C'est vrai. C'est pour ça que je sais que tu ne vas pas tarder à fumer.

Cela ne lui était pas venu à l'idée, en fait. Il n'avait pas fumé depuis plusieurs jours, comme à son habitude lorsqu'il se trouvait à la campagne.

— Mmm...

— Qu'est-ce que ça veut dire ?

— Je viens de me rendre compte que je n'ai pas touché mon étui à cigarettes depuis mon arrivée ici.

— Tant mieux ! Tu devrais arrêter, ou alors venir t'installer ici. Tu es visiblement plus détendu et bien moins agité.

— Moins agité ? Je suis vraiment insupportable, d'habitude ?

— Oh, j'essayais simplement être polie.

Il lui chatouilla les côtes et elle commença à se tortiller en riant de la plus charmante façon, ce qui eut pour effet de répandre le sperme sur les draps.

— Viens, on va prendre un bain ensemble, proposa-t-il, luttant contre le sommeil.

— J'ai déjà pris un bain. Je vais m'essuyer et je reviens !

— Tu veux que je t'aide ? questionna-t-il en savourant le spectacle somptueux de son arrière-train pendant qu'elle se dirigeait vers la salle de bains.

— Non, tu en as assez fait !

Il ne demandait qu'à en faire beaucoup plus, dès qu'il aurait repris des forces.

Elle referma la porte derrière elle et il ferma les yeux pour s'accorder un petit instant de repos jusqu'à son retour.

Quand il s'éveilla, il faisait grand jour.

Et elle était partie.

Quand Katherine descendit du train à la gare de Grand Central, elle eut la surprise de trouver Nellie qui l'attendait sur le quai.

— Tu es ici ! Je n'arrive pas à y croire !

— Bien entendu, je suis là. Tu avais l'air tellement bouleversée au téléphone ce matin, je ne pouvais tout de même pas te laisser toute seule, dit Nellie en prenant le bagage de son amie.

Le cœur de Katherine se gonfla de gratitude. Peu après l'aube, elle était allée téléphoner à l'hôtel et avait demandé de l'aide à Nellie pour quitter les Adirondacks le plus rapidement possible. Son amie avait remué ciel et terre pour qu'un wagon privé l'attende à la gare de Saratoga Springs.

— Tout de même, tu n'étais pas obligée de venir. Mettre à ma disposition le wagon privé de ton père était déjà très gentil.

— Oh, ce n'était pas grand-chose. Je l'ai simplement fait bifurquer depuis Albany. À quoi servirait d'avoir un père propriétaire de pratiquement tous les chemins de fer de la côte est si je ne peux pas aider une amie dans le besoin ? Tu m'as l'air épuisée.

Elle l'était. Elle avait passé la plus grande partie de la nuit à réfléchir, à lutter contre ses sentiments, et elle était partie juste au moment où le soleil perçait au-dessus du lac. Preston n'avait pas eu un mouvement lorsqu'elle s'était levée pour s'habiller.

— Tu vas me dire ce qui s'est passé, à la fin ?

— Il s'est passé… Preston.

— Pardon ? Comment cela ?

— Il a passé toute la semaine là-bas. Il me laissait des petits déjeuners et des poissons qu'il avait cuisinés pour mon dîner. Attention, après que je l'ai envoyé promener !

— C'est curieux.

— Très. Mais la nuit dernière, nous avons dîné ensemble et...

Elle n'avait pas besoin de continuer, n'est-ce pas ?

— Et plus, compléta Nellie. Tu étais prête à cela ?

— C'est moi qui l'ai décidé, en fait. Je voulais vivre ça une dernière fois avec lui.

— Je suis certaine qu'il ne s'est pas fait prier.

— Il ne savait pas. Il croit que je lui ai pardonné.

— Je n'ai pas l'habitude de prendre la défense de Preston, mais je te trouve un peu dure, Katie. Pourquoi ne lui as-tu pas parlé ?

Katherine préféra ignorer le sentiment de culpabilité qui pointait tandis qu'elles se frayaient un chemin dans la foule. Toute cette agitation rendait impossible une conversation intime, ce qui lui convenait parfaitement. Nellie se dirigea tout droit vers une porte latérale. De l'autre côté, une voiture aux rideaux tirés les attendait.

— C'est pour nous, indiqua-t-elle.

— Tu es vraiment la meilleure amie dont on puisse rêver ! s'écria Katherine, une fois installée à l'intérieur.

— Je sais, mais ne t'imagine pas que je vais changer de conversation. Je ne comprends pas pourquoi tu n'as pas expliqué tes sentiments à Preston.

— À quoi cela aurait-il servi ? Il m'a déjà présenté ses excuses et je lui ai dit que je ne pouvais pas lui pardonner.

— Tu ne peux pas ? répéta Nellie, presque déçue. Je ne connais pas de meilleure personne que toi, et tu ne peux vraiment pas lui pardonner ?

— Il m'a volé ce terrain !

— Et cela te surprend ? fit Nellie en ricanant. C'est de Preston que nous parlons ! Tu connais sa réputation et il n'a jamais caché ses sentiments envers ton père. Il t'a plusieurs fois répété que ce terrain lui appartenait et conseillé de ne pas compter dessus. Tu veux savoir ce que j'en pense ?

— Non, plus maintenant, grommela Katherine en évitant le regard de son amie.

— Ah, tu veux simplement que je prenne ton parti ! Eh bien, tu peux compter sur moi pour toujours te dire ce que je pense, Mademoiselle Allons-faire-la-fête ! Je pense que tu es amoureuse de cet homme.

— Ne dis pas de bêtises ! rétorqua immédiatement Katherine. Ce serait incroyablement bête de ma part !

— Pas s'il partage tes sentiments. Et, à voir la façon dont il t'a poursuivie jusqu'au lac George et dont il a joué les cuisiniers pour toi pendant une semaine, j'ai bien envie de dire que c'est le cas.

« Tu n'as pas encore compris jusqu'où je serais prêt à aller pour toi ? »

Non, c'était impossible. Preston, amoureux d'elle ? C'était... risible. Tout ce qui l'intéressait, c'était de coucher avec elle, de reprendre leurs rendez-vous galants et de détourner son attention de leur différend à propos de la 23e Rue.

Et de toute façon, elle était une Delafield. Il ne pourrait jamais l'aimer, après ce qui s'était passé entre leurs pères.

— Tu te trompes, répondit-elle à Nellie. Il n'a aucun sentiment pour moi.

— Je ne suis pas de ton avis. Tu aurais dû le voir quand il est venu chez moi pour savoir où tu étais, Katie. On aurait dit un chien de chasse !

— Preston est venu te voir ? Quand ça ?

— Quelques jours après ton départ. Il m'a suppliée de lui dire où tu étais. Vraiment *suppliée*, Katie. Et il était livide quand j'ai refusé. Il m'a dit qu'il tenait à toi. Beaucoup.

— C'est vrai ? Ce sont ses mots ?

— Oui. Pour un peu, j'aurais eu pitié de lui, mais ensuite je me suis rappelé le mal qu'il t'avait fait, et j'ai oublié toute sympathie pour lui.

Katherine n'en croyait pas ses oreilles. Preston était allé demander à Nellie où elle se trouvait ?

— Ton refus a dû le mettre hors de lui. Il n'a pas l'habitude qu'on lui résiste...

— Oui, il a été très en colère quand j'ai refusé. Je pense que cela lui fait du bien, finalement. Tu lui as donné une bonne leçon d'humilité en lui démontrant qu'il ne peut pas toujours avoir ce qu'il veut.

— Je ne l'ai pas fait intentionnellement. Il m'a fait du mal.

— Je sais bien ! Comment te sens-tu à propos des fiançailles de ton père ?

— Mieux. Je pense que si j'avais été mariée et établie dans la vie, je l'aurais mieux pris. J'ai eu l'impression qu'il se construisait une nouvelle existence indépendante, alors que moi je n'en ai pas.

— Ton père reste ton père, même s'il épouse ou couche avec...

— Nellie, je t'en prie !

Katherine n'avait aucune envie d'imaginer son père au lit avec Mme Whittier.

— Ça m'ennuie de te le dire, mais ils couchent ensemble, Katie.

— Je sais, mais ça ne veut pas dire que j'aie envie d'y penser.

— Je comprends. Mais tu n'es pas en train de le perdre, et sa nouvelle relation ne signifie pas qu'il oublie ta mère. Il se sent seul, c'est tout.

— Si ton père épousait Mme Paulson, cela ne t'ennuierait pas ?

Mme Paulson était depuis longtemps la maîtresse de Cornelius Young, et Nellie était très amie avec elle.

— Je n'y verrais aucun inconvénient. Tout ce que je demande, c'est qu'il soit heureux. Si Mme Paulson le rend heureux, tant mieux. Il aime toujours ma mère, et cela ne changera jamais. La mort ne signifie pas l'oubli, soupira Nellie. Avec le temps, nous apprenons à vivre avec le chagrin, mais il faut avancer dans la vie. Nous devons tous continuer à vivre du mieux que nous pouvons.

— Tu es tellement raisonnable ! J'aimerais être aussi philosophe que toi.

— Je ne le suis pas tant que ça, tu sais. Je fais comme je peux, comme tout le monde sur cette planète, mais je connais le deuil et la souffrance.

— Cela me paraîtra tellement incongru de la voir chez nous, à la place de ma mère !

— Au début, oui, mais tu t'y habitueras. Tu crois que ta mère aurait voulu qu'il reste seul et triste pour le restant de ses jours ?

Non, sa mère n'aurait certainement pas souhaité cela. Elle avait aimé son mari de toute son âme. Avant de mourir, elle avait recommandé à Katherine de prendre soin de lui.

Elle ne put réprimer un sentiment de culpabilité. Elle s'était montrée égoïste, comme une véritable enfant gâtée. Son père lui pardonnerait-il jamais ? Et Mme Whittier ? Au lieu de leur présenter ses félicitations, elle s'était enfuie pour se cacher dans les bois.

— Je leur dois des excuses à tous les deux. Je n'ai pas l'habitude de fuir et de me cacher, pourtant.

— Ton père t'a prise à l'improviste. Il aurait dû t'en parler depuis longtemps et s'assurer que l'idée ne te choquait pas. Mais j'ai bien l'impression que ta petite escapade dans les bois était plus en rapport avec Preston que tu ne veux l'avouer.

C'était probablement vrai. Katherine ne s'était pas attendue à sa trahison, même s'il l'avait prévenue qu'il n'était pas un homme honorable. Pourquoi ne l'avait-elle pas écouté ?

Parce qu'elle voulait croire qu'il tenait à elle plus que tout…

Elle s'était conduite comme une imbécile. Peut-être un jour éprouverait-il ces sentiments pour une femme, mais elle n'avait pas l'intention de l'attendre. Elle allait trouver un autre terrain pour le musée de sa mère et chasser définitivement Preston Clarke de son esprit.

— Merci, Nellie ! Je ne sais pas ce que je ferais sans toi.

— Tu t'amuserais beaucoup moins, c'est l'évidence.

Katherine pouffa.

— C'est vrai. Promets-moi de ne jamais quitter New York. Nous resterons amies toute notre vie et nous donnerons des fêtes superbes, comme Mme Fish et Mme Vanderbilt.

— Je te le promets, mais seulement à condition de nous inspirer de modèles un peu plus larges d'esprit !

— Je te laisserai le soin de l'organisation, marmonna Katherine en fermant les yeux.

— Alors, tu viens à la maison avec moi ou je te dépose chez toi ?

Katherine avait beau craindre comme la peste la conversation qui l'attendait, elle devait absolument faire la paix avec son père.

— Dépose-moi à la maison, s'il te plaît. Je ne peux pas me cacher éternellement. Il faut que j'aille m'excuser.

— Et Preston ?

— Qui ça ?

— Je vois ! Eh bien, bonne chance, fit Nellie, amusée. Quelque chose me dit que M. Preston Clarke n'aimera pas beaucoup se voir ignoré. Tu ferais bien de t'y préparer !

25

Il se rendit directement chez les Delafield.

Après avoir fébrilement cherché Katherine dans un rayon de cinq kilomètres autour du chalet, Preston avait fini par apprendre qu'elle était retournée en ville par le train du matin. Le soulagement de savoir qu'elle ne s'était pas perdue dans les bois et n'avait pas été mise en pièces par un ours avait failli l'anéantir. Dieu merci, elle était indemne !

La colère n'avait pas tardé à le gagner, cependant. Tout de même, elle aurait pu laisser un mot pour lui dire qu'elle rentrait chez elle et ne pas l'inquiéter…

Il avait donc quitté les Adirondacks et regagné Manhattan le plus rapidement possible, dans sa hâte de la revoir et de lui demander une explication. Cela lui avait tout de même pris la plus grande partie de la journée. Quand il arriva devant sa porte, il était déjà presque 16 heures.

Après avoir frappé avec le gros heurtoir de cuivre, il tenta de défriper un peu son costume. Il n'avait même pas pris le temps de se raser, ce matin, et il avait attrapé les premiers vêtements qu'il avait sous la main. Ses souliers étaient encore maculés de boue, à force d'avoir couru partout en hurlant son nom dans les environs du chalet...

La porte s'ouvrit sur un majordome qui haussa théâtralement les sourcils devant sa tenue. Il avait certainement l'air d'un clochard.

— Mlle Delafield, je vous prie.

— Avez-vous une carte de visite, monsieur ? fit le domestique en le toisant malgré la différence de taille.

— Je n'en ai pas sur moi. Dites-lui que M. Clarke la demande. Elle me recevra.

— Entrez, je vais voir si Mademoiselle est disponible. Vos pieds, je vous prie ! ajouta-t-il comme Preston faisait mine d'entrer.

Ah oui, la boue... Il enleva ses souliers, qu'il laissa en haut des marches du perron, et entra en chaussettes dans le vestibule. Le majordome parut scandalisé, mais Preston s'en moquait éperdument. Il n'avait pas de temps à perdre.

— Si vous voulez bien attendre ici, monsieur, dit le domestique en lui désignant le salon d'un air dégoûté.

Preston commença à faire les cent pas en attendant l'arrivée de Katherine. Elle lui devait des explications. Après la nuit dernière, après ce qu'ils avaient partagé, elle s'était glissée hors du chalet sur la pointe des pieds et avait disparu. Elle n'avait donc pas réalisé le danger ? Elle n'avait donc pas imaginé qu'il se ferait un sang d'encre à son réveil ?

Depuis quand sa Reinette était-elle devenue aussi négligente ? Depuis quand manquait-elle d'égards à ce point ? Cela ne lui ressemblait pas du tout.

— Eh bien, en voilà une surprise !

Cette voix de baryton le fit se retourner. Le père de Katherine le considérait avec étonnement – et pas à cause de ses pieds déchaussés.

— C'est Katherine que je veux voir ! s'écria Preston en guise de salutations.

— Oui, c'est ce que m'a dit mon majordome. Ce que je ne comprends pas, c'est pour quelle raison.

Preston se cabra. Il n'avait aucune explication à donner à cet homme. Que faisait Lloyd chez lui aux heures de bureau, de toute façon ?

— Pour m'assurer qu'elle va bien, grommela-t-il.

— Je vois... On m'avait dit que tu n'étais pas en ville cette semaine. Tu n'étais pas dans les Adirondacks, dans les environs du lac George, par hasard ?

— Je ne vois pas en quoi cela vous regarde !

— Cela me regarde dans la mesure où tu as visiblement ruiné la réputation de ma fille, Preston ! Est-ce que tu as l'intention de te conduire honorablement ?

Honorablement... C'était risible.

— Ne venez pas me faire des sermons sur l'honneur, comme si vous connaissiez la signification de ce terme.

— Quels que soient mes torts, je n'ai jamais déshonoré une jeune femme innocente. Tu crois vraiment que ça va rester une affaire privée et que personne ne saura que tu l'as suivie jusque là-bas ?

— Cela ne regarde que Katherine et moi, et personne d'autre !

— Tu te trompes. Personne n'existe de façon isolée, Preston. Tu imagines que Manhattan Surety va continuer à traiter avec toi si cela s'ébruite ? Ces sociétés attachent un grand prix à la respectabilité et aux valeurs familiales. Et à la fiabilité... Tu crois que tu pourras les convaincre de travailler avec Clarke Holdings si ce que tu as fait s'ébruite ?

— Vous essayez de me faire chanter ?

— Non, j'énonce simplement des faits.

— C'est vraiment pitoyable, même de votre part ! Vous croyez que Katherine vous pardonnerait de nous obliger à nous marier ? Vous lui avez déjà fait suffisamment de mal avec vos fiançailles ! Est-ce que vous avez réfléchi une minute à l'effet de cette nouvelle sur votre fille, espèce de vieil égoïste ?

— Égoïste, ah oui ? fit Lloyd en s'empourprant. Je suis égoïste parce que je m'engage avec la femme que j'aime ? Mettons les choses au point, Clarke ! J'avais prévu d'en parler à Katherine moi-même, mais ma sœur s'est enthousiasmée un peu trop vite et lui a annoncé la nouvelle avant que j'aie le temps de le faire. J'aime Katherine, et je ne lui ferais jamais de mal intentionnellement. Tu peux en dire autant ?

— Je ne veux pas lui faire de mal non plus !

— Mais tu lui en as déjà fait. Tu as préféré ton avidité et ton ambition à son bonheur, et je ne parle même pas de ta rancune. Sans tes préventions contre moi, tu l'aurais épousée !

— Mes préventions sont justifiées. Je sais exactement quel genre d'homme vous êtes, et en fait d'avidité et d'ambition, vous êtes mal placé pour donner des leçons à qui que ce soit !

— Oui, je suis tellement odieux que j'ai porté ton père à bout de bras, que j'ai passé l'éponge sur sa folie du jeu et que j'ai couvert ses pertes pendant onze ans. Onze ans, Preston ! Si je l'ai fait, c'est parce que c'était mon ami et que je savais que dès que j'arrêterais, il perdrait tout. À l'époque, tu étais trop jeune pour prendre sa succession. Il m'a donc fallu attendre que tu grandisses. Quand j'ai été certain que tu avais les compétences nécessaires, j'ai dissous notre association et j'ai pris mes distances avec Henry.

— À vous entendre, vous êtes un véritable saint ! Pourquoi n'avez-vous pas essayé de l'aider, tout simplement ?

— Tu crois que je n'ai pas essayé ? Il ne m'écoutait pas ! J'ai couru tous les tripots de la ville pour leur demander de ne plus lui avancer d'argent, mais il en a trouvé d'autres. Autant essayer de vider la mer avec une petite cuillère ! J'ai fait de mon mieux jusqu'à ce que tu deviennes un jeune homme capable de reprendre ses affaires.

— Vous n'auriez pas pu attendre deux ans de plus, que j'obtienne mon diplôme ? J'étais en deuxième année à Harvard, bon Dieu !

— Nous n'avions plus le temps. Ton père se savait malade et il s'est mis à jouer encore plus, et encore plus gros. Il voulait tout regagner avant de mourir, mais il n'a jamais eu de chance au jeu. Quelques mois de plus, et tout ce que vous aviez disparaissait !

— Bien. Je comprends pourquoi j'ai dû quitter l'université, mais pourquoi avez-vous toujours renchéri sur chaque terrain que j'essayais d'acheter ? Sans le prêt de Forrest, j'aurais perdu notre maison !

— Je trouvais préférable que tu te fasses les dents tout seul.

— Je vous remercie ! Vous avez abandonné Henry, vous m'avez abandonné et ensuite vous avez essayé de me savonner la planche à chaque tournant !

— Je ne t'ai jamais « savonné la planche ». Je voulais simplement t'obliger à apprendre rapidement ce qu'il faut pour survivre dans un milieu aussi dangereux et impitoyable que le nôtre. Quelquefois, le seul moyen pour un homme de faire son chemin, c'est de se lancer tout seul.

— Quelle magnifique hauteur de vue ! Vous avez trouvé cette formule dans une publicité ?

— Ce que je veux dire, gronda Lloyd, c'est que tu ne serais jamais arrivé aussi loin aussi vite si je t'avais aidé. Tu n'avais pas besoin de mon aide : il suffit de voir comment tu as réussi !

C'était plus que Preston n'en pouvait supporter. Il n'était pas prêt à admettre qu'il y avait du vrai dans ce que disait Lloyd. Il ne voulait rien éprouver d'autre que de la haine envers cet homme.

— Où est Katherine ? Je veux la voir !

— Elle ne veut pas te voir.

— Je ne vous crois pas !

Un affreux soupçon s'insinua dans le cœur de Preston – la peur que Lloyd dise vrai. Elle était partie sans un mot, après tout.

— J'étais avec elle quand on t'a annoncé. Elle ne veut pas venir.

— Vous mentez !

Preston se dirigeait déjà d'un pas décidé vers l'escalier lorsqu'une main l'arrêta.

— Tu as perdu la tête ? Tu crois que je vais te laisser fouiller toute ma maison pour la trouver ?

Eh bien, si Delafield voulait jouer à ce petit jeu, Preston allait employer les grands moyens.

— Katherine ! Viens ici tout de suite ! hurla-t-il.

— Sors de chez moi ! s'emporta Lloyd en le poussant vers la porte, sans que Preston quitte l'escalier des yeux.

— Je veux lui parler !

— Épouse-la, et tu pourras lui parler autant que tu voudras !

« Épouse-la... »

Les mots résonnèrent dans l'esprit de Preston et pénétrèrent ce qui lui restait de conscience. Cette éventualité était aussi tentante qu'étonnante, mais que ce soit Lloyd qui la lui souffle et agite cette idée comme un morceau de pain devant un homme affamé le hérissait.

— Cela vous ferait plaisir, n'est-ce pas, que j'honore cette ridicule promesse de mariage ?

— En fait, non. Je veux que ma fille épouse un homme qui l'aime et la respecte, et je ne suis pas certain que tu en sois cap...

— Arrête, papa !

Les deux hommes se retournèrent vers l'escalier où se tenait Katherine, visiblement fatiguée mais merveilleusement belle. Le cœur de Preston bondit dans sa poitrine, comme s'il ne battait que pour elle.

— Katherine !

— Je vais vous recevoir au salon, monsieur, lança-t-elle avec une froideur qui n'aurait jamais laissé deviner qu'ils avaient partagé plusieurs orgasmes passionnés la nuit précédente.

Preston se dégagea de l'emprise de Lloyd et revint au salon, où il se mit à faire les cent pas comme un lion en cage. Il entendit Katherine échanger quelques mots avec son père, mais il était trop loin pour distinguer ce qu'ils disaient. Quand elle entra, il dut se retenir pour ne pas la prendre dans ses bras. Il aurait voulu la serrer contre lui, sentir sa chair et humer le parfum de sa chevelure.

Et ne plus jamais la lâcher…

Elle ferma la porte derrière elle et le toisa, bras croisés, sans la moindre aménité.

— Tu as perdu l'esprit ? J'ai passé la plus grande partie de la journée à essayer de convaincre mon père que rien ne s'était passé entre toi et moi, et tu démolis tous mes efforts en quelques secondes !

— Quand je me suis réveillé, tu étais partie, Kat ! J'étais fou d'inquiétude.

— Je t'ai laissé un mot.

— Où ça ? Je n'ai rien trouvé !

— Sur le plan de travail de la cuisine.

Il avait seulement passé la tête dans la cuisine pendant qu'il la cherchait partout.

— C'est un drôle d'endroit pour laisser un papier important, tu ne crois pas ?

— J'ai pensé que ce serait la première chose que tu verrais en faisant ton café.

— Tu crois que j'ai pensé à me faire du café alors que tu avais disparu ?

— Je n'ai pas disparu, Preston. Je suis partie.

— J'ai cru que tu t'étais perdue dans les bois ou que tu avais été attaquée par un ours !

— Je suis désolée. Je ne pensais pas que tu t'inquiéterais autant.

— Tu ne pensais pas que je m'inquiéterais autant ? Mais enfin, Katherine, j'ai vieilli de dix ans en une seule journée !

— Je suis désolée. Vraiment désolée.

— Tu ne m'as pas cru quand je t'ai dit que je tenais à toi ?

— Si. Je crois que tu tiens à moi, à ta façon. Mais cela ne me suffit pas, Preston.

— Qu'est-ce que tu veux dire par « à ta façon » ?

— Je veux dire que tes projets et ta société comptent plus que tout pour toi. Tes priorités sont parfaitement claires.

Il avait entendu la même accusation maintes et maintes fois dans la bouche d'une foule de personnes au cours de sa vie, mais pour la première fois, il la trouva injuste.

— Et c'est pour cela que je t'ai suivie jusque dans les Adirondacks pendant pratiquement une semaine ? J'ai tout laissé en plan pour m'occuper de toi !

— Parce que tu te sentais coupable ! Tu as volé ce terrain à mon père et à moi. Et parce que tu voudrais... (elle baissa la voix)... que je revienne dans ton lit, tu t'es précipité à la campagne pour essayer de faire la paix.

Il ouvrit la bouche pour protester, et la referma aussitôt. Il ne pouvait pas lui donner tort, même s'il n'aimait pas sa façon de présenter les choses.

— D'abord, je n'ai pas volé ce terrain. C'est ton père qui me l'avait volé, et je n'ai fait que reprendre ce qui m'appartient. Ensuite, je ne peux pas nier que j'aimerais continuer notre relation.

— Ça, je m'en doute ! commenta-t-elle sèchement. Et de cette façon, tu aurais tout ce que tu veux, n'est-ce pas ?

— Tu sais très bien que ce n'est pas vrai.

— Preston, reprit-elle après un long silence pendant lequel il s'obligea à patienter, avec toi, je perds à chaque fois. La promesse de mariage, la propriété du terrain… et même mon cœur. Je ne fais que perdre, encore et encore ! À la fin, j'ai besoin… j'ai besoin de penser à moi. Sinon, j'aurais peur de me retrouver sans rien du tout.

C'était donc l'idée qu'elle se faisait de lui et de leur relation ? Cette découverte le déchira.

— Je n'ai jamais voulu te faire de peine. Jamais. Je préférerais mourir plutôt que te faire de la peine, Kat.

— Mais tu m'en as fait, intentionnellement ou non. Je suis désolée, mais je ne peux plus continuer comme ça, conclut-elle, les yeux brillants de larmes.

« J'étais amoureuse de toi, et tu m'as brisé le cœur. Tu ne pourras pas le réparer. »

C'était ce qu'elle lui avait dit lorsqu'il était arrivé à la campagne et, même après ces quelques jours là-bas, rien n'avait changé. Elle ne lui avait pas pardonné…

Mais, au fond, est-ce que je mérite son pardon ?

Peut-être pas, mais il n'était pas prêt à renoncer à elle – à *eux* –, il venait de s'en rendre compte. Il ne pouvait pas imaginer sa vie sans Katherine. Aucune femme ne l'avait ainsi possédé corps et âme, et la seule idée de la perdre lui donnait envie de tomber à ses genoux pour la supplier.

Il n'avait encore jamais prononcé ces paroles devant une femme, mais il savait ce que signifiaient cette peur panique, cette obsession de tout ce qui la concernait, ce besoin de l'avoir constamment à ses côtés.

Il devait le lui dire, même s'il était trop tard.

— Katherine, je t'aime. Je suis amoureux de toi. Dis-moi que tu m'aimes aussi, je t'en prie ! supplia-t-il en prenant son visage entre ses mains.

— C'est impossible. Je ne serais pas honnête envers moi-même. Je ne veux pas être un pion que tu déplaces et manipules à ton gré, dit-elle en se dégageant tandis qu'une larme roulait sur sa joue. Je veux être indépendante, je veux être maîtresse de moi-même.

— Je t'y aiderai, répondit-il avec ferveur. Accepte le terrain de Washington Heights. Nous y construirons ton musée.

— C'est donc ça, ce que tu appelles « être indépendante » ?

— Katherine, je sais comment développer ce genre de projets et les mener à bien rapidement. Je te faciliterai les choses.

Elle s'impatienta.

— Tu ne m'écoutes pas, et cela ne fait qu'apporter de l'eau à mon moulin. Cela prouve que tu n'es pas fait pour moi.

— Mais non, tu te trompes ! protesta-t-il, saisi de panique. Nous sommes faits l'un pour l'autre, nous partageons les mêmes intérêts. Tu devrais m'épouser, en fait !

Les mots lui avaient échappé, mais il ne songea pas une seconde à les rattraper. Il voulait réellement l'épouser…

Cette proposition ne sembla pas l'enthousiasmer, bien au contraire : elle laissait libre cours à ses larmes.

— C'est vraiment la demande en mariage la plus effarante dont j'aie jamais entendu parler, ce qui n'est pas peu dire quand on sait qu'*Orgueil et Préjugés* est mon roman préféré !

— Je n'ai pas eu le temps de réfléchir à une demande en mariage en bonne et due forme, mais je le ferai, répliqua-t-il, sentant que le désastre menaçait. Je te donnerai toute la romance et toute la sincérité que tu peux désirer, je te le promets !

— Je n'en veux pas. Et je ne suis pas certaine que j'y croirais, qui plus est.

Le coup avait porté, et il faisait mal.

— Je ne t'ai jamais menti, Kat.

— Pas directement, effectivement. Mais tu as fabriqué un faux pour me prendre ce terrain. Tu m'avais dit que tu n'étais pas un homme honorable. J'aurais mieux fait de t'écouter, n'est-ce pas ?

— Je te le répéterai inlassablement jusqu'à ce que tu me croies : ce terrain m'a toujours appartenu, il n'a jamais été à ton père.

— Nous n'avons plus rien à nous dire. J'ai à faire, et tu as certainement une montagne de travail qui t'attend, conclut-elle en se dirigeant vers la porte.

— Non, nous n'avons pas terminé cette discussion ! s'exclama-t-il. Si tu imagines que je ne me battrai pas pour toi et que je ne suis pas prêt à mettre cette satanée ville à feu et à sang pour que tu sois à moi, tu te trompes lourdement !

— Adieu, Preston.

— Je t'en prie, Katherine ! s'écria-t-il, effrayé, en se précipitant pour l'arrêter. Je ne peux pas supporter que tu me détestes. J'ai tellement besoin de toi.

— Je ne te déteste pas, mais je veux plus que ce que tu es prêt à me donner. Tu ressembles aux gratte-ciel que tu construis, solides et impénétrables, et tu es aussi inébranlable que leurs fondations. Va conquérir le monde, tu y arriveras très bien sans moi, ajouta-t-elle d'une voix légèrement tremblante.

— Non, je t'en prie ! Donne-moi une chance de me racheter.

— Cela ne servirait à rien. Nous n'avons pas besoin d'une occasion supplémentaire pour constater que rien n'est possible entre nous. Nous le savons tous les deux.

Elle le contourna, ouvrit la porte… et disparut.

26

Il avait les mains moites.

Assis dans l'antichambre, Preston balançait nerveusement les jambes, comme un collégien avant un examen. Il devait réussir, il n'avait pas le choix… Il avait trouvé cette solution, il y avait longuement réfléchi et tout reposait sur cette entrevue.

Il n'avait pas été aussi soucieux depuis qu'il était rentré de Harvard pour apprendre que sa famille était au bord de la ruine.

— M. Delafield va vous recevoir maintenant, monsieur Clarke, annonça la secrétaire.

— Tu ne manques pas de toupet de venir ici ! C'est presque aussi cavalier que lorsque tu as forcé ma porte l'autre jour, lança Lloyd depuis son bureau sans se donner la peine de se lever.

— Je vous présente mes excuses. Mais ce n'est pas pour parler de votre fille que je suis venu, expliqua Preston en s'asseyant.

— Je ne vois pas de quoi d'autre nous pourrions parler.

— Je voudrais fusionner nos deux sociétés.

— Tu… Pardon ?

— Je voudrais que Clarke Holdings et Delafield & Co fusionnent, comme avant.

— Pourquoi ?

— Parce que j'ai trouvé la femme que je veux épouser. Une jeune femme belle et intelligente sans qui je ne peux pas vivre. Je veux passer mon temps avec elle, l'emmener en voyage, élever nos enfants à ses côtés. Je veux construire ma vie avec elle, et pas seulement quelques fragments de vie, ce qui serait le cas si je continuais à diriger seul Clarke Holdings.

— Il s'agit de ma fille...

— Oui. Je vous demande la permission de l'épouser.

Il n'avait eu aucun mal à prononcer ces paroles. Il se moquait de ce que pensait Lloyd de leur relation. La seule personne qui comptait à ses yeux, c'était Katherine.

— Quelque chose me dit que si je refuse, tu ne la laisseras pas tranquille, n'est-ce pas ?

— Absolument, mais je sais qu'elle préférerait avoir votre bénédiction.

— L'as-tu déshonorée ?

— C'est elle qui a fait de moi une ruine ! Je l'aime plus que tout au monde. Au-delà de toute raison, sans doute. Et certainement au-delà de toutes les rancunes que j'ai pu nourrir.

— Je suis prêt à te croire.

Preston fouilla dans sa serviette, en sortit un dossier brun et le posa sur le bureau.

— Voici un gage de ma bonne foi.

— Mais ce sont les titres de propriété de la 23e Rue ! s'écria Lloyd une fois le dossier ouvert.

— Je veux que vous gardiez le terrain, Katherine et vous.

— Et Manhattan Surety ? Et le plus haut gratte-ciel du monde ?

— J'ai prévenu Manhattan Surety que je ne possédais plus ce terrain. C'est à eux de prendre une décision, maintenant. Si l'affaire capote, ce ne sera pas la fin du monde. Il y aura d'autres projets et d'autres immeubles à construire...

— Est-ce que tu essaies d'acheter ma fille ? Parce que je ne suis pas du tout certain que cela suffise. Elle a fait une offre pour un autre terrain à Brooklyn...

Elle n'avait pas perdu de temps, mais Preston n'attendait rien de moins de la part de Katherine. Quand elle s'attelait à une tâche, elle la menait à bien. Il était certain qu'elle avait déjà établi une liste de tout ce qu'elle avait à faire.

— Non, ce n'est pas une tentative de la soudoyer. Puisque vous me dites que Henry vous l'a vendu, j'ai décidé de vous croire. Je n'ai donc jamais eu légalement aucun droit sur ce terrain.

— Jusqu'à ce que nous fusionnions nos deux sociétés, bien entendu...

— Si vous voulez exclure de la fusion les actifs que nous possédons déjà, je ne m'y opposerai pas.

— Tu es sérieux ?

— Tout à fait sérieux.

— Je ne sais pas quoi te dire. Et si Katherine refuse ta demande en mariage ? Est-ce que tu retireras ton offre de fusion ?

— Elle ne refusera pas.

Il affichait une confiance qu'il était bien loin d'éprouver. Il était assailli par le doute, en fait. Il avait toutes les chances d'essuyer un échec et d'abandonner pour rien sa société aux mains de Lloyd Delafield.

— J'honorerai notre accord, quoi que décide votre fille.

— Et qu'est-ce qui te fait croire que j'ai envie de te donner la moitié de ma société ? objecta Lloyd, visiblement sceptique.

— Trois raisons. La première, c'est que je vous donne la moitié de la mienne en échange. Le deuxième, c'est que vous allez avoir besoin de consacrer du temps à votre nouvelle épouse.

— Et la troisième ?

— Que je suis sur le point de devenir votre gendre !

Delafield sourit.

— Tu ne manques pas de toupet, il faut le reconnaître. Très bien, j'accepte à une condition : que Katherine consente à t'épouser. Si elle dit oui, nous fusionnerons nos deux sociétés.

Preston se détendit un peu, mais il lui restait encore un obstacle à franchir.

— Parfait. Je vais demander à mes avocats de prendre contact avec les vôtres. Je serai heureux de travailler avec vous, conclut-il en tendant la main à Lloyd, qui se leva pour la lui serrer.

— Ne te monte pas trop vite la tête, mon petit. Je nc sais pas ce qui s'est passé entre vous, mais cela l'a profondément blessée. Je ne l'avais pas vue aussi triste depuis la mort de sa mère.

— J'ai beaucoup à me faire pardonner, concéda Preston, que cette remarque avait dévasté, mais personne n'est aussi déterminé que moi quand ma décision est prise.

— Je veux bien le croire. Bonne chance ! s'exclama Lloyd avec une sincérité évidente.

— Je suis étonné de votre soutien, remarqua Preston sans pouvoir s'en empêcher.

— Tu sais pourquoi ton père et moi avons eu l'idée de fiancer nos uniques enfants ?

— Un accès de folie ?

— Non, pas tout à fait. Nous n'avons jamais eu l'intention de vous obliger à vous marier. Le but était de vous réunir, en espérant que cela déboucherait sur une attirance réciproque.

— C'est pour cette raison que vous l'avez encouragée à venir me trouver pour mettre au point les détails de la cérémonie ?

La lueur malicieuse dans les yeux de Lloyd lui donna la réponse, ce qui lui fit penser à autre chose.

— Et l'acte de propriété de la 23e Rue ? C'était pour nous mettre en rapport, encore une fois ?

— Fais-moi penser à te donner les coordonnées de mon faussaire. Il est bien meilleur que le tien, dit Lloyd en souriant, visiblement très content de lui.

— Par le Christ ! Vous êtes vraiment un fils de pute !

— Exactement comme toi, mon petit, et c'est justement pour cette raison que je suis prêt à t'accorder la main de Katherine. Tu feras tout ce qu'il faudra pour veiller sur elle, je le sais.

— Oui, vous pouvez compter sur moi.

— Va la retrouver, alors !

— Merci d'être venue, Katherine, fit Alice pendant que la voiture suivait la 74e Rue est. Kit a trop à faire avec le dîner du club, et je voudrais un avis sur une maison que nous envisageons d'acheter.

Ce jour-là, Alice avait invité Katherine à venir prendre le thé et à l'accompagner pour une course en ville. Puisque Katherine attendait toujours une réponse à l'offre qu'elle avait faite pour le terrain de Brooklyn, elle n'avait pas grand-chose à faire ces temps-ci. De plus, elle espérait qu'une sortie avec une amie la distrairait de son chagrin d'amour.

« Je préférerais mourir plutôt que te faire de la peine, Kat ! »

C'était pourtant ce qu'il avait fait, et plus d'une fois. Elle en avait assez d'y penser, de se plonger dans ses souvenirs et de laisser Preston Clarke occuper son esprit et son cœur. Quand donc cesserait-elle de ruminer ?

— Alice, tu es vraiment certaine de vouloir acheter cette maison ? Elle n'a pas l'air à vendre.

Aucune fleur, aucune plante n'ornait le perron, les rideaux étaient tirés, et la bâtisse avait l'air aussi accueillante qu'un cimetière.

— J'aime bien le quartier, expliqua distraitement Alice.

La 74e Rue est…

Ce n'était pas là que Preston habitait ? Que Kit ait envie de venir y vivre n'avait donc rien d'étonnant. Les deux amis pourraient faire ensemble des promenades à cheval et aller dîner chez l'un ou l'autre. Une vague de douleur serra comme un étau le cœur de Katherine.

— Entrons jeter un coup d'œil, suggéra Alice en descendant de voiture.

Katherine examina les maisons environnantes, mais se reprit rapidement. Il ne pouvait pas être là en plein milieu de l'après-midi – et de toute façon, elle s'en moquait.

— Passe devant !

Sur le perron, Alice tira une clé de son sac – ce que son amie trouva curieux – et ouvrit la porte d'entrée.

— Après toi, pria-t-elle.

Katherine fit quelques pas dans le vestibule et s'arrêta net. Les murs...

Des tableaux recouvraient tous les murs, quelquefois si près les uns des autres que les cadres se touchaient, comme si le propriétaire avait voulu cacher chaque centimètre de la cloison. Elle reconnut certaines peintures, mais beaucoup de paysages ou de scènes de rue lui étaient inconnus. Des natures mortes... des gens... des animaux... Les tableaux occupaient tout le vestibule et jusqu'à l'escalier.

— Je suis désolée, Katherine. J'espère que tu me pardonneras.

La porte se referma derrière elle et Katherine se retourna pour interroger son amie, mais elle était seule.

— Alice ?

Lui pardonner ? Mais quoi donc ?

La lumière se fit alors dans son esprit. La 74e Rue est... Les tableaux... La disparition d'Alice...

Preston !

Katherine ferma les yeux.

— Alice Ward, reviens ici tout de suite !

Elle ne reçut aucune réponse. C'était proprement incroyable.

Il voulait la voir ? Très bien. Elle allait lui dire ce qu'elle pensait ! Il pouvait bien acheter autant de tableaux qu'il voulait, cela ne l'intéressait pas. Elle avait pris sa décision lorsqu'elle se trouvait dans les Adirondacks. Preston donnerait toujours la préférence à sa société sur n'importe quelle femme.

Et donc sur elle…

Elle inspecta les autres pièces de la maison ; elles étaient aussi silencieuses qu'un tombeau. Il comptait l'ignorer ? Et où étaient donc les domestiques ?

Une tache blanc et vert sur le parquet appela son attention. Des fleurs d'oranger… Une longue ligne s'étirait sur les marches de l'escalier, leur délicat parfum embaumant l'air. Elle aspira une grande bouffée de cet arôme délicieux. Qu'était-elle censée faire ? Il voulait l'attirer en haut ?

Ce jeu était tout simplement ridicule, mais elle devait admettre que sa curiosité était éveillée. Bien entendu, l'excitation qui lui faisait battre le cœur n'était que pure curiosité…

— Tu perds ton temps, Preston ! s'écria-t-elle en s'engageant dans l'escalier.

Les fleurs conduisaient à une double porte fermée. Dans la plupart des maisons patriciennes, c'était là qu'était située la salle de bal, mais elle n'aurait jamais imaginé que Preston possédait une salle de bal.

Avec précaution, elle poussa le battant, se demandant ce qu'elle allait trouver.

Elle ne pouvait pas le manquer. Preston se tenait au beau milieu de l'immense salle, vêtu d'un habit gris perle et d'un chapeau haut de forme. Des bouquets de chandelles diffusaient une lumière romantique tandis que dans un coin jouait un harpiste. Grand Dieu, mais il s'agissait de Louis Sherry en personne ! À côté de lui, quatre serveurs se tenaient près d'une table dressée pour un dîner.

— Qu'est-ce que cela signifie ? souffla-t-elle, effarée.

— Bonjour ! s'écria Preston en venant à sa rencontre.

La lumière déclinante de cette fin d'après-midi adoucissait ses traits. Il lui souriait, mais son regard avait perdu son assurance habituelle.

— Qu'est-ce que ça veut dire ?

— Tu m'as dit que tu voulais plus que ce que je pouvais te donner, mais je suis prêt à te donner tout ce que tu voudras, Kat, tout ce que je possède. Tout ce qu'il faudra pour que tu restes avec moi pour toujours.

Pour toujours ?

— Je ne comprends pas !

Elle regarda autour d'elle, et les pièces du puzzle se mirent en place. Les fleurs d'oranger, le harpiste, le costume…

Tout ce qu'elle avait imaginé autrefois pour leur mariage…

— Mon cahier !

Preston sortit de sa veste le cahier où elle avait consigné ses idées pour la cérémonie de mariage.

— Si tu veux bien m'épouser, Reinette, ce sera toujours toi qui passeras en premier. Je consacrerai toute mon existence à te rendre heureuse, chaque jour que Dieu fera !

C'était pratiquement tout ce dont elle avait rêvé, mais il ne se rendait pas compte que rien n'avait changé ?

— D'ici un an ou deux, tu auras changé d'avis, Preston. Tu te seras lassé et tu seras retourné à tes projets et à tes longues heures au bureau. Tu voudras toujours gagner, à n'importe quel prix...

— Je te promets que non. Ton père et moi allons fusionner nos deux sociétés.

Cela n'avait aucun sens !

— Papa et toi, vous allez... C'est une plaisanterie ?

— Je t'ai dit que, pour moi, rien ne comptait plus que toi. Ton père n'est peut-être pas l'homme que j'aime le plus au monde, mais il connaît le métier aussi bien que moi. Nous allons former une très grosse société et partager les responsabilités.

— Vous allez diriger ensemble Clarke Holdings, papa et toi ?

— Clarke & Delafield Holdings, oui. Je ne veux plus travailler aussi dur, poursuivit-il en se rapprochant tellement qu'elle pouvait humer son eau de toilette et percevoir la chaleur de son corps. Je veux voyager avec toi, passer du temps avec toi, jouer avec toi et élever une famille. Je veux t'aimer et être aimé de toi en retour. Il n'y a pas que les gratte-ciel de bureaux et les immeubles de rapport dans la vie, à condition que tu sois toujours à mes côtés !

Il mit un genou à terre, avec lenteur, comme s'il voulait lui laisser le temps de l'arrêter. Il sortit ensuite un écrin bleu nuit portant le nom de Tiffany en lettres dorées. Il l'ouvrit, découvrant un gros diamant – taille émeraude, comme elle l'avait écrit dans son cahier.

— Katherine, me feras-tu l'immense honneur...

Elle se pencha et lui coupa la parole d'un baiser. Elle se fichait éperdument qu'il y ait d'autres personnes dans la pièce, et que ce soit convenable ou pas. Depuis le début, ils s'étaient toujours moqués des convenances, après tout. Pourquoi commenceraient-ils à s'en préoccuper maintenant ?

Ses lèvres étaient douces et tièdes, et elles avaient gardé la même exigence. Mon Dieu, comme ses baisers lui avaient manqué ! Elle en avait autant besoin que d'air, d'eau et de nourriture, et elle ne s'en lasserait jamais.

Sans détacher sa bouche de celle de Katherine et tout en enroulant leurs langues, il se leva et prit son visage dans ses mains, tandis que sa langue s'enroulait à la sienne. Les notes éthérées de la harpe parvenaient vaguement aux oreilles de la jeune femme, mais Preston occupait tous ses sens.

— Est-ce que ça veut dire oui ? questionna-t-il en appuyant son front contre le sien.

— Oui ! Mais je vais peut-être exiger une cérémonie plus intime. Du genre qu'on peut organiser plus vite...

— Je n'y verrai aucune objection.

Il y avait encore autre chose qu'elle voulait, mais ils n'avaient pas besoin de témoins pour cela.

Il ne leur fallut que quelques minutes pour remercier et renvoyer tout le monde. Une fois qu'ils furent seuls sous la lumière des chandelles, elle porta une fleur d'oranger à ses narines.

— Vous êtes un homme plein de ressources, monsieur Clarke, mais je ne vous aurais jamais cru si romantique.

— Uniquement lorsqu'il s'agit de toi, en fait. Je t'aime comme un fou, Kat !

— Moi aussi, je t'aime ! Mon roi, ajouta-t-elle, l'air mutin, en lui caressant la joue avec la fleur d'oranger.

— Ma Reinette désirerait-elle mes services ? s'enquit-il en l'attirant à lui.

— Désespérément ! souffla-t-elle en se collant contre son corps.

— À vos ordres, madame, opina-t-il en reculant vers la porte. Viens. Cela fait des semaines que je rêve de te voir dans mon lit.

En souriant, elle lui emboîta le pas vers la chambre, énumérant mentalement toutes les façons dont ils allaient pouvoir se satisfaire mutuellement, ce jour-là et tous les suivants…

Épilogue

Brooklyn, 1898

La foule était deux fois plus nombreuse que prévu.

Katherine contemplait tous ces visages, ces centaines de gens venus pour l'inauguration du musée d'Art moderne de Brooklyn. Elle n'était qu'une pelote de nerfs. Les œuvres qu'elle avait mis tant de soin à choisir leur plairaient-elles ? Leur plairaient-elles suffisamment pour qu'ils traversent régulièrement le fleuve ?

Elle avait pris un risque mais, comme son mari aimait à le répéter, les plus grands succès avaient toujours pour origine une idée audacieuse.

Elle tourna le regard vers Preston qui se tenait, grand et impérieux, un peu à l'écart. Kit et Alice étaient là, eux aussi, ainsi que Maddie et Harrison. Ses amis lui souriaient fièrement tandis que Preston serrait sur sa large poitrine la plus jeune de leur petit groupe. Même si elle n'avait pas encore six mois, Elizabeth Victoria Clarke accompagnait son père partout où il allait. Jusqu'à Brooklyn...

— Nous allons rendre hommage à la famille Delafield, dont le nom figure au fronton du musée, déclara le maire en faisant signe à Katherine et à son père.

Ils avaient décidé que l'inauguration commencerait par une brève allocution de Katherine, qui évoqua la passion de sa mère pour l'art moderne et expliqua son intention que l'entrée soit gratuite. Elle remercia Eva Mansfield, l'architecte qui avait exaucé son souhait d'un bâtiment de style Beaux-Arts.

Une fois le ruban coupé, le musée fut officiellement déclaré ouvert et le flot des New-Yorkais s'engouffra par les larges portes.

— Tu as merveilleusement réussi, Kitty Kat, lui chuchota son père en regardant la foule. Elle aurait adoré !

— Merci, papa. Mais je n'aurais pas pu faire ce musée sans toi et sans Preston.

— Bien sûr que si ! Dès le début, tu as su ce que tu voulais. Et finalement, cet emplacement est de beaucoup préférable à la 23e Rue pour ce que tu voulais faire.

— C'est vrai !

— Félicitations, Katherine, dit chaleureusement la seconde épouse de son père.

— Merci, Rebecca !

Katherine embrassa de bon cœur sa belle-mère. Les deux femmes avaient appris à s'apprécier au cours des trois années précédentes, et la jeune femme considérait maintenant l'ancienne Mme Whittier comme une amie.

La foule cacha sa fille et son mari à Katherine, qui attendit en discutant avec son père des projets qu'il développait avec Preston.

Fusionner leurs sociétés s'était révélé bénéfique pour l'un comme pour l'autre, sur le plan personnel aussi bien que financier. Son père voyageait plus souvent avec Rebecca tandis que Preston était plus détendu, et même assez facile à vivre ces derniers temps. Il n'aimait rien tant que rester chez lui avec sa femme et la petite Lizzy...

Quand la foule s'éclaircit, elle chercha du regard la haute silhouette et la sombre chevelure de son époux. Un autre monsieur, très grand lui aussi, avait rejoint leur petit groupe, flanqué d'une rousse flamboyante qui se tourna légèrement vers eux.

— Nellie !

Nellie se retourna en entendant son nom, et son visage s'éclaira d'un sourire radieux. Elle se dépêcha de rejoindre Katherine. Les deux femmes tombèrent dans les bras l'une de l'autre.

— Je ne pensais pas que tu viendrais ! s'écria Katherine, émue aux larmes.

— Tu croyais que j'allais manquer ça ? Pas pour un empire ! Écoute, je t'ai fait une surprise. Viens, je veux te présenter quelqu'un.

Elles allèrent retrouver Preston et les autres. Un sourire entendu se dessina sur les lèvres de son mari. Katherine n'avait pas la moindre idée de ce qui l'attendait. Nellie prit son amie par la main et lui désigna le nouveau venu, à la barbe et à la moustache parfaitement soignées.

— Katie, laisse-moi te présenter M. John Singer Sargent.

— Non... c'est bien... ? Oh, mon Dieu !

Ce fut tout ce qu'elle trouva à dire devant un aussi grand artiste. John Singer Sargent était l'un des peintres les plus célèbres au monde, et ses portraits étaient considérés comme un gage de leur statut par les riches et les puissants.

— C'est un plaisir de faire votre connaissance, madame, dit-il en s'inclinant. Eleanor m'a tellement parlé de vous ! Je suis honoré de rencontrer une personnalité aussi importante du monde des arts.

— Tout l'honneur est pour moi ! s'écria Katherine. Votre venue est un plaisir tellement inattendu que j'ai du mal à en croire mes yeux.

— Eleanor a insisté, et vous savez combien il est difficile de lui refuser quelque chose.

— Charmeur ! protesta Nellie en battant des cils. Tu devrais faire à John les honneurs de ton nouveau musée, suggéra-t-elle à Katherine.

— J'en serai ravie. Si cela vous dit, bien entendu, ajouta-t-elle à l'intention de M. Sargent. Nous avons eu du mal à obtenir une de vos œuvres pour nos collections, vous savez. Personne n'a voulu se séparer d'un portrait. Nous n'avons donc que quelques dessins de paysages de vos débuts à Paris.

— C'est vrai ? Eh bien, il va falloir corriger cela ! Allons-y, voulez-vous ?

— Nellie, veux-tu venir avec nous ?

— Mais certainement !

— Donnez-moi juste une minute, s'il vous plaît. Je dois dire quelque chose à mon mari.

Un peu plus loin, Preston berçait Lizzy dans ses bras en chantonnant doucement.

— Je n'arrive pas à y croire ! chuchota Katherine.

— C'est merveilleux, ma chérie. Je suis tellement fier de toi ! répliqua-t-il en l'embrassant sur la joue.

— Mais non, je parle de M. Sargent. Il est là, tu te rends compte ?

— C'est normal : tu es une des plus importantes personnalités du monde de l'art, maintenant.

Tout cela était irréel...

— Tu viens avec nous ? questionna-t-elle en déposant un baiser sur le front du bébé.

Preston avait déjà fait plusieurs fois le tour du musée, mais pas avec John Singer Sargent.

— Non, je vais ramener Lizzy à la maison. Nous t'attendrons là-bas et nous pourrons fêter ce grand événement en privé, toi et moi.

— Cela me paraît une excellente idée.

Elle voyait très bien quel genre de célébration il avait en tête, et cela lui convenait parfaitement.

— Au fait, reprit-il, j'ai déjà commandé ton portrait à M. Sargent pendant qu'il est à New York.

— Oh, mais non, ce n'est pas possible ! Cela fait trop m'as-tu-vu.

— Chérie, considère cela comme un cadeau de ma part. Tu pourrais peut-être mettre une robe aussi décolletée que la robe noire de Madame X[1]. De cette façon, je pourrais accrocher le portrait dans notre chambre et le regarder quand...

---

1. En 1884, John Singer Sargent a réalisé un portrait de Virginie Gautreau dans une robe de satin noir, qui s'intitule *Madame X*.

— Ça suffit ! Tu es censé être un respectable père de famille, maintenant.

— Je ne serai jamais respectable quand il s'agit de toi, Reinette, lui chuchota-t-il à l'oreille.

— Heureusement ! murmura-t-elle. Il faut que je te laisse, maintenant. Ils m'attendent.

— Je t'aime. Va, profite d'une gloire bien méritée ! Nous allons nous reposer, Lizzy et moi, et attendre sagement ton retour à la maison.

Il l'embrassa sur le front, malgré la foule qui les entourait, puis se dirigea vers leur voiture. Elle regarda sa haute stature disparaître tandis qu'il descendait les marches. Se lasserait-elle jamais de le regarder ?

Peut-être M. Sargent pourrait-il faire le portrait de Preston après le sien, finalement…

— Katie, voyons, cesse de soupirer après cet homme et viens ! appela Nellie. Tu as tout un musée à nous faire visiter.

— Si vous voulez bien me suivre, dit Katherine, réprimant un sourire et faisant de son mieux pour afficher un air professionnel. Je vais vous montrer nos collections.

Note de l'autrice

Bon, débarrassons-nous d'abord des faits historiques puisque, regardons les choses en face, c'est probablement la raison pour laquelle vous lisez cette note.

Je vais être brève.

Le Bal français était réellement un événement phare du Gilded Age (« l'Âge doré »). Il se tenait tous les ans à New York, exactement comme je l'ai décrit dans cet ouvrage. Des milliers de gens s'y retrouvaient pour des festivités bien arrosées et pleines d'indécence de quelque côté qu'on se tourne – ce devait être vraiment très amusant ! Il s'est d'abord tenu à l'Académie de musique de New York, avant de déménager au Madison Square Garden. Je ne pouvais pas manquer de placer ce bal dans un des livres de cette série, tout de même…

Et ce terrain de la 23e Rue appelé à devenir un endroit très couru, comme Preston le subodore ? Il est maintenant occupé par l'iconique Flatiron Building, appelé à l'origine Fuller Building. Érigé en 1902, le Flatiron a été le premier gratte-ciel au nord de la 14e Rue. S'il n'a jamais été l'immeuble le plus haut de la ville, et encore moins du monde, il en a été le plus original.

Le Meliora Club m'a été inspiré par un véritable club privé féminin de New York, le Cosmopolitan Club, qui existe encore à ce jour. (Je suis d'ailleurs tout à fait disposée à en devenir membre honoraire !) C'est Abby Aldrich qui, après avoir épousé John Rockefeller Jr, a fondé le Cosmopolitan Club et le musée d'Art moderne de New York.

La bonne société de l'Âge doré aimait se ressourcer dans les Adirondacks, surtout aux environs du lac George. Beaucoup de familles s'y faisaient construire des chalets ou de grandes demeures, et il est encore possible aujourd'hui d'en visiter un certain nombre.

Venons-en maintenant aux ficelles de l'écriture. Cette histoire m'a vraiment donné du fil à retordre ! Trouver les personnalités de ces deux excentriques m'a pris beaucoup de temps, et je n'y serais pas arrivée sans l'aide de Tessa Woodward, ma merveilleuse directrice de collection. Nous avons passé beaucoup de temps à discuter des personnages et de l'intrigue, et je lui suis reconnaissante de ses conseils et de son soutien.

Diana Quincy a lu les différentes versions de ce livre trois ou quatre fois sans jamais se plaindre. Je lui suis profondément redevable pour son amitié et l'aide qu'elle m'apporte pour chaque roman, mais cette fois-ci elle a vraiment fait des heures supplémentaires !

Merci aux critiques, aux blogueuses et aux instagrameuses qui ont récompensé mes efforts.

Si mes livres ont offert quelques minutes d'évasion à ne serait-ce qu'une seule personne, j'aurai fait mon travail.

Toute mon affection va aux autres autrices de ma vie qui contribuent à mon équilibre. Elles sont trop nombreuses pour que je puisse les nommer ici, mais elles se reconnaîtront. Je leur suis infiniment reconnaissante pour leur amitié, leur soutien et leurs messages.

Merci à toute l'équipe de HarperCollins/Avon qui a travaillé sur mes livres : Julie Paulauski, Sam Glatt, Alivia Lopez, DJ DeSmyter, Erika Tsang et tous les autres dans les coulisses. Je dois tout de même faire un salut spécial au tandem responsable des couvertures, Guido Caroti et Anna Kmet, qui m'ont gratifiée de splendides couvertures pour toute la série.

Enfin, j'ai la chance incroyable d'avoir derrière moi une famille fantastique. Merci à mon mari (qui m'a également aidée sur ce livre quand je désespérais) et à mes filles de me supporter. Je leur demande de ne pas m'en vouloir de mes perpétuelles disparitions.

Et si vous m'avez lue jusqu'ici, chère lectrice, cher lecteur, sachez que je concocte une folle histoire pour notre amie Nellie, à paraître très bientôt.

14541

Composition
FACOMPO

Achevé d'imprimer en Italie
par GRAFICA VENETA
le 5 octobre

Dépôt légal : novembre 2025
EAN 9782290420928
OTP L21EPSN002701-650399

ÉDITIONS J'AI LU
82, rue Saint-Lazare, 75009 Paris

Diffusion France et étranger : Flammarion